花葬

連城三紀彥
RENJO MIKIHIKO

劉姿君——譯

日本推理大師經典

花葬

連城三紀彥

CONTENTS

出版緣起

日本推理大師，永不墜落的熠熠星團

編輯部

一九二三年，被譽爲「日本推理之父」的江戶川亂步推出〈兩分銅幣〉之後，日本現代推理小說正式宣告成立。若包含亂步之前的黎明期，此一文類經過了將近百年的漫長演化，至今已發展出其獨步全球的特殊風格與特色，使日本成爲最有實力的推理小說生產國之一，甚至在同類型漫畫、電影與電腦遊戲的推波助瀾之下，日本著名暢銷作家如桐野夏生、宮部美幸等也已躋進亞洲、歐美市場，在國際文壇上展露光芒，聲譽扶搖直上。

我們不禁要問，在新一代推理作家於日本本國以及臺灣甚或全球取得絕大成功的背後，有哪些強大力量的支持、經過哪些營養素的吸取與轉化，能夠在競爭激烈的國際舞臺上掙得一席之地？在這些作家之前，曾有哪些重要的作家精耕此一文類、獨領當時風騷，無論在形式的創新或銷售實績上都睥睨群雄、立下典範、影響至鉅？而他們的努力對此一文類長期發展的貢獻爲何？此外，日本推理小說的體系是如何建立的？爲何這番歷史傳承得以一代又一代地開發出一批批忠心耿耿的讀者，並因此吸引無數優秀的創作者傾注心血，人才輩出？

爲嘗試回答這個問題，獨步文化在經過縝密的籌備和規畫之後，於二〇〇六年年初推出全新書系「日本推理大師經典」系列，以曾經開創流派、對於後輩作家擁有莫大影響力的作家為中心，由本格推理大師、名偵探金田一耕助及由利麟太郎的創作者橫溝正史，以及社會派創始者、日本文壇巨匠松本清張領軍，帶領讀者重新閱讀並認識在日本推理史上留下重要足跡的作家，如森村誠一、阿刀田高、逢坂剛等不同創作風格的重量級巨星。

日本推理百年歷史，從本格派到社會派，到新本格、新新本格的宣言及開創，眾星雲集，但跨越世代、擁有不朽魅力的巨匠們，永遠宛如夜空中璀璨耀眼的星團熠熠發亮，炫目不墜。

獨步文化編輯部期待能透過「日本推理大師經典」系列的出版，讓所有熱愛或即將親近日本推理小說的讀者，親炙大師風采，不僅對於日本推理小說的歷史淵源有全盤而深入的理解，更能從經典中讀出門道、讀出無窮無盡的趣味。

總導讀

那一眼的燈火輝煌終究要老
——連城三紀彥的「花葬」系列

曲辰

山有木兮木有枝，心悅君兮君不知。

——越人歌

在《五燈會元》這本關於禪宗歷史的書中，有這麼一段有名的故事：

世尊在靈山會上，拈華示眾。眾皆默然，唯迦葉破顏微笑。世尊云：吾有正法眼藏，涅槃妙心，實相無相，微妙法門，不立文字，教外別傳。付囑摩訶迦葉。

這就是「拈花微笑」，也就是禪宗的由來。雖然根據考察，這典故其實是自唐朝之後才出現的，其中的確準確傳遞了禪宗那種「不立文字，教外別傳」的特色。但值得我們注意的是，爲甚麼是拈花？花在這邊，究竟扮演著怎樣的角色？

其中的深意，或許暫且留待佛學家去挖掘，但我想說的是，花，作爲自然界相當繽紛多彩的一個存在，的確被人賦予了相當多的含意。從《詩經》、「楚辭」到大家都讀過的〈愛蓮說〉，無處不將花草比附成這個世界。也就是說，相較於禪宗還需要強調自己「不立文字」，花早就憑著自己的形象，在我們心中闖蕩出一片屬於花的符號體系。

由是，與中國分享大部分文化底蘊的日本，若出現一個推理小說系列名之為「花葬」，我們也理所當然地會想到《紅樓夢》中的〈葬花詞〉：「儂今葬花人笑癡，他年葬儂知是誰。試看春殘花漸落，便是紅顏老死時。一朝春盡紅顏老，花落人亡兩不知」，而這麼滄桑的一段詞，究竟與這部作品有什麼關係？

這或許要從作者身上談起。

落花人獨立，微雨燕雙飛

眾所皆知，清張之後，社會派推理小說大行其道，本格偵探小說進入黑暗期，根據傅博的說法，這樣的局面一直要到一九六九年出版社開始整理清張之前的偵探小說家全集稍見轉變。但真正屬於當代的偵探小說風景，直到一九七五年二月，由傅博主編的《幻影城》雜誌出刊才見曙光。對當時的偵探小說迷而言，《幻影城》的出現猶如沙漠中的綠洲，為一片乾涸的本格偵探小說提供一個足堪參考的視野，儘管這本雜誌在四年後就停刊，但可說沒有這四年，就沒有之後的島田莊司，更不可能迎來一九八七年的新本格元年。

《幻影城》當時提倡的是「浪漫本格的復甦」，為強調這點，舉辦專屬的「幻影城新人獎」，以現今的眼光來看，這個獎只辦了四屆，卻發掘泡坂妻夫、田中芳樹、栗本薰（註）與連城三紀彥這四位作家，其歷史高度與密度實在驚人。

本名加藤甚吾的連城三紀彥，一九四八年出生，是名古屋人。他在一九七二年自早稻田大學經濟學部畢業後，就因爲喜歡電影，而到巴黎留學專攻劇本寫作，回國後於一九七八年以〈變調二人羽織〉入圍「幻影城新人獎」，就此以推理小說家出道。同年在《幻影城》上連載「花葬」系列，一九八一年時以同系列短篇小說〈返回川殉情〉奪得第三十四屆日本推理作家協會獎。一九八四年，他一方面以《宵待草葉情》得到吉川英治文學新人獎，一方面靠〈情書〉博取當時尚稱通俗作者桂冠的第九十一屆直木獎，可惜從此轉向戀愛小說領域發展，直到二〇〇二年才重回推理小說界。

八〇年代的連城小說被稱爲「新感覺派」，當然是爲了強調與大正末期的橫光利一、川端康成的文脈關係，當時日本剛發生關東大地震，安定的社會與舊有的價值觀遭到撼動與破壞，同時，原有的自然主義文學也漸呈現衰疲之象，因此注重都市感性、強調語言創發的新感覺派興起。或許是曾留學法國，儘管都被稱爲本格推理，但連城的小說與承襲英美推理小說系統的作品不同（如昆恩、范達因）。雖有詭計，卻不占據明朗的位置，轉而注重謎團的

註——栗本薰於一九七六年先獲幻影城新人獎評論部門佳作，至一九七八年才獲得江戶川亂步獎，並以小說家身分出道。

頗有共通之處。

氣氛與場景的烘托，透過象徵與描述的比對，將推理小說昇華至文學層次，與新感覺派的確

但較之大正文人立足日本古典、往西方前進的氣勢，連城的小說則是注重現代感性之餘，注入日本原有的蘊藉風情。例如，直木獎得獎作〈情書〉，就是結縭十年的丈夫爲照顧罹患絕症、僅剩十年性命的舊情人而離家出走，妻子知情後不但大方同意，扮演成丈夫的「表姊」照顧病患，甚至爲成全舊情人「沒辦過婚禮就辦葬禮，未免太悲哀」的心情，同意離婚讓丈夫與舊情人結婚。以現今的眼光來看，這樣的情節陳腐、老朽，充滿對女性的壓抑及男性的爲所欲爲的描寫；但無法忽略的是，只有在日本那樣凡事靠默契、常識、眼神及語尾稍稍變化的暗示構築的文化中，小說中展現出的情書的迂迴形式才可能成立。

而這就是連城的魅力。他的戀愛小說宛若推理小說，不到結尾不知如何發展；推理小說則表現得一如戀愛小說，充滿男女的廝磨及嘆息。

掬水月在手，弄花香滿衣

「花葬」系列是連城的短篇小說代表作，起先連載於《幻影城》，停刊後轉至《小說現代》，詳細出處如下：

藤之香（幻影城一九七八年八月號）
菊塵（幻影城一九七八年十月號）
桔梗之宿（幻影城一九七九年一月號）
桐棺（幻影城一九七九年五月號）
白蓮寺（幻影城一九七九年六月號）
返回川殉情（小說現代一九八〇年四月號）
花緋文字（小說現代一九八〇年九月號）
夕萩殉情（小說現代一九八二年六月號）

在這八篇小說中，連城除展現一貫幾乎臻至藝術境界的優美文字外，還巧妙創造出一種嶄新的推理小說型態。

「花葬」系列在推理小說的位置上，大體可說是承接卻斯特頓「布朗神父系列」的心證推理脈絡，同時也將布朗神父小說中獨有的「悖論趣味」（paradox）發揮到淋漓盡致，意即故事本身可從正反兩面來看。由正面看合理，但反過來，則能窺見一則截然不同的故事。例如〈返回川殉情〉，原是追隨一個歌人的殉情之旅，卻在最後出現令人訝然的逆轉，更凸顯其悲傷與無奈。

另一方面，連城在「花葬」裡，由於運用相當曲折與纏綿的文字，並巧妙將線索安置在許多轉折中，因此不知是有意或無意，他可說在相當早的時代就進行了關於「敘述性詭計」的各種實驗。只是後期由綾辻行人帶起的敘述性詭計風潮，著重在作者對讀者的惡作劇，往往在揭開謎底的同時，讀者才恍然大悟：原來謎團在這裡。而連城的「花葬」系列運用的敘述性詭計手法，則奠基於人性的不可預測，及在敘述往事上常有的記憶闕漏或補白的不可信。最終造成的效果，也不單純只是讀者大笑「唉呀，被騙了」，反倒勾起心中更深的嘆息，明瞭世上總有些無可奈何的事情存在。

也因此，這系列裡的謎團，往往不是單純的究竟誰殺了誰，而是在時間洪流中，不斷撿拾著某人留下的殘片，拼湊出事件的輪廓與命運的軌跡。如同與人擦肩而過，嗅到一股芳香，循著往前找去，驀然回首，才發現燈火闌珊處，有株花正幽幽吐露芬芳。

感時花濺淚，恨別鳥驚心

本書中的故事，背景多為明治末期至昭和初期，特別是大正時期，想來是連城傾盡全力描寫的關鍵時代。

大正是日本一個相當特別的時代，當時距明治維新已三十多年，現代化不再只是知識分子或國族改造者的口號，而是全民具備的基本知識。倘若以洋服為基準，大正時期的「modern girl」正式確立穿襯衫、外套、窄裙的基本外出服形式，和服逐漸式微。另一方面，由於第一次世界大戰，日本靠著支援軍備與民生用品而經濟大好，進入所謂「消費社會」時代，百貨公司、甲子園棒球、寶塚歌劇團，都在這個時候出現。同時，大正十二年（一九二三）的關東大地震，因剛好是午餐開伙做飯的時間，全東京幾乎都遭到祝融之災。百廢待舉之際，恰好實行第一次的都市改造計畫，藉著從頭推翻的機會，將東京從根柢打造成追得上外國的現代都市。

於此同時，由於汰換成現代體質，日本人開始接收民主、自由等思想，於是強烈意識到身處的社會階級的不可動搖，過去從未出現的問題隱隱作亂，勞資糾紛、佃農問題，乃至風化區的毀禁與否，都挑動日本人不安的神經。直到關東大地震後，這股不安正式成爲軍國主義的導火線。簡單來講，大正時期的日本，猶如石榴花在開得最豔麗的時刻凋萎結果，飄散馥郁甜香時，某個陰影則在蒂頭隱然埋下爛熟的屍臭。

連城自小生長在佛寺，想必讀過《佛說譬喻經》。當中提及，有人爲惡象追趕，只能抓住一根枯樹根躲進枯井。黑白兩鼠爭相咬囓著樹根，井的四周有四條毒蛇打算咬他，井底還有條毒龍虎視眈眈等他掉下。但在這時，那人發現從樹上滴下五滴蜂蜜，便張開口品嘗，一時幾乎忘卻身處生死存亡之際。連城似乎是看到當時的日本，每個人都像懸掛在那樣的樹根上，白天與黑夜幻化成老鼠不斷進逼，但人們視若無睹，只管肆意感受流連口中的甜蜜。於是，就算小說中主要描寫的是一段段男女情事，內容也不會太快樂。〈藤之香〉裡代筆人承擔一個個女子的重量、〈桐棺〉中只能透過小弟的身體產生連結的黑道老大與死去兄弟的女人、〈桔梗之宿〉隔著窗眼傾訴的有去無回的情意，更別提〈夕萩殉情〉那隔著紙門的愛戀是多麼的壓抑與悲傷。實際上，透過這無數荒蕪的愛情，我們恍如目睹那縱情歌舞於懸崖邊上，既歡樂又沉淪的時代中的無數人們。

「花葬」系列是作者傾盡全力，封存一個時代進入小說中而產生的作品。封存的不只是大正及其後的時代，甚至是讓我們窺見七、八〇年代交替時，本格推理小說的奮鬥與掙扎。這樣的作品，不但空前，而且絕後，即使之後作者撰寫的續作（註），都喪失這時候的光芒與芳香。

連城三紀彥的「花葬」系列，絕對是日本推理小說中絕無僅有，且稍縱即逝的一抹風景。

註—二〇〇九年出版的《幻影城時代 完全版》中，刊載了相隔二十七年的「花葬」系列新作〈夜的自畫像〉。

本文作者簡介：

曲辰，接觸推理小說以後，就自動分裂爲三位一體的生物，做爲一個讀者要求完整的故事、做爲一個研究者要求更深層的咀嚼、做爲一個未來的創作者要求絕對的文字宇宙。目前雖然努力整合中，但時有齟齬，希望能早日尋找到一個平衡點，不使跌躓。

藤之香

花柳巷中，有守靈的燈火。

如今雖已形影全無，但大正時代（註一）尾聲，在突出於狹隘瀨戶內海的一座港口小城裡，有個當時便已呈現寂寥之色的煙花地，名爲常夜坡。

到這把年歲，我常憶起那條花街徹夜不息、蒼白清冷的燈火，內心不勝懷念。只不過，回憶中的燈火，不可思議地感覺不出半點生命。

該稱爲死亡的燈火嗎？那燈火如此縹緲，彷彿落入黑暗水面，瞬息間拖著倒影散去——是的，籠罩那條花街的濃香豔脂，與女人和服華麗繚亂圖案的燈火，莫名地恍若守靈夜的白燈籠般虛幻。

或許是時勢的演變，這座港口小城從寶永年間（註二）即爲往返瀨戶內海各色船隻的停靠地，熱鬧繁華不在話下，而花街自然成爲跑船人、生意人或旅客尋求慰藉的溫柔鄉，興盛一時，聞名左近。不料，打維新後，城裡鐵路開通以來，便一蹶不振。蕭條得連姐兒的招呼、三弦的樂音與醉客的笑聲加乘，也不及颼颼海風與沙沙浪濤來得響。儘管如此，不曉得算不算迴光返照，恰巧在發生那起命案的大正末年，有陣子竟恢復榮景。

不知基於何種緣由，人們突然想起常夜坡。於是，坡上燈火簇簇，通宵達旦，徹夜狂

註一——日本年號，一九一二～一九二六年。

註二——江戶時代的年號之一，一七〇四～一七一一年。

歡，一如其名。

當年，時世黯淡。

又是關東大地震，又是大杉事件（註）的，時代隨時可能崩潰的聲響，其不祥的餘音甚至震動那鄉下地方。好似爲逃避逼至眼前的黑暗，人們湧入花街，貪婪享受一夜的歡愉。

在慘白虛無的燈光下，夜夜笙歌的聲色饗宴，恰似爲了埋葬深深染上時代幽暗的生命而不斷祈禱的守靈儀式。

可惜，那是最後的餘光。

那起命案發生一年過後，大正時代也走入歷史。猶如遭時代的終結吞沒，常夜坡的燈亦隨之熄滅，從此再無人提及。但——沒錯，我便是見證這條花街熄燈，並與案件有所關聯的人之一。

一

當時，我在常夜坡下一座後雜院租了一戶，包養一個名叫阿縫的女子。

阿縫約莫三十七、八歲，生於鄰縣的農村，在故鄉有個合法的丈夫。但，阿縫嫁過去不久，丈夫便病倒，往後時臥時起，形同半個病人，她只好到常夜坡賺取醫藥費。

不是的，依阿縫的年紀，當然不能賣身陪客。她在坡上一家還算正派的旅店做些女侍的工作。不過，由於她膚色白皙，體態豐腴，有意一親芳澤的男人也不在少數，然而，或許生性老實，她始終潔身自好。

不知爲何，唯獨對我，於身於心她都毫不設防。是啊，再怎麼說，她都是爲患病的丈夫不惜到花街掙錢的堅強女子，反倒與我這種沒出息的軟弱男子合得來吧。至於我，也到了一定的年歲，比起光懂胡鬧的年輕姑娘，寧可要這種性情正經，卻擁有花街燈光洗滌過的靜好肌膚的女子。

內子謝世未幾，我向阿縫提議同住。剛巧她丈夫病情惡化，醫藥費加重，她正爲將來發愁，便一口答應。於是，我們猶如結縭多年的夫婦，在坡道一隅悄悄展開同居生活。

關於我確切的身分，還請別太深究。

雖是鄰鎮一家相傳三代的小和服店老闆，可我生來不是做生意的料，又因膝下無子，索性將店務交給掌櫃。約自兩年前起，一個月中大半日子都泡在坡下的阿縫家。

那年四月，櫻花將散之際，阿縫告訴我丈夫的死訊。發生那起命案時，我與阿縫正商量著搬到大一點的房子共度一生。

——是的，在我接下來要述說的案子裡扮演某個角色的男子，就住在那座雜院內的阿縫

註—關東大地震發生於大正十二年九月一日，災情慘重，約十多萬人喪生。十六日後，日本知名無政府主義社會運動人士大杉榮與愛人伊藤野枝連同六歲外甥遭官兵殺害，震驚社會，是爲大杉事件。又因主謀爲憲兵大尉甘粕正彥，又稱甘粕事件。

家隔壁。

早在命案發生前，我便十分注意他。不過，那是他背影出奇單薄的關係。好比黃昏時分，大概是去買東西吧，有時我會從面馬路的窗戶看見他走下小巷、步往常夜坡的身影，但那影子單薄得讓我眞以爲他化在小巷的暮靄中。眞的。

可不是因爲他在命案後死於拘留所，我才這麼說的。

事實上，他就是影子單薄得令人格外在意的人。

以前，有個與我相熟的藝伎阿瀧，動不動便提起某家小飯館的板前師傅「信師傅的背好單薄呢」，簡直成了口頭禪。由於她太常談及這位信吉的背，我不知不覺也放在心上。有一次，在飯館的走廊與他錯身而過，我若無其事地回頭一看，果眞如阿瀧所言，微微透光的廊下，他的背影彷彿刻意選擇暗處離去，有股說不上來的寂寞，恍若在向我這個素昧平生的陌生人告別。

不久，我便從阿瀧那裡得知信吉的死訊，不由得大爲感慨，原來這女人早從信吉生前單薄的背影看出他命不久長嗎？當時我還年輕，聽過也沒放在心上，倒是對於人與人之間以背影互相問候的花街面貌大感興趣……不，信吉和命案並無關聯。

只不過，每當瞧見那名男子的背影，我便不禁憶起離世的信吉，覺得他倆單薄的背影眞是十分相似。我純粹是想說明這一點而已。

是的，一思及命案發生後他也旋即死去，我不住猜想，在小巷的暮色之中，他是否將不經意的背影悄悄獨留給我一人，當作赴死前的辭別。

回憶中，男子約莫三十五、六歲，清瘦的身子總把薄薄的飛白紋和服穿得像喪服一樣，略略駝背的雙肩卻透出幾許忌憚世間的灰暗氣息。

是的，他住在我租的那座雜院的隔壁房，從常夜坡這邊看過去，就是最深、最盡處的那一戶。

記得他叫井川久平，來歷似乎不單純，是否為本名不得而知，但那窄小住處門口，彷彿藏在從我寄居地木牆漫出的藤架枝葉下般，掛著以極端凝穩重的書法所寫的門牌，上面便是「井川久平」四個字。

只是，當時有多少坡上的居民曉得他的姓名？

在居民心中，他就是個代筆人。

一間寬不足六尺的小屋，住的又是單身漢，與街坊鄰居的來往自然不多，這樣的稱謂對居民而言便綽綽有餘了吧。

狹小的入口玻璃門上，貼著一張代替招牌的紙。不愧是做這一行的，紙上以細膩的筆致寫著「書信代筆」。但遇到風強的日子，這張紙的四角便會掀起，在開合不順的玻璃門上發顫，恍若隨時會被吹走。這光景令人想見他的日常生活，當真是萬分淒清。

即使如此，畢竟是做這一行的，出入的人似乎還不少。

由於地處花街，仍有許多出身遠近貧村的不識字女人。就是這些姐兒、姑娘，爲寄封家書，或爲寄回家的錢附上字條，頻頻造訪。

比方我大白天在屋裡和衣而臥時，最大的樂趣便是聽隔壁玻璃門的開關聲，接著便會傳來小姑娘幾近童音的話聲「代筆人，麻煩了」。

是的，男子十分沉默寡言，基於緊鄰之誼，我託他寫年節送禮的問候信，明明沒事也出去閒聊幾句，在澡堂遇見也會幫他洗洗背，可終究不到交心的程度。

不，他絕非故作冷漠。

他就是有種安靜的氣質，年紀輕輕，卻像已超脫俗世。

阿縫寫信回鄉時請他代筆，故也與他相熟。但她老說，那個人跟和尚沒兩樣。

即使我絮絮不休地淨講些廢話，他也沒一絲厭煩之色，白皙的臉上總露出若有似無的淡淡笑容，默默傾聽。我或阿縫託他代筆，他從不收錢。

或許明白煙花女是磨耗自己的身體，一點一滴攢下血汗錢送回家鄉，他代筆一向不計較費用。我想他多半沒賺什麼錢，但正因如此，風評相當不錯——是的，即使得知他就是駭人命案的兇手，常夜坡仍有不少人對他寄予同情。

二

那時是五月。

與其說是五月雨，倒像是梅雨早一個月來襲，一連好幾天雨都下個不停，坡上的燈彷彿也怨恨沒有客人的冷清，自顧自在幽暗的雨聲中形成朦朧的光暈。

一進五月就下起雨，正值暮春藤花逐漸染上一層淡淡顏色時，恰如凶兆，在這場霪雨中，坡附近突然陸續發生命案。

其中一起，記得是在雨下到第三天的時候，遇害的是一名年近五十的老人。

地點是在坡下那一片船塢盡頭，據說老人衰敗如枯枝般的身軀滾落在廢船後的沙裡。屍體遭匕首之類的利器在胸前捅了一下，臉被石頭砸爛，死狀淒慘。

畢竟是花街，歷來不乏債務纏身的年輕妓女投海自盡的案子，情感糾紛最後演變成賭徒浴血鬥毆亦非新聞，但這次的手法如此凶殘，整座城不免謠言四起，大爲騷動。不料，騷動還未平息，便又發生第二起命案。

由城正中穿流入海的河渠橋畔，發現一具三十二、三歲的小夥子屍身。

胸口遭刺與臉被砸爛的情形，與上一起命案如出一轍。

傳聞，當時河岸的垂柳輕輕撫著那張血淋淋的臉。警方朝強盜殺人與瘋子犯案的方向進行調查，但別提兇手，連被害者的身分也沒著落。

畢竟該地是港都，外地人出入頻繁，不僅屍體面孔無法辨識，兇手還將死者的東西悉數搶走，僅留下和服，也難怪警方無從查起。

常夜坡的騷動非比尋常。

無憑無據的流言滿天飛，有人說逃獄的凶犯躲在城裡，又有人說這是幾年前上吊的妓女阿君從陰間來復仇，本就因綿綿陰雨而門可羅雀的常夜坡，這下客人完全絕跡，連日只見花街的燈在人影全無的雨中空虛地亮著。但平安無事度過半個月，港口祭將近時，命案的血腥味已淡去，三弦的樂音也零星可聞，街上才恢復生氣，第三起命案便趁虛而入般發生。

是的，這第三起命案是阿縫告訴我的。

港口祭七天前的早晨，連下將近一個月的雨總算停歇。

前一晚，我爲處理一些瑣事回鄰鎮的老家，返抵住處時已過半夜，因此醒得比平日晚。屋裡不見阿縫的身影，每天早上她都要到坡上的神社參拜，這會兒多半也去了。不經意往緣廊一瞧，卻見深藍底飛白紋的背影就站在院石的陰影下。

雖說是庭院，可我們住的是狹小的後雜院，大小不到三坪。多虧愛乾淨的阿縫無微不至地照顧，隨著季節流轉，各種花朵爭妍怒放，不負女主人溫柔的呵護。

雨停後，天空仍像潑了墨般陰沉，周遭清一色薄霧迷濛中，儘管綠葉經雨水洗滌益顯碧青，但於霪雨中綻放、昨天還在架上搖曳的白藤，卻飽受雨停前夕的一場大雨摧殘，花瓣散落一地。

阿縫便站在這片落英中，仰望藤樹架上的一處綠葉。

「縫。」

我一喚，阿縫露出下垂後領的頸項便輕輕一晃，轉過頭。

「妳在看什麼？」

阿縫未立刻回應，半晌才嘆氣般微微一笑，以幾乎聽不見的音量說：

「生命。」

沿阿縫指的方向望去，猶如隱身於葉後，唯一躲過大雨存留下來的一串白藤兀自綻放。

「好堅強的花，沒輸給大雨，保住了自己的生命。」

我感嘆低語。阿縫臉上仍掛著微笑，視線依舊緊盯著那串藤花。

「旦哥，若有的生命會死，那是不是也會有不死的生命？」

她喃喃，但沒有探問的意思。

阿縫的丈夫上個月病逝。

家鄉來信的那晚，她讓我看一眼那封信——啊啊，這下總算輕鬆了，以後就不必讓旦哥為錢操煩。欸，旦哥，之前錢都寄回去當醫藥費，現在拿來開家小飯館好不好？她說著諸如此類的話，神情絲毫不顯哀傷，連葬禮也是當天往返。然而，眼前見她這副模樣，我心想，倒也難怪，她還是個姑娘時就得設法張羅醫藥費，儘管受丈夫連累吃盡苦頭，但吃的苦愈多，夫妻情分愈深，才會在那一串殘存的花裡看見失去丈夫獨活的自己吧。思及我失去妻子時的徬徨無依，只覺平日堅強的女子，此刻格外惹人憐惜。驀地，她以截然不同的語調開口：

「對了，旦哥，昨晚赤間神社又發生一樁命案，而且，今天一大早巡查就悄悄上門打聽代筆人的事。從那巡查的話聽來，似乎是在懷疑代筆人。」

「代筆人？妳是指隔壁的久平兄嗎？」

我連手裡的菸管滑落廊上都沒發覺，不意往那唯一的一串藤花望去。

是的，那個五月的早晨，阿縫說是不死生命的那串花，在朝霧之中，宛若白供燈般矇矓，不知爲何，竟悲哀地保留了臨終的顏色。

常夜坡指的是宛若河流從小丘一路而下的主幹道，而赤間神社則是樹立於坡的頂端、正好能俯視整條花街的一座小神社。

或許是依循赤間神社之名，鳥居與社殿都漆成如稻荷神社般清一色朱紅，但除此之外，便只是平凡無奇、隨處可見的神社。

據阿縫說，前晚九點左右，赤間神社境內又有人遭到殺害，手法與先前兩樁命案一模一樣，也是面目全非，死狀淒慘。

被害者年約四十五、六，這次也是個男人。

「喏，一進神社，右邊不就有棵大樟樹嗎？聽說是在樹下動手的。」

比起這些，我更在意爲何會牽扯到代筆人。

「聽說是因爲呀，旦哥，神社的住持八點祈禱完，到外面一瞧，瞥見境內有人影，出聲一問，對方就跑了，身形頗像坡下的代筆人——唔，住持就是那時發現屍體的。」

「那神社天一黑就伸手不見五指，昨晚又下雨，月亮沒露臉，他怎知是代筆人？」

「這我就不清楚了。不過，那住持常為奉納籤之類的事造訪隔壁，肯定認得代筆人吧。」

阿縫顯然已相信巡查的說法，把代筆人當兇手看待，聽著很無情。

我不禁想念上幾句，告訴阿縫該站在代筆人這邊，幫他的忙，才不枉鄰居一場，但仍耐著性子繼續道：

「那巡查問些什麼？」

「昨晚八點左右，隔壁有沒有不尋常之處。」

「妳怎麼答？」

「我說沒有，因爲眞的沒注意到不對勁。」

「還問什麼？」

「代筆人的身世等等，可我一無所悉，就照實回說不知道。」

「其他呢？」

「唔，也問了這個月五日和九日的事。」

「五日和九日？」

「就是船塢和河岸發生命案的日子呀。欸，前兩樁命案都是代筆人幹的嗎？」

我實在忍不住，火氣一股腦上衝。

「這什麼意思？聽妳的口氣，非得把代筆人當兇手才高興，是吧。妳不也常讓人家免費寫信嗎？好啊，原來妳是如此無情的女人。連丈夫撒手歸西時，都沒流一滴淚，跟我在一起也只是爲了錢吧。」

阿縫頓時臉色一沉，正在氣頭上的我顧不著，大罵一通。

「何必講得這麼難聽。」

阿縫終於開口：

「話雖沒錯，但那個人不是頗爲陰沉？聊起他的出身，也只是笑，我早覺得不太舒服。旦哥還不是請他幫過忙，才替他說話。」

她一番挖苦後，我們便各自別過頭，沒再交談。

是的，如阿縫所說，由於手法一模一樣，這次的命案與前兩起應該都是同一人幹的。只不過，前兩起命案的日期相近，這次卻間隔二十天之久，我也曾感到奇怪。即使如此，我怎麼都無法相信代筆人會犯下這般駭人的命案。

三

那天，我鎮日心不在焉。

巡查還會來嗎？不，索性到派出所走一趟，打聽案子辦得怎樣吧。我暗暗心急，邊魂不守舍地留意隔壁的動靜，但罩上一層烏雲的那道玻璃門，一如往常般安靜，沒發出任何聲響。

不僅如此，不經意朝小巷望去，雜院的主婦聚在一起，儘管壓低嗓音，卻不時向代筆人門口投以意有所指的目光，可見謠言已傳開。

總覺得像是自己遭到懷疑，我益發憂慮。

之後，我和阿縫整個白天都沒交談，冷靜一想，無論再生氣，也不該說那種話，不禁有點可憐阿縫，但又拉不下臉道歉，便賴在榻榻米上不肯起身。到了傍晚，阿縫的影子橫過榻榻米。

「喏，旦哥。」

我裝睡，她繼續喚道：

「有要緊的事，請起來。」

「怎麼？」

「旦哥眞的相信代筆人嗎？」

「嗯。」

「既然如此，那我想，終究旦哥才是對的。我是個連字都不會寫的笨女人，所以巡查說什麼就信以爲眞，其實我根本不懂。所以，旦哥若相信代筆人，我也要相信他。」

「那又怎樣？」

男子七點離開旅館時，曾向掌櫃詢問「聽說這附近有代筆人」。於是掌櫃自告奮勇表示「若有東西要寫，我可以代勞」，但男子答稱「不，我找代筆人有別的事」，可知男子是基於特定的原因造訪代筆人。

不僅如此，警方還找到證人，證實七點半左右，該男子在雜院入口問過代筆人的住處，且隨後踏進代筆人的屋子。

再加上，連阿縫都說：

「旦哥，我突然想起，有一次我瞥見代筆人手上沾了血，他解釋是被小刀割傷，匆匆藏起手。那會不會就是這個月五日呀？」

猶如驗證這番話，警方自代筆人家中的斗櫃，發現帶有血跡的和服。

那是夕霧降臨時分。

我疑惑著外頭怎麼鬧哄哄的，住在正對面的木匠老婆便闖進門。

「不得了，巡查要帶走代筆人啦！快來、快來！」

阿縫和我一聽，顧不得趿木屐便奪門而出，也不知小巷何時已如此騷動，眼前一片人山人海，巡查的白制服與熟悉的代筆人背影，在充斥小巷的暮色包圍下逐漸消失。

一切轉瞬結束，我甚至來不及吃驚。但這一瞬的背影深深烙印在心底，當晚上床後，我遲遲無法入睡。

「喏，旦哥，果真是代筆人幹的嗎？」

我無言以對。

「明天我打算去找警察。」

「妳去做啥？」

「就算他是兇手，我也要去說在八點見到他。」

我詫異地翻過身。

「所以，請別再認爲我和旦哥在一起只是爲錢。我和我那人的事，旦哥根本什麼都不知道。」

語畢，她像是想揪住我似地拉近我。

「阿縫，妳……上次那些話我是無意的，妳不要多心。再說，代筆人的事我們已幫不上忙。」

「不，旦哥，不是的。」

不知爲何，阿縫當晚極其激情地向我求歡，流著淚一次又一次重複這句話。

最後，阿縫並未去找警方。

因爲去了也是徒然。

被捕當夜，代筆人便在拘留所的鐵格子上自縊身亡。

他留下沒有收件人的遺書。

遺書裡，代筆人認了所有的罪。

——我就是常夜坡連續命案的兇手。被殺的都是我的親人，過往曾受他們非人的對待，從以前我便伺機報仇。

內容僅有聊聊數行。

由於無人知曉他有什麼親友，我主動表示願領回他的屍首時，警方讓我看了這封遺書。仔細想想，那是代筆人的絕筆，但仍一如往常，以淡墨寫就，猶如枯枝紛呈。

分明是遺書，卻不帶一絲情感，這點像極他的作風。即使如此，我還是感到莫名突兀。怎麼說才好？我以爲，就算他眞是兇手，不留一句話才更像那個沉默寡言的男子。

這算是直覺吧，驀地，我甚至懷疑那封遺書裡寫的是假話，代筆人會不會是爲誰頂罪？然而，我的懷疑缺乏根據。

我領回遺體，辦了一場簡單的喪禮，趁暮色將近，駛出港邊小船，將棺木運到島上。

我打算將他埋在可從港口望見的對岸小島。

由於是殺人犯的喪禮，雜院的街坊也有人沒出席，但那一晚，阿民與平日常委託代筆人的兩、三個妓女，都依依不捨地送到岸邊。我和船夫乘上雙人船離岸許久，她們依舊不停揮手。

不料，出港後竟突然起浪。

「這樣到島上就回不來了，趁現下折返吧。」船夫提醒道。

此時，我浮現一個念頭，既然他天涯伶仃，或許沉入海中反倒幸福，於是和船夫商量，一心只想早點返港的船夫一口答應。

我們在棺桶上鑿了入水孔後拋進海中。由於浪濤洶湧，棺桶轉眼便遭吞沒，不見蹤影。但入水時，本應被粗繩牢牢綑縛的棺蓋鬆脫，桶內鮮花不斷浮出，鋪滿整片海面。然而，美景不常，花朵隨即消失在波浪深處。

總覺得代筆人的生命彷彿化成無數的花朵四散，我不經意回望岸上，暮色低垂中，兩道光朝上方延伸而去。

又是一個花街夜晚的開始。

連綿在坡道兩旁的旅社與妓院，點點燈光如發亮的念珠直攀天際，但，是的，當時在我眼中，那宛若一座從浪濤間通往上天的橋。

五

翌日。

我為處理一些雜務回到鄰鎮老家，卻因一件意外的小事有所領悟。

那天事情辦完，離開和服店信步而行時，有道女聲叫住我，詢問田鶴屋怎麼走。

「我是田鶴屋的老闆，有什麼能效勞的嗎？」

「不，我要去的是隔壁，人家叫我認田鶴屋當標記。」

我覺得老大沒趣，走了兩、三步，赫然停下。

原來也有這種問路法。

代筆人——遇害男子在旅社問的是到代筆人住處的路。

但是，倘使代筆人的住處只是標記，男子其實想造訪的是隔壁鄰居呢？

我匆匆趕回常夜坡。

一轉進巷子，兩側便是雜院窄窄的屋簷。

命案當晚，有人稱在這道坡的轉角瞧見男子走進代筆人的屋子。

然而，眞的站在轉角一看，位於小巷最深處、門面窄小的代筆人住處，與鄰家幾乎無法區分。

假如男子進的不是代筆人住處，而是葉片漫出藤架、垂落路面的鄰家……

阿縫碰巧不在，我著魔般衝入家裡，大肆翻找。

若有誰會從外地來找阿縫，就只有一個人。

不過，那個人應該已不在人世。不，我並未目睹他病逝，僅僅看了一眼阿縫的信，聽阿縫說「這下眞的解脫」而已。

最後，我在衣櫃的銘仙錦和服裡找到那封信。

上天保佑，此次也撿回一命。雖然一想到妳的辛勞，就覺得不如一死了之……儘管對妳過意不去，但再半個月，我就能走動，這麼一來醫藥費……

字跡工整得不像一般農民。

男子多半是爲排遣臥病的寂聊而習字的吧。

難怪阿縫會將這封信深深藏起，不讓我瞧見。

阿縫轉告我丈夫死訊的那天，丈夫竟又活過來。

——上天保佑，此次也撿回一命。

一心以爲丈夫必死無疑的阿縫，是懷著怎樣的心情看這句話？唯獨今次滿懷期待，丈夫的起死回生想必讓她大失所望。阿縫已不年輕，爲替長期臥病在床、有名無實的丈夫賺取醫藥費，阿縫在花街一隅一做就是十多年。對阿縫來說，還要在短短餘生中繼續同樣的犧牲，定然難以忍受。

何況，現下她身邊有我。

阿縫喜歡我，也希望下半生不被任何人打擾，與我安穩度過吧。

可是，一切卻遭「丈夫病死，總算能輕鬆了」的謊話推翻。

我心中一凜。

一回頭，不知何時，阿縫已站在那裡。

阿縫注視我顫巍巍拿著的信，神情莫名悲傷。

「阿縫……原來妳丈夫還活著？」

阿縫手中的包袱滑落。

「不，旦哥，不是的。」

阿縫撲進我懷裡。

我倆倒在暈染淡淡暮色的榻榻米上。

對，的確不是。因爲阿縫的丈夫已死，千眞萬確。也許那句丈夫病逝的謊話，正是阿縫殺夫的決心。阿縫找了個藉口，把丈夫叫來這條花街的這個家，然後同樣找另一個藉口將丈夫騙至赤間神社殺害。

只不過，丈夫打聽時沒直接問這個家，陰錯陽差害代筆人被捕。阿縫爲救無辜的代筆人提議做僞證，實際上不也是變相證明自己那時刻在家？

可是，有幾點我仍想不通。代筆人爲何要替阿縫頂罪，留下那樣的遺書自殺？其他兩起命案與赤間神社阿縫丈夫的命案，又有何關聯？不，難道那兩起命案果眞是瘋子幹的，而阿縫則藉以掩飾自己的罪行？直到此刻，我才明白唯獨赤間神社一案間隔許久的理由。

這一夜，我留下呆坐著不發一語的阿縫，進店裡後，立即派一名夥計跑一趟她的故鄉。

翌日傍晚，夥計的回報如我所料，七天前，阿縫的丈夫忽然收拾行囊，離開村子後就沒再出現。

我塞錢給夥計，交代他千萬別把此事告訴任何人，於夜幕低垂時分踅回坡上。

前晚，我一起身，阿縫便緊緊抓住我的衣襬，含怨般淚眼瞅著我。

「別擔心，我明天會再來的。」

語畢，我狠心甩開那有些執拗的手。是的，阿縫白皙的手，就像花朵散落般跌在榻榻米的燈影下。

不知不覺間，五月過去，到了六月五日城裡迎接港口祭的那一晚。

隨著夏天的腳步逼近，晚風挾帶濃烈的海潮味自岸邊送來祭典的咚咚太鼓聲，色彩繽紛的煙火在夜空中散開，坡上的人潮也比平常多。

我對妓女與醉客的歡笑聲充耳不聞，在小巷的轉角轉彎。

恰在此時，阿縫家的門倏地打開，冒出肖似阿縫的人影。

見她的樣子不大對勁，我不假思索地縮身躲在雜院入口暗處。

踏出住處，阿縫左右張望，避人耳目般雙臂環抱，將身子縮得小小的，碎步離去。

絲毫不知我在近旁的阿縫，從我面前經過。一瞬間，我瞥見她謹慎護住的胸口，藏著形似刀柄的東西。

在夏季和服與反白飛白紋和服漩渦般交錯的坡上，阿縫的背影時隱時現，我悄悄追在她身後。

阿縫中途拐進岔路，匆匆從妓院後門的陰暗小徑奔往丘頂。

驀地，我有股不祥的預感。

仔細想想，那天正是在赤間神社遇害的男子的頭七。

阿縫會不會是打算在赤間神社了結性命？腦海浮現昨晚她不捨地抓住我衣襬的手，及在時至今日，我仍不時憶起那條花街的燈火。

隨著搖曳的燈光，一串如白供燈的藤花晃動她的身影。

阿縫和代筆人都是爲了搖落那串花，在暗夜裡奔向赤間神社。

阿縫的坦承，雖讓我確知在赤間神社遇害的男子是她丈夫，但我始終沒通報警方。

倘若一個人的生命是爲葬送那一串花的儀式，又倘若人與人之間能藉背影傳言達意，那麼，代筆人與阿縫欲以無言的背影帶往黃泉幽冥的眞相，我也願以背影目送。

桔梗之宿

屍體彷彿要撈起漂浮水面的東西，朝那汙濁河溝伸長右手，倒臥在地。

那條河行經下町知名的「六軒端」銷金窟後方，沿妓院後巷而流。說是流，其實是終年因泥沙與市街排出的垃圾廢物而淤積沉澱，極不討喜，以致連居民都忘了河的名字。

前一晚風雨肆虐，此刻風勢分明已止息，但鐵皮、橋桁等等，都還在其餘威中搖擺不定。然而，在這片風景中，屍體卻靜悄悄地動也不動。

雖僅穿內衣與磨損的長褲，但兩、三天前殘暑猛烈，如此裝扮在這一帶不算稀奇。只不過，經一夜的風吹雨打，衣褲猶如裹了泥，窮酸地緊貼著屍體。

由於是這樣的地點，益發顯死得不見天日，有那麼一分陰慘。

死者年約三十五、六，依事後調查，乃是六軒端人稱「一錢松」的男子。這個綽號源自他左耳下一塊一錢銅幣大的紅斑，而宛若瞄準那塊紅斑，頸部上方有兩道麻繩或類似物品的勒痕，據判便是死因。

行凶時刻推定爲屍體在天明之際被發現的前幾個鐘頭，約莫是夜半風雨最強的時刻。

由於是鬧區的夜晚，儘管在偏離中心的後巷，平日也有三兩行人。但前晚那場暴風雨剛過，連大路都不見人影，店家早早便打烊，熄去霓虹燈，導致屍體發現得較遲。

我們抵達現場時，天尚未大亮。即使如此，河對岸的東方天際已略略泛白，或許是雨雲的遺跡，殘留一抹帶紫的雲——那顏色像極死者臉上浮現的屍斑。只見兩隻空虛睜大的眼睛，恍若對黎明將至渾然不覺，仍追逐著黑暗。

屍體幾乎落入水面的右手緊緊握起，我們起初還以爲是臨死前的痛苦造成的。首先注意到的是法醫，那東西從無名指與小指之間露出。

「是桔梗花。」

法醫設法扳開僵硬的手指，湊近觀察後說。

男子發黑的手中，花瓣碎成片片。仔細一瞧，莖葉沾滿泥土，唯獨花朵不可思議地維持原有的潔白。雖沾染粗糙手指的屍臭，但在我眼裡，那猶如瀕死男子抓住的幻影。

有生以來頭一次遇上死於非命的屍體，我不禁忘了職務，慘白著臉佇立當場，腦中掠過一幕畫面。

——暴雨中，兩道影子在這後巷起爭執，一道影子以駭人的力量勒住倒地男子的頸脖。痛苦後仰的男子，瞥見在妓院燈火照耀下，淡淡浮現漆黑水面的小白花。不畏劇烈的雨勢，兀自漂在這條冷僻渾濁小河上的花，在男子眼中，定是超脫現實的幻影吧。男子忘卻自己的死，一心只盼摘下那朵夢幻之花。隨風在漆黑波浪中起伏的一朵花，及拚命伸長想搆著花的黑暗之手……

突然間，一陣鐘聲打破我的想像。之後，我才曉得六軒端西方一角有座名爲陵雲寺的小廟，命喪此地的薄命女子，屍骨都葬在那裡的無主墳。這是廟用來宣告黎明的鐘聲。

下一聲鐘響前，餘音縈繞於朝霞中。那神聖的鐘聲，聽在我耳裡，彷彿哀悼著一名男子之死，及他帶上黃泉路的一朵花之死。

這便是我與桔梗花最初的邂逅。昭和三年（一九二八）的九月底，自警校畢業成爲刑警的我，初次負責的一樁案件，因桔梗花而終身難忘。

一

三天後，我與前輩菱出刑警造訪六軒端一家名爲梢風館的小妓院。

經過兩天的調查，雖然獲知一些消息，卻沒找到破案的線索。

男子叫井田松五郎，據傳兩年前還在六軒端最大的錦麗館拉皮條。當時他就有些不老實，老闆談起他時，認爲他連名字都是假造的。兩年前公會決議禁止拉皮條後，他便消失蹤影，直至今春，他忽然搖身一變，以尋芳客的身分在六軒端各處露臉。他似乎過得春風得意，總愛炫耀肥厚的荷包，聲稱「我現下靠處理流當品賺錢」，但也有風聲說他經手違法的勾當。

只不過，與一錢松相熟的「吉津屋」姑娘豐子不以爲然，表示「他不像走險路的人」。在這種前科累累的人物經常暗中出入的場所，女人憑本能就可嗅出這類男子身上是否有陰影，因此她的說法十分可信。

我們推測，這次的犯行可能是針對一錢松經常炫耀的荷包，因屍體上遍尋不著。

還有，關於一錢松當晚的行動，由命案現場就在左近，幾乎能確定一錢松照常光顧六軒端的某家妓院。屍體右乳頭上殘留著少許女子的水粉與胭脂，也證明了這一點。

我們一家家妓院問過去，奔走兩天卻沒掌握任何線索。

就在這時，我們接獲一則通報。

——當晚九點，有人瞧見一錢松進梢風館。

信中只寫著這句話，並未署名。稚拙且向右斜的字體，多半是爲掩飾筆跡而以左手書寫的。

妓院之間一樣會同行相妒，或許這是陷害梢風館的惡作劇，但爲周全起見，我們仍決定前往查證。

搭市內電車在六軒端下車時，萬里晴空突然烏雲籠罩，緊接著，一陣風吹起報紙、垃圾、塵沙，掃得一乾二淨的路上，出現一片大滴雨粒形成的黑點圖案，轉眼間，線簾般直下的雨絲便將街景底部染成白色。遠遠響起悶雷聲，自那場暴風雨留下一具屍體離去以來，一直清朗無比的秋日青空，突然落下不合時宜的午後雷陣雨。

我和菱田刑警鑽進六軒端的大門，奔入第一家妓院門前的屋簷下。

原本這地方白天就同死城般人跡罕見，而這場突然的雨，更使得自大門起好一段路人影全無。一排排瘦長的鉛灰建築彷彿遭抹去般，與暗轉爲青銅色的天空融爲一體，唯有打在鐵皮屋頂上的雨聲嘩嘩作響。

往前兩、三戶，屋簷下有個妓女撩起和服下襬，露出濺上泥巴的腳，正在躲雨。

向那妓女打聽梢風館的所在，她默默搖頭。在這彈丸之地便有多達二百五十家妓院，難怪女子身爲同行也不知道。女子漠不關心地蹲下抽起菸，不曉得是目送煙飄散，還是凝望瀑布般傾瀉的雨水，毫無生氣的一雙眼茫然朝上。這樣一個女人，一到晚上便會穿上華服，嬌聲與男人調笑，我實在難以置信。

我們在躲雨的那家妓院探得梢風館的方位，待雨勢減弱，便來到路上。

接近大路的盡頭，路突然變窄，也錯綜複雜起來。這兩天我明明走過好幾趟，到此處還是會迷路。四周皆是相同的薄鐵皮或瓦屋頂，巷道如密網通向各處，又繞回原地，連後門攀出窗外的枯萎牽牛花都一模一樣。

菱田刑警對這片犯罪叢生的地區已十分熟悉，似乎只聽一次就曉得是哪裡，一逕穩健向前。就連走路也看得出經驗深淺。三天前那場大雨形成的積水未乾，這會兒又下起驟雨，水溝裡的濁水溢出，小路化爲黑河，但菱田刑警仍靈巧地長驅直入，我卻因鞋子數度被泥水絆住而進退不得。

過了一條細窄的排水溝，便抵達第二區。這條溝似乎是從命案現場那汙水溝分出的，同鐵皮牆形成與一區的界線。儘管是一道單薄的鐵皮牆，一樣是禁閉女子的監牢。

踏進二區，隨即聞到一區沒有的異臭。不僅僅是水溝味，還夾雜著腐臭。房舍的木牆和屋頂比一區來得細薄，路上的泥濘也更加嚴重。

即使如此，一到夜晚，這裡依然張燈結彩，鶯聲嚦嚦，裝扮出溫柔鄉在黑暗中應有的妝容，可是，在灰雨中顯露的赤裸面貌，卻教人心痛不已。我驀地想起，大正初年傷寒流行時，聽說死者幾乎全來自二區。

眼下這時間，整排讓妓女向客人展示容顏的窗戶一概是灰濛深鎖，不過，其中一扇窗出現的面孔瞧見我們，仍不忘拋來媚笑。

梢風館位在窄巷的轉角，建築與周遭並無二致，掛在入口的洋燈上寫著屋號。

「離現場很近。」

菱田刑警對完全失去方向感的我，別有含意地說。

我們從無窗的那道入口進門，揚聲喊人，但屋內靜悄悄的，像是沒人肯出來。

我摘下眼鏡，拿手巾擦了擦臉和鏡片。

此時，我感到一股視線。

我戴上眼鏡抬頭望去，玄關木板房通往二樓的階梯上，有張臉蛋急忙躲藏。雖僅匆匆一瞥，但似乎是個女孩。

不知喊到第幾次，老闆娘模樣的女人總算自門簾後現身。

「五點才開店，這是公會規定的。」

女人語氣十分不耐，可一聽我們是警察，立刻客客氣氣滿臉堆笑。她歲數將近五十，大概是年輕時粉擦多了吧，膚色頗為暗沉。

菱田刑警坐在入門處架高的地板上問話，沒想到很快便得到答案。

她表示當晚約莫九點，有個意想不到的客人。

「那晚應該是別家提早打烊，他才上門的——對，是生客。我暗想，那麼大的風雨還來，眞是好色，所以印象深刻。」

客人的身材及穿著也與一錢松相似。

「這邊有沒有紅斑？」

菱田刑警在脖子根部畫圓問。

「這我就不記得了。」

「他幾點離開的？」

「十一點左右。他一走，風雨突然變大，我還擔心他怎麼回去……」

「我想見見接那位客人的姑娘。」

老闆娘顯得有些不情願，仍朝樓上喊：

「阿昌、阿昌。」

沒人應聲，不久，最上層出現一對裸足，一名女子理著凌亂邋遢的和服衣襬下樓。或許剛剛在睡覺，她慵懶地坐在階梯上。尚未化妝的肌膚並不白淨，但長相清秀，年約二十四、五，不是方才偷看樓下的女孩。

老闆娘介紹我們是刑警後，女子依然毫無反應。

「告訴妳，眞是教人吃驚，在後面遇害的那個男的，就是這兩、三天大夥談論的一錢松——好像是那晚的客人吶。」

「是喔。」女子彷彿聽著無聊閒話，只短短應一聲。

「嗯，確實有這麼一個斑。」

女子回答菱田刑警的問題後，朝我瞄一眼。

我連忙低下頭。我不喜歡與女人視線相對，因爲我曉得女人對我的長相作何感想。不過二十五歲，便頂上稀疏，且戴著厚厚的圓眼鏡——這副外貌害我去年在故鄉沒談成親事。

「那是怎樣的人？」

「很討人厭。不光拿錢顯擺，還抱怨要不是天氣這麼差，早就去更好的店。」

「他帶了多少錢？」

「五百圓，他自己說的。」

我和菱田刑警對望一眼，凶犯果然是爲那一大筆錢痛下殺手。

「方便讓我們瞧瞧他待過的房間嗎？」

老闆娘一臉不情願，女子倒是應聲：

「請。」

我們隨懶洋洋站起的女子上樓。二樓盡頭的房間露出的紫色裙襬又匆匆縮進去，落入走廊的淡淡影子一閃而逝。我再度感受到一股視線。

若不提色彩豔麗至極的窗簾，阿昌的房內頗清爽乾淨，但仍有種頹廢的氣息。

菱田刑警並未進房，只從廊上環視房裡情況，問道：

「妳們這裡共有幾個姑娘？」
「我和另一個，春天時原本是三個的。」
「當晚，除一錢松還有別的客人嗎？」
「小鈴那裡也有一位。」
「和一錢松同時間？」
「是的，那人一走，小鈴的客人緊接著離開……」
菱田刑警雙眼一亮，這話引起了他的注意。
「我想見見那姑娘……」
「小鈴大概什麼都不知道。」
說著，阿昌沿廊走到盡頭，隔著紙門呼喚：
「小鈴，警察大爺有事要問妳。我開門嘍。」
這就是剛剛紫色衣襬消失的房間。我越過站在前方的菱田刑警矮小的頭，往房裡看。
房間像個小倉庫，榻榻米潮濕發黑，臭味四溢。雨滴的影子在發爛的牆上化爲流動的珠簾。
女孩坐在斑駁掉漆的碗櫃旁。房間已夠陰暗，那角落更像昏暗混沌聚集沉澱的地方。
她約莫十五、六歲，上妝的白粉掩沒臉龐輪廓，嘴唇塗著濃濃胭脂，但迴避我們般斜垂的雙眼，卻藏不住稚氣。不，濃妝反倒凸顯女孩容貌的稚嫩。那身褪色的紫底銀波和服多半是別人的舊衣吧，成熟的圖案與她的年齡頗不相稱。

我們一進房，女孩便連忙反手藏起懷裡的人偶。穿著鮮豔緋色和服的人偶大概有女孩一半高。窗畔的茶葉箱中，也塞滿色彩繽紛的眾多人偶，活像一座屍山。

「妳叫小鈴吧。幾歲了？」

菱田刑警柔聲問，女孩只報以畏怯的眼神。

「她十八歲。」

不知何時已站在門檻處的老闆娘，代女孩回答。老闆娘背後，阿昌倚著柱子，腳趾在廊上無意義地寫著字。

「是嘛，妳十八歲啊……」

女孩點點頭，求救般抬頭看老闆娘。

菱田刑警針對暴風雨當晚的客人提問。

「那男的叫什麼名字？」

女孩依然默不作聲，半晌後，微弱地應道：

「謹爺。」

就這兩個字。

接著，對話又持續近五分鐘，但女孩幾乎沒開口，僅畏怯地交互望著刑警與老闆娘。而且，就算女孩好不容易想回話，老闆娘也搶著答覆。

關於那位「謹爺」的消息，也全出自老闆娘。

他名叫福村謹一郎，聽口音是京都出身。實際上，男子提過以前在大阪當淨琉璃（註）的人偶師。某次到東京演出時，後臺失火，爲搶救人偶，右手慘遭火吻報廢。他手上纏著遮蓋傷疤的白繃帶，也因此離開劇團，直接定居東京，不知現下靠啥過日子。

無論是一錢松或福村，都沒人曉得他們目前何以維生，或許在這種地方是理所當然的。尋芳客本就不會向姐兒透露自身的來歷，姐兒也不願提及淪落紅塵的原由。無論多麼熟的恩客都一樣，歸根究柢，這不過就是個男人與女人萍水相逢，春宵一度的世界。

福村從今春起成爲阿鈴的熟客，經常上門。

「謹爺也沒告訴妳目前幹什麼活嗎？」

「他總是默默坐著……」

鈴繪只回了這句。慵懶的語調與她稚氣的臉蛋很不相稱。我暗想，這地方每個女人的嗓音都一樣。

鈴繪始終沒換姿勢，雙手像被縛在身後。她所藏的人偶與淨琉璃用的十分相似，不過仔細一瞧，臉是以紙黏土糊成，簡陋粗糙，和服則是廉價的薄毛呢。

「這是妳做的嗎？」

註——日本傳統表演藝術。

菱田刑警問，鈴繪搖搖頭。

「是謹爺做來給我的。」

望著茶葉箱裡發黑磨損的人偶，我彷彿能窺見一名素未謀面的男子的人生。想像中，福村蹲著凝視洋燈的紅光映出自己的影子，而他本身的模樣也如影子般灰暗。

「這個……」

菱田刑警指著角落茶几上的杯子，杯裡渾濁的水引起他的注意。

「是插花用的嗎？」

鈴繪看一眼老闆娘，才點點頭。

「什麼花？桔梗？」

她又點頭，兩、三縷細細的髮絲從頭髻鬆脫，觸碰到白衣領。

「白色的桔梗嗎？這樣啊，當天晚上也插了那種花嗎？」

「……」

「什麼時候不見的？」

鈴繪搖搖頭，似乎是表示不清楚。

「阿昌姑娘，妳房裡是否插了花？」

「沒有。」

阿昌回答。她在廊上，只聞其聲不見其人。

「小鈴，那晚妳阿昌姊姊的客人沒進過這房間吧？」

鈴繪點頭。

或許菱田刑警認爲再問也是徒然，便沒繼續追究。他環視房內，忽然走近窗旁，推開窗戶。隨著嘰軋聲，成群的淺灰屋頂恍若匍匐在低地般攤了開來。雨不知何時已停歇，但在迷濛依舊的濕氣中，看得見化爲一條黑帶的河溝緩緩流動。這裡確實離命案現場很近……

然而，此時吸引我們目光的，不是這片隔窗的景色，而是露臺上意外出現的一叢花。想必是女孩悉心栽培來當作這腐臭瀰漫的房間唯一的安慰吧，五、六個盆栽裡開著數不清的花。她們彷彿要代爲展現年紀尚幼就將腐朽的女孩靈魂，既不隨風搖曳，也不靠近渾濁的空氣，讓瓣上雨露散發晶瑩剔透的光芒，潔白地盛開。

——這便是我與桔梗花的二度邂逅。

二

第三度邂逅時，在被彩色洋燈浸潤成紅色的房裡，那花也染上相同的顏色。距初次造訪梢風館兩天後，我藏起警官的身分，以客人之姿在那間房與鈴繪見面——我這麼做是有原因的。

菱田刑警綜合老闆娘、阿昌與鈴繪的話，推斷兇手是當晚鈴繪的客人，福村謹一郎。

一錢松並未進入鈴繪的房間，那麼，爲何他的屍體握著鈴繪房中才有的桔梗花？答案只有一個，意即，行凶時帶著花的不是被害者，而是兇手。一錢松與兇手打鬥之際，兇手的胸前極可能就戴著那花，碰巧被扯下。依此推論，兇手是唯一能接觸插在鈴繪房間杯裡桔梗花的人，除了福村不作他想。

福村多半是等一錢松步出梢風館，便跟著離開。尾隨到現場後，福村伺機襲擊一錢松並將他勒斃，搶走五百圓逃逸。

然而，還有問題必須解決。

曾遭火舌紋身而一手殘廢的福村，有勒死一錢松的力氣嗎？再者，福村如何得知理應在另一間房的一錢松身懷巨款？菱田刑警推側，福村可能是去解手時在門外聽到阿昌房裡的對話，但我總覺得，鈴繪在這方面似乎有所隱瞞。

我之所以背著老闆娘單獨與鈴繪見面，原因之一便是想了解這一點。鈴繪顯然懼怕老闆娘的眼光更甚於我們，若老闆娘不在場，一定能打聽出更多線索。

至於我摘下眼鏡，戴上帽子掩飾稀薄的頭髮，不惜變裝也要以客人的身分接近鈴繪，則是出自與職務無關的情感。

我童年的記憶與一名少女的身影密不可分。我出身富士山腳下的貧村，老家附近住著名叫幸子的少女。幸子像保母般疼愛幼小的我，經常背著我，或牽著我的手，和我一同玩耍。其實，幸子也還是個孩子，但手因粗重的工作，指節隆起，和男人一樣黝黑。如今，幸子陪伴我的種種細節，已埋沒在歲月的黑暗中；然而，幸子突然拎著包袱，由一個商販模樣的男子領著自堤防離去的那個早上，我記得清清楚楚。我連忙追趕，過橋的幸子回頭笑著向我揮手。雖然還小，我也明白幸子將被賣到悲慘的地方，但她的笑容沒有絲毫陰影，一如往常。

我不清楚幸子的下落，但那抹微笑是幸子留給我最後的回憶，宛若一記烙印，既灰暗又鮮明。初遇與她年紀相當的鈴繪時，我便將幸子那實則悲哀的笑靨重疊在鈴繪身上。假如能夠，我要救她脫離那個世界——這股年輕人才有的正義感也驅使著我。

我打算先斬後奏，所以沒告知菱田刑警便著手進行。話雖如此，單獨前往難免忐忑不安，我便託熟悉門道的友人同行。我與聲色娛樂一向無緣，碰上這起命案前，甚至未曾涉足類似的地方，不曉得怎麼進門作客，況且，即使藏起眼鏡與頭髮兩大特徵，孤身一人難保不被識破。

灰濛的暮色中綴著點點晚霞，六軒端燈火初上時，我們從接近命案現場的後門步入二區。我認不出兩天前的路，在小巷中四處亂鑽，最後先找到的不是梢風館，而是鈴繪。昏黃的燈光下，她的臉蛋出現在分不清是哪個角落的窗中，不像其他女郎對經過的男人示好，視線甚至沒對著巷子，只流露與稚嫩外貌極不搭調的慵懶神情，小嘴無聊地咬著團扇。

多虧友人玲瓏的唇舌保駕，我沒在老闆娘面前露出馬腳，順利與鈴繪踏上二樓。

鈴繪也沒立時認出我。紅燈昏暗的房裡，鈴繪背對我開始寬衣。

「用不著脫。」

鈴繪轉過身，見我摘下帽子、戴上眼鏡，不禁小聲驚呼。看來鈴繪記得我，原本擔心她會奪門而出，但她望著我，拉開裙襬坐下。雖有胭脂水粉與紅色燈光的雙重偽飾，女孩的臉龐仍殘存尚未完全成爲娼妓的稚嫩線條。

解釋完想單獨見面的原因，我問起那晚的情形。不曉得一錢松與福村有沒有過任何形式的接觸？但一提及當夜，鈴繪便和兩天前一樣，低頭不發一語。她的神情不若先前害怕，可見有所隱瞞。儘管是孩子，也察覺出我們懷疑福村吧。鈴繪頑固的沉默，彷彿在袒護福村。

最後，我不得不放棄。鈴繪約莫是察覺這點，突然做出消除芥蒂的舉動。

「這眼鏡眞有趣。」

說著，她摘下我的眼鏡，拿到面前。

「啥都看不見吧？」

「嗯。」她有些掃興，「還以爲看得見什麼……不過挺好玩的。大哥不戴這個，是不是就和盲人沒兩樣？」

她孩子氣地說著，綻出一笑。頭一回瞧見她的笑容，意外地天眞，莫名讓我有種安心感。

還我眼鏡後，鈴繪唐突地問：

「要睡嗎？」

我沒作聲。

「第一次？」

「……………」

「那找阿昌姊姊比較好。」

「不了，我沒那個意思。」

「這樣啊。」鈴繪點點頭，接著低喃，「跟謹爺一樣。」

「謹爺……謹爺也不睡嗎？」

「嗯，他會要我一個人睡，然後就默默坐著，打打陀螺、搓搓紙撚，偶爾會演人偶戲給我看。」

接著，鈴繪從茶葉箱裡取出人偶。緋紅和服加上洋燈的燈光，活像紅色喪服。

「說是做得好的人偶，眼睛和嘴巴能打開。不過，謹爺演起來似乎真的會流淚呢——這個人偶叫阿七。」

此時，鈴繪忽然注意到我的視線。我望著茶几上杯裡的一朵桔梗，鈴繪彷彿想避談那花，又問：

「要睡嗎？」

「不了，就照謹爺來時那樣吧。」

「那我能躺著嗎？」

「嗯。」

鈴繪背對我，鑽進被窩，隨即轉過頭。

話。」

「可是，大哥和謹爺不一樣。」

「哪裡不一樣？」

「謹爺不開口時，總像在生氣，臉色很恐怖。每次他都一個人來，也不怎麼想和我講

我同情鈴繪，亦可憐福村。一場事故讓他不得不放棄自己，沉淪在社會邊緣。到妓院只爲獨自玩耍，這種行爲唯有男人的愚蠢足以形容，卻透著一抹哀傷。

「要玩煙火嗎？」鈴繪又唐突地問，「謹爺買來點剩的收在櫃子裡。」

「謹爺喜歡煙火嗎？」

「嗯，他會看著煙火散掉，一邊笑。大哥想點嗎？」

「不了。」

「您果然和謹爺不一樣。」

「小鈴，妳幾歲？」

「十八。」

「告訴我眞正的年齡吧，我不會說出去的。」

「……十六。」

鈴繪害羞般垂下眼。她果然謊報年齡，法令禁止雇用未滿十八歲的女孩賣春。

她躺著回答我的問題，零星談起身世。

鈴繪被賣到這裡的經過並不稀奇。她是從東北的貧村來東京當女工的，但由於身體不夠健壯，和其他幾個女孩一起被迫賣身。我忽然想到，或許鈴繪在鄉下也有個疼愛的五、六歲孩子。離開村子時，鈴繪也露出笑容對那孩子揮手。從神情摻雜幼稚與成熟的鈴繪身上，我感覺到與幸子相似的堅強。

「債還清後有什麼打算？」

「什麼打算也沒有，就維持現狀。」

「可是，到時妳便是自由身了。」

「我還不起的，現下巳累債五百圓。日子愈久，欠得愈多，再說我早就習慣。老闆娘雖然凶，但阿昌姊姊對我很好。」

鈴繪漸漸入睡。聽著她安穩的鼻息，我思索著福村是否因這張純眞的睡臉，忽然動念想救出落入苦海的女孩？五百圓——與一錢松身上的金額湊巧相同，令人不得不起疑。事實上，假如不偷不搶，我是籌不到這麼一大筆錢的，我根本沒辦法幫她。不光是錢，紅燈、水粉、臭水溝，以及連蚊香的煙都不怕的成群蚊子，對年紀尚輕的我而言，一切都是無從抵抗的現實。將一朵桔梗放回陽光底下，花自能重拾潔白吧。可是，我該如何將染在鈴繪肌膚上的紅色燈影重新漂白？花一旦開始枯萎，便只能靜待凋零——透過遭汙損的肌膚，鈴繪必定比任何人都清楚。一個僅有數面之緣的男子青澀的感傷，是救不了這個女孩的。

女子的大呼小叫與客人的笑聲、街頭歌者哀愁的小提琴聲，在黑夜中交織。不久，後方陵雲寺的鐘聲打破這陣喧囂。與那天早上一樣，是沉靜而能包容一切的鐘聲。我望著鈴繪稚嫩卻流露死亡氣息的睡臉，忽覺好似在黑暗的靈柩中聆聽那宛如祈禱的鐘聲。

當晚，離開之際，鈴繪叫住我：

「那個……」

我回過頭。那一瞬間，鈴繪的雙眼發亮，似乎想說什麼。然而，不待我開口，鈴繪便搖頭移開視線。當時，鈴繪確實有話要告訴我，爲何我沒坐下繼續追問呢？直到今天，我仍爲此感到後悔。若我探出鈴繪心裡的話，或許能防範第二起命案於未然。

三

接下來近半個月都沒收穫，時間已到十月中旬。

最初那天，我們便從鈴繪口中得知，福村在臨別之際，曾表示要去旅行一個月左右。離開梢風館時，福村已決意對一錢松下手，因此這番話可解釋爲逃亡。儘管福村行蹤杳然，我們仍心懷期待，認爲他會再度翩然回到這裡，於是交代老闆娘，等他一出現就立刻通報警方，但也沒得到聯絡。

不過，福村的經歷倒是很快便釐清。相當幸運地，我們查到一個四處巡迴演出的大阪人偶劇團。五年前，團裡確實有名叫福村的男子。福村的父親是製偶師，次男身分的他從小便進入這個春駒劇團，長期幫忙跑腿打雜。然而，東京公演的某一天，他在演出時失誤，弄掉人偶的腿。其實，這是小事，連負責操控頭部的太夫（註）都沒怎麼放在心上，他卻主動表示要辭職，沒得到團長的許可，翌日便離去。

「奇怪，後臺從不曾失火，也沒聽他提起灼傷的事。果眞發生過這樣的意外，應該是離開我們團後遇上的吧。」

太夫的說法，與福村告訴梢風館老闆娘的有所出入。爲何福村要對老闆娘撒謊？這是疑問之一，但更重要的是福村的行蹤，我們必須找到他。

離團後，福村似乎沒回大阪，不曉得定居於東京何處。

我們曾兩度造訪梢風館，詢問老闆娘福村是否上門。由於是白天的短暫停留，沒能看到鈴繪。晚上，我私下前往六軒端，但窗裡不見鈴繪，唯有二樓鈴繪房間透出窗簾的燈光，染紅露臺上的桔梗花。

即使見了面，我又能比那一晚多替她做些什麼？身爲刑警，只要逮住那起命案的嫌犯福村謹一郎就好——我如此告訴自己，在寒風中遠離那盞燈。

然而，我倒是對目前追緝的福村，抱持超越職責的興趣。

過往在臺上，福村多半只會以黑衣現身人前，但我認爲，那宛若將黑暗穿上身的舞臺裝，正如福村之後的人生。將鈴繪片斷的描述拼湊起來，相信他是用黑頭巾封閉自己，靜坐

註——日本傳統人偶劇中，講述故事情節者稱「太夫」。

在那間房裡。我很想知道，在他自行纏上的黑暗底下，隱藏怎樣的眞實面貌。

然而，又徒然度過十天，距命案發生已將近一個月。就在菱田刑警說出「也許該放棄了」這種喪氣話不久，福村謹一郎忽然出現在我們面前，且是以超乎預料的形態。

一切像極一錢松當時的狀況。前晚雖然沒暴風雨，卻突發一場火災，整個六軒端飽受驚嚇，因此遲至天亮才發現，連陳屍的地點……

福村謹一郎，朝水溝伸出緊握的手，脖子留有繩索的勒痕，命喪疑似遭他殺害的一錢松斷魂之處。甚至，連手中那朵捏碎的桔梗，花色都一樣。

四

前一天的火災發生在晚間八時許，靠近一區大門的地方。事後才曉得，起火的原因是六軒端最大的妓院用火不愼。由於風向有利，半夜火勢就被撲滅，即使如此，大道右側仍有七家妓院受波及。

兇嫌便是趁這陣混亂下手的。

屍體的右手綑著繃帶，容貌也符合梢風館老闆娘的形容。請老闆娘到現場認人，果然是福村。

我呆立當場。嫌犯福村竟以屍體現身，不僅死狀與一錢松相彷，還同樣握著一朵桔梗。

然而，更教我驚訝的是，拆下繃帶後，那竟是一隻白淨的手。

絲毫不見灼傷的痕跡。或許是長期裹著繃帶，沒接觸外界的空氣，唯有那隻手特別白，像是砍下來接在曬得焦黑的胳膊上。纖細如女人的五根指頭，則恰似五瓣的白桔梗。

我恍然大悟，原來黑頭巾下藏的不是臉，而是這隻白皙的手。

由於一次微小的失誤，福村認清自己的才能有限，絕望地拋棄故鄉與人生。離開春駒劇團時，福村必定是決心不再用這隻手。事實上，在那一瞬間，無法再操控人偶的手已宣告死亡。福村纏起繃帶，不正意味著埋葬？透過鈴繪的話，想像出一名孤獨男子時，我便隱約有這種感覺。不，莫非福村不願相信自己居然因失誤而不得不放棄人偶，才編出意外事故的謊言，塗改了記憶？也許那些繃帶，正是放棄人生的男子藉那樣的謊言自我安慰的最後法子。

總之，福村的手並未殘廢，解開了他如何勒死一錢松的謎。然而，福村為什麼會遭相同的手法殺害？其中的意義令我百思不解。

還有，那朵桔梗——

福村死時緊握的花，讓這次的命案又連結上梢風館及鈴繪的房間。

「沒有，我們壓根不曉得他回到東京。昨晚那場火災，害阿昌和鈴繪沒半個客人。」

我們前往梢風館打聽福村昨晚是否來過，老闆娘立即否認。

當然，我們也見了鈴繪。可是，鈴繪和上次一樣，躲在櫃子旁，無論菱田刑警怎麼問，都一味搖頭。

期間，鈴繪沒看我一眼。不知是刻意逃避，還是根本忘記我這個人。

離開房間前，我回頭望去，鈴繪仍側著臉，視線落在榻榻米上。
我打不好鞋帶，走出梢風館時，菱田刑警的背影已快要消失在後巷的轉角。
我匆匆拔腿想追上，忽然間，有東西擦過我的面頰，落在積水旁。我不由得停步，往腳邊一看，鞋底正好踩著它。即使沾滿汙泥，且被踩得失去原貌，卻分明是朵桔梗花。
我不禁抬起頭。原來，我恰巧站在鈴繪房間的窗下，但窗簾半掩，不見人影。
我納悶著繼續前行，花再度落下。再次抬頭，窗簾後依然毫無動靜。
我再踏出一步，又是一朵……
鈴繪肯定悄悄躲在簾後，故意朝我丟下花。
我駐足仰望好一會兒。
鈴繪果然有所隱瞞，且試圖要告訴我。
我拾起一朵浸在積水裡的桔梗，細瞧還殘留一片沒沾上汙泥的純白花瓣。
對我而言，那是鈴繪拚命想傳達，卻無法宣之於口的白色話語。

五

菱田刑警的看法沒變，斷定一錢松命案的兇手就是福村。
他認爲，福村隔一陣子返回六軒端，荷包裡的五百圓幾乎原封不動，而知曉此事的人，貪圖這筆錢殺害福村。因福村的屍體上也沒找到一毛錢。

老闆娘、阿昌和鈴繪都稱當晚福村沒到梢風館，但我們並不相信。福村睽違許久重訪六軒端，便是要與梢風館的鈴繪見面。由於上一起命案，我們已知福村不會到梢風館以外的妓院，而三個女人異口同聲回答「不知道」的樣子，也與一錢松那時不同，令人感到有些不盡不實。

而那朵桔梗——握在白皙手裡的花，正是福村曾造訪鈴繪房間最好的證據。

菱田刑警推測，福村是在梢風館遇害的。當晚，由於那場火災，除了福村沒別的客人多半是實情，而命案是三個女人中的某人幹的。

不過，光憑一個女人的力氣，要勒死一個大男人並不容易。大概是老闆娘和阿昌爲五百圓共謀，而一切在鈴繪的房間進行，鈴繪因此全程目擊。不，福村若拚命抵抗，掙扎起來，恐怕兩個女人也無法對付，所以老闆娘要鈴繪幫忙，並交代絕不能洩密。然後，她與阿昌趁火災騷亂時，將屍體搬到後面的溝邊。

見鈴繪抿起的唇顯得比上次一錢松命案時更緊張，我也贊同菱田刑警的看法。

只是，老闆娘與阿昌不知如何處理屍體，便搬到上次一錢松的命案現場——這一點還說得通，但爲什麼也讓屍體握著桔梗花？

當中有明顯的意圖，絕非巧合。這朵花確實將兩件命案的某一處連結起來。

隔天晚上，我再度約友人到梢風館作客，想問出鈴繪丟給我的白色話語。

不知是火災後遲遲未復原，抑或又發生意外事故，六軒端一帶盡皆停電，一片漆黑。

平日各色霓虹燈融匯，如煙霧般滾滾而出，將夜幕下方高高抬起，當晚卻黑暗深垂，直達地面。燈火一消失便不復存在的市區，令人感到無限虛幻。

即使如此，沒有任何一家妓院休息。每家門前窗上都點了蠟燭，燭光照常映出成排姑娘的臉龐。但上門的客人稀稀落落，姑娘朦朧浮現的面孔及拉客聲，也了無生氣。風帶著腐臭與燒焦的煤味吹撫而過，那些燭火好似被黝暗河水送走的送靈之火，又好似荒野墳場中飄蕩的鬼火。

鈴繪像是馬上注意到摘下眼鏡的我。她以窗代鏡，正在補妝的小指頭驀地停住。

和上次一樣，在友人巧妙的誘導下，我和鈴繪順利上樓進房。

蠟燭的火光下，鈴繪嬌小的身軀浮現薄墨般淡淡的輪廓。分明在眼前，卻宛若伸手一碰就消失的幻影。落在榻榻米上的影子反而較濃。

「要睡嗎？」

和一個月前一樣的嗓音。

「不了，今晚我是想問妳……問小鈴實話才來的。小鈴曉得謹爺爲何會被殺卻沒說，對不對？前晚，謹爺來過這裡吧？」

鈴繪直視我，默默搖頭。起初，我以爲她在否認我的提問，但那對睜大的眼睛瞅著我，不斷重複同樣的動作。知情卻不敢明說，她是在無言地告訴我這件事。

對話中斷片刻。

「前天的火災眞是不得了，妳怕不怕？」

鈴繪又搖頭。

「好漂亮。從這裡的窗戶能瞧見火焰熊熊燃燒，連天空都染紅——火星像煙花一樣飛起……故鄉看不到那麼漂亮的景象。」

接著，她突然想起什麼似地，從櫃子裡取出一樣東西。因太昏暗，還看不清楚，鈴繪便倏地吹熄蠟燭。房內陷入一團漆黑後，光就像塵屑般從鈴繪的指間迸落。

原來是上次她提過的，福村留下的煙火。仙女棒宛如開在黑暗細枝頭的光之花，憑風搖曳般隨鈴繪的指尖起舞。然而，不消多久，最後的光芒恍若斷氣消散，又僅僅餘下黑暗。

鈴繪沒立刻點亮蠟燭，靜靜躲在黑暗中。我剛想開口，水粉的味道猝然竄進鼻尖。

「聽到鐘聲了嗎？」

鈴繪低喃著，與我意外靠近。不曉得她是自言自語，還是在發問，我沒作聲。何況，根本不可能聽見鐘聲。我踏進六軒端大門之際，陵雲寺才響起八點的報時鐘聲。究竟是鈴繪聽錯，抑或是我錯聽鈴繪的話？當時，我耳裡只縈繞著路口傳來的〈籠中鳥〉小提琴旋律。

「感覺好哀傷，在工廠大夥也會唱這首歌。」

鈴繪點亮蠟燭。微光中，不知何時，鈴繪已抱起那個淨琉璃人偶。

「我……和這人偶一樣。」

她又喃喃自語。無論在工廠，還是在這家妓院，鈴繪想必都如同人偶，無法擁有自我意志吧。但鈴繪不完全是人偶，即使被關在籠中，仍試圖告訴我眞相。

「小鈴，昨天早上妳從這扇窗丟下花，對不對？那是爲什麼？」

鈴繪沉默著點燃煙火，忽地起身走近窗戶。我也站到窗邊。

幽暗的後巷有零星人影移動。其中一道影子來到窗下時，鈴繪拋下煙火。光之花一晃，畫出一條如夢似幻的弧線，往黑暗深處墜落。

人影不由得駐足，抬頭往上看。

「眞有趣，每個人都一樣。」

一離開窗口，鈴繪便揚起唇角，笑了笑。我不明白鈴繪想說什麼，只隱約覺得，她可能將無法宣之於口的線索，透過這些話語傳達給我。如今回想，鈴繪告訴我的不僅是線索，而是眞相本身。但是，當晚一切就和房間一樣，被覆蓋在昏暗底下，我分毫也看不清。

當晚，鈴繪還瞬間以某種行爲吐露眞相。

鈴繪手移到燭火旁。原以爲她想取暖，不料那手竟覆上燭火。火焰從指間一分爲二。

我不假思索地抓著鈴繪的手一把拉開，兩人頓時倒在榻榻米上。對於襲來的痛楚，鈴繪僅喉嚨微微抽搐，便神智失常般空洞地望著火焰。

「妳這是幹什麼……」

鈴繪彷彿嫌我礙事，甩開我的手，以袖子遮著臉跌坐在榻榻米上。她沒出聲，但也許在哭。無論我怎麼問，她都不回答。

然而，最後我站起時，鈴繪伸出那隻手，抓住我的褲角。
一回頭，鈴繪使出大得不像孩子的力氣，卻和平常一樣別過臉，迴避我的視線。
「本來打算啥也不講的，可我決定道出眞相。」
她遣詞突然恭謹起來，是意識到我刑警身分的口吻。
我想坐下，她卻出聲阻止。
「請背對我站著。無論我說什麼，聽完都別多問，只管走出房間。您肯答應嗎？」
我有些緊張，點點頭。鈴繪一向滿不在乎的嗓音，明顯變得非常認眞。
「您肯答應嗎？」
「嗯。」我大大點頭。
「那麼，我說了。殺死一錢松的，是謹爺。那晚，謹爺偷聽到阿昌姊姊房裡的對話，告訴我，要是有五百圓，就能讓我自由……又補上一句，一個月後會把那筆錢送來給我，便拿著我的腰帶出去。前天晚上，謹爺上門，剛好發生火災……於是，我殺了謹爺。」
我不由自主地想回頭。
「您答應過的。我已說出眞話，所以請靜靜離開。」
即使如此，我仍想回頭。
「您答應過我的。儘管是在這種房間，在這麼髒、這麼亂、只有謊言的房間，答應過的就要算數。請出去！」

鈴繪突然激動地吼道。

我如遭五雷轟頂，呆立當場。不論是鈴繪的告白，或那形同尖叫的話聲，都太過突然。我既無法回頭，也無法邁步向前。

是我殺的——空有這句話，命案依舊充滿謎團。嬌小的鈴繪如何能夠勒死福村？而她讓屍體握著桔梗又有什麼用意？

但，當時的我根本顧不了這些。我只曉得，那句告白是鈴繪眞實的吶喊。此刻，我是面對兇手自白的警官，卻也是滿懷傷感的二十五歲小夥子，一心希望能遵守女孩拚命請託的諾言。

快逃——我竭力感覺身後鈴繪藏在黑暗中的神情，不知爲何，又憶起這話。二十年前，在那強風吹得落葉狂舞的堤防上，我想對幸子喊的就是「姊姊快逃」。想喊，卻沒喊出口。即使放聲大喊，幸子也只會笑著揮手吧。

快逃——或許，驀然記起過往的我，是想對二十年前的幸子，而非鈴繪這麼說。反正，鈴繪一樣也只能笑。逃有什麼用呢？她多半會微笑如此低語。

任男人玩弄，還未盛開就淪爲散發腐臭的死花，最終悲痛地大喊著殺了一名男子的十六歲女孩，哪裡還有路可逃？

就連燭光爲我刻印在紙門上的影子，都顯得悲哀。

「請您出去。」

鈴繪重複的請求彷彿推著我的背，我不由得邁開腳步，反手關起紙門。我唯一能做的，僅有盡可能拖延拉上紙門的時間。

紙門在門檻上頓了三次，發出小小的嘰嘎聲。

當時我根本沒料到，那將成爲我留給鈴繪的最後聲響。

六

翌晨，天未大亮前，鈴繪在門框上自縊身亡。

房內狀態仍和前晚我離去時一樣，大概是停電的關係，之後沒別的客人。想到這裡，我才感到些許安慰。

法醫托著鈴繪的腋下，將她從門框上抱下。

那姿勢觸動了我，菱田刑警似乎也有同感，但我一時想不出究竟是爲什麼。

屍體的右手握著一朵桔梗。露臺的盆栽連葉子都逐漸枯黃，鈴繪悉心播種時，多半錯開每一盆的生長時期。花開、花謝，又綻放出新的花朵，短暫的生命環環相繫才得以延續近一個月的桔梗，迎來最終的循環。或許，鈴繪是希望在最後一朵花枯萎前死去。

然而，與福村那時一樣，令我驚訝的不是那朵花，而是握住花的手。

鈴繪的小手嚴重灼傷。

蠟沿著變形發紫的手流下。

「看樣子是燭火燒的。」

法醫說。只見茶几上的蠟燭盤裡，燭芯深陷。

驀地，我想起前晚在鈴繪指間燃起的燭火，當時她失常空洞的眼神……及解開福村綁帶後出現的那隻白皙的手。福村綁帶下佯稱的灼傷，與鈴繪死前將手灼傷，兩者之間有什麼關聯嗎？

老闆娘與阿昌招認，曾幫忙鈴繪把福村的屍體運到河溝旁。兩人都供稱是要替鈴繪掩飾，阿昌也許眞是如此，但老闆娘只是怕妓院鬧出命案，自己會被追究責任吧。

鈴繪未留下任何遺言，不過，從盆栽的土壤下找到五百圓。結論是，爲得到這筆錢，鈴繪殺害福村。

那麼，只剩一個問題：十六歲的小女孩如何勒死一個大男人？

當天晚上，我一五一十告訴菱田刑警，一錢松命案後及昨夜，我都曾悄悄去見鈴繪。先前保持沉默，是因我此舉終究是出於個人情感，而非職業上的關心，總感到內疚。

聽完，菱田刑警問：

「會不會是老闆娘和阿昌逼她做僞證？」

「不，我認爲鈴繪說的是實話。」

是的，那眞摯的語氣不可能是被逼的。

「是嘛。我懷疑過，會不會是老闆娘和阿昌打算讓鈴繪頂罪，於是連鈴繪也殺了……」

「話說回來，那樣一個小女孩，是怎麼勒死福村的？」

菱田刑警雙手交抱胸前，沉思一會兒，繼續道：

「矢橋老弟，這次的命案搞不好是黑衣人與人偶的殉情。」

眞是令人意外。

「福村可能從以前就有自殺的念頭，可是一個人死太寂寞，便考慮要不要帶鈴繪一起走。依你所言，他們雖沒共枕過，但應該有一定的感情吧。然而，基於這份感情，福村也希望能將鈴繪從目前的處境中救出來。兩個念頭在內心交戰，福村仍不斷去找鈴繪。福村爲救鈴繪不惜殺人，卻更把自己逼上絕路。火災當晚回到六軒端，也是爲了尋死。只是，事到臨頭，終究沒獨自赴死的勇氣，他決定賭一把，要鈴繪殺死自己。」

「…………」

「想死卻不敢死，所以請殺了我——福村拜託鈴繪，鈴繪當然猶豫過吧。福村把繩子纏在脖子上，勉強滿心不願的鈴繪拉住兩端，再抓著鈴繪的手腕，使勁一拉。如同操縱人偶的手，福村操縱鈴繪的手，讓她勒斃自己。」

「福村爲何要這麼做？」

「他賭的是事後鈴繪的心情。鈴繪還年幼的良心，會爲算不上自身責任的行爲產生罪惡感嗎？還是會選擇五百圓的自由？最後，鈴繪由於罪惡感，選擇一死。只不過，鈴繪原本也愛著福村吧。恐怕在福村斷氣的剎那，她才決定追隨福村而去。我們並未告訴鈴繪，福村其實沒灼傷。依我推測，鈴繪死前灼傷手的原因之一，可能來自戲臺上的殉情故事中常見的情義橋段。讓福村的屍體握著桔梗，自己的手裡也握著——鈴繪提過，福村以人偶演很多戲給她看，其中想必不乏殉情故事，她應該懂得不少殉情的常套。在不同時刻死去的兩人，爲免在黃泉路上失散，所以相牽的手裡拿著同樣的東西，好將兩人繫在一起，桔梗的使命便在此。」

「……………」

「哎，你別太當眞，我是聽你談及鈴繪昨晚說自己是人偶，才冒出這樣的想像。再加上，今早法醫把鈴繪的屍身從門框上抱下時，那情景著實猶如黑衣人和人偶。」

不知菱田刑警的想像是對是錯，但一切彷彿已不重要。淚水濡濕我的雙眼，無論是出於怎樣的理由，一個女孩還不曉得幸福爲何物，便匆匆結束了稚嫩的生命。

爲掩飾淚水，我摘下眼鏡，佯裝疼痛般遮住雙眸。

菱田刑警直盯著我，問道：

「你愛上她了？」

「沒有。」我回答。

這不是謊言，我對鈴繪從未懷有男女之情。我不過是想藉由拯救鈴繪，解救一個二十年前救不了的女孩，卻又嘗到失敗的滋味。

菱田刑警窺探般凝視著我，我只是默默低著頭。

七

不久，因警署的規畫，菱田刑警轉調他處。過完年，在新年氣息消退的一月中旬，我收到菱田刑警暌違三個月的來信。

簡單的問候後，信中寫道：

「話說，正月時，我偶然看了一齣由東京的流浪劇團演的戲。引起我興趣的是，女主角名叫『阿七』。我當下想起，你曾告訴我，鈴繪的人偶同樣是這個名字。隨著劇情轉折，我益發目不轉睛，因爲實在太像那件案子。

你應該曉得〈蔬菜鋪阿七〉的故事吧？這是眞人眞事，之後改寫成讀本、歌舞伎，也曾改編爲淨琉璃，劇名爲《伊達娘戀緋鹿子》。內容講述，城裡火災之際，阿七在避難的寺廟中與廟工有了肌膚之親。短暫的幽會點燃她的愛苗，她一心想再去那座寺，於是犯下縱火大罪。戲裡自然加了不少油、添了不少醋，總之是少女見不到男人，而想重現初見面情景的悲劇。當然，觀戲前我便知道這個故事，卻一點都沒覺察。我萬萬沒料到，蔬菜鋪阿七的故事，竟會改頭換面，變成一樁命案，在我們眼前上演。

鈴繪想必也聽過蔬菜鋪阿七的故事，福村肯定曾以自製的人偶演給她看。鈴繪不禁聯想到自身的境遇，同情起阿七。雖然與阿七所處的時代不同，但兩人都還算年幼——被關在一個町裡，連怎麼開門走出去都不知道。她將人偶取名阿七，且十分鍾愛，原因便在於此。

只不過，在一錢松命案前，鈴繪大概做夢也沒想過，自己會步上與那人偶相同的命運。去年九月底，鈴繪身邊偶然發生一起命案。不，這起命案本身不能算是偶然，畢竟是恩客福村爲救她脫離苦海犯下的，然而，之後另一名男子前去找她，就只能說是偶然了。儘管相會不到兩個鐘頭，鈴繪卻愛上他。倘使鈴繪的處境自由一些，或許不會對他的溫柔與容貌產生特別的好感。但始終被關在房裡的鈴繪，僅僅見過把自己當成逞獸欲的玩物、糟蹋自己的男人，所以在她心中，那一絲體貼與溫柔的分量有多重，恐怕是一般女孩無法體會的。而這名男子從事的工作與她所待的世界天差地遠，益發加深她的愛慕。頭一個夜晚，臨別之際，鈴繪叫住他。可是，考慮到自己的立場，鈴繪說不出『請再來看我』，於是一個月過去，都沒能再見到他。見不著面，讓愛火燃燒得更熾烈。當熊熊火焰失去控制時，爲見他一面，鈴繪採取最後也最幼稚的辦法。想去寺裡，只要再發生一次火災就好；想見他，只要再發生一次同樣的命案就好，並不困難。想看醫生就生病，想見他就犯罪——這便是殺害福村的動機。

若福村不是正巧回來，鈴繪也不會付諸實行。另外，若福村沒老將『想死』掛在嘴邊——實際上，會不會是鈴繪趁福村睡著，將繩索纏在他脖子上後，因痛苦驚醒的他，幫鈴繪補足力道？那麼，本案也可視爲福村的自殺。即使如此，最後一刻，鈴繪不免陷入遲疑。不巧，當時突然發生火災。望著紅色火焰燃燒半邊夜空，發覺自己化身爲阿七的女孩，認定這是上天給她的啓示。

鈴繪的目的，純粹是重現與當初相同的命案。爲此，她讓福村握著第一起命案的被害者偶然抓在手裡的桔梗，並搶走根本不想要的五百圓。或許，你會認爲桔梗代表兩起命案有所關聯，不過鈴繪僅是透過這種花連繫兩起命案。

你知道那首『即使是籠中鳥，聰明的鳥兒也會背著人偷偷來相見』的歌吧？鈴繪恐怕比那隻鳥和阿七都聰明，讓對方主動來見靜靜在籠中等候的她。這是鈴繪賭上性命的呼喚，且有人爲此喪命。於是，毫不知情的男子，再次造訪她的房間。如此一想，當晚男子眼中鈴繪奇異的舉動，全都能找到解答。『我和這個人偶一樣』，鈴繪的話並非自比人偶，而是指自己與阿七一樣。她又問『聽到鐘聲了嗎』——戲中阿七最終爬上瞭望臺敲擊太鼓及警鐘，那響徹整個市鎮的鐘聲，正代替了阿七喊出對男子的愛意，所以，鈴繪也朝那名男子敲下警鐘。至於鈴繪自行灼傷手的用意，便是對照阿七在鈴森遭受火刑的下場。不得不與阿七犯同樣罪行的鈴繪，希望接受同樣的制裁。因愛火焚身觸犯的罪，必須藉火來懲罰。

最後一個謎，鈴繪爲何從窗戶向那名男子拋下桔梗？與其說是爲煽起男子的好奇心，確實引他前來，毋寧說這是十六歲的姑娘才會有的念頭——想看他的臉。

那名男子對外貌沒有自信，並未發覺他在厚厚眼鏡之下的另一張臉。鈴繪自殺當晚，他在我面前摘下眼鏡時，我還以爲是另一個人而不由得看出神。那至少是一張足以讓十六歲女孩萌生淡淡愛意的臉，他沒注意到自己曾兩度摘下眼鏡去找她。其實，就算沒那副容貌，他只要有其他男人欠缺的一絲絲溫柔，想點燃置身無底深淵、僅嘗過絕望滋味的女孩內心的愛苗，已綽綽有餘。或許不同於戲中的阿七，這是發生在黑暗時代中，一個貧苦小姑娘的愛情故事。昭和三年的阿七處於絕望的深淵，身心都將腐朽。她胸口初次燃起的小小火苗，那遠不如戲裡華麗絢爛的黯淡火焰，令她飽受煎熬。她以紅燈浸淫卻仍保有潔白的最後一片花瓣，賭一齣淨琉璃戲曲。

那名男子一無所悉，但鈴繪或許並不在乎。

即使默默無語，於陰暗處綻放的花朵，依然將最後一片花瓣純白無瑕地留在男子心中，結束猶似短短數日的一生。」

桐棺

支那事變（**註**）發生的那一年，十一月底，我殺了一個人。隨後我受徵召上戰場，又在大陸殺了兩個人，但那個初雪狂舞的夜晚，染在我手上的血無比腥紅鮮明，至今仍歷歷在目。

那件事疑雲重重，然而，最令我感到不解的是，爲何我非動手殺人不可？我染紅自己的雙手，卻不曉得那血代表的意義。

我是受一名男子之託殺人。其實，那是一道命令，如同在戰場上聽令向前衝，不容我追問裡由，只能提刀在手。

當然，我想了很多。爲什麼他要我動手殺人？然而，再怎麼思索，都找不出理由。我與他極爲親近，相信我的觀察應該不至於有所缺漏。但是，無論如何絞盡腦汁，從表面上，我仍看不出任何常情下的行凶動機。後來，我才曉得，暗地裡隱藏著超乎預料的動機。

總之，我就從與那名男子相遇的頭一晚談起吧。

每當我在睡夢中舔起枕頭，必定是夢見那一晚。

模糊的黑暗中浮現白色物體。我拖著發麻的身軀，拚命靠過去——事後，男子告訴我，當晚爛醉的我匍匐在地，像頭飢餓的野狗，哼哼有聲地舔著他的白襪套。

我因細故打架，遭工作四年的鑄鐵廠開除，整整兩天沒吃沒喝，在街頭四處遊蕩。而

註　即所謂「對日抗戰」，日方當時稱爲「支那事變」，現多稱爲「日中戰爭」。發生於一九三七年七月，即昭和十二年。

字就得什麼病（註），但從此老大便由於心臟不好，形同臥病不起。更主要的原因是，從上上一代起，同樣也是木場幫派之一的宿敵唐津組，與軍部聯手，擴增實力，終於將地盤擴張到河對岸來。以前萱場組的大財源之一，河岸邊名爲花五陵的花街，也已落入唐津手裡。

老大一年有兩、三個月要到伊豆調養，期間代替老大執掌幫務的，是一個名爲番代的男子。

兩年前，老大倚爲左右手的鴫原，在與唐津組的小衝突中喪命，於是番代接替他的位置。

貫田大哥是死去的鴫原的小弟，因此輩分雖然較番代小，但在組裡，有時面子反倒比番代大。

這是由於老大很疼愛大哥。萱場辰藏現下的老婆阿愼大姊，年紀小得足以當他的女兒，但在愼姊之前，有個名喚喜久江的老婆死於肺病。他與喜久江之間的兒子辰一，恰在大哥入幫的前一年，也因肺病離世。辰一雖出身極道之家，卻愛好學問與書畫，總喜歡獨自在法印川的河堤上吹晚風散步。據說大哥不僅年紀、身材與辰一相當，也和辰一一樣沉默寡言。

大家都說，老大心情不佳時，只要搬出大哥的名字，就能平息老大的怒氣。

然而，不僅如此。

大哥的無言像一把張開的黑傘，掩住他的眞面目，教人難以捉摸。大夥都懼怕他的黑影。

就連與大哥最親近的我，在發生那件事前，也完全不了解他。

如同字面，我的工作是當大哥的手。大哥住在距組裡約兩個街區的一戶雜院，我與大哥同睡同起，幫忙穿衣、點菸，在澡堂爲他清洗每一寸身體，卻仍不明白隱藏在他沉默底下的話語。

甚至，從番代的一些舉動，看得出他害怕這樣的大哥。平常，他慣以那雙細長狡猾的眼眸掃視四周，兩片薄唇只會斥罵年輕小輩，但一瞧見大哥，便裝出客氣的樣子。

不僅番代，萱場老大也一樣。依我的觀察，他口口聲聲「貫田、貫田」地疼愛大哥，其實是出自對大哥的畏懼。

被撿回來的第三天，大哥將我介紹給萱場老大。那是在與大哥相遇當晚的櫻花遭雨水打落，綠葉散發出土味的早晨。

我躲在大哥身後般地正座，老大瞥了我一眼。不愧是領導一個組的男人，那一眼足以射穿人心，但轉瞬間，笑紋便包覆起堪稱冷酷的目光。

「看起來是老實的孩子。」

他說得像要討好大哥，皺紋集中的唇角露出黃褐色的牙齒。

老大貼身穿著薄睡衣，從病床上挺起的上半身又細又瘦，宛若逐漸枯朽的死樹根。看上

註—辰藏與心臟的日文發音相同。

去，簡直像半副身軀已進棺材。

事實上，組裡的後廳便停放著棺材，彷彿在等候老大撒手歸西。

那是十年前老大病情惡化，差點踏進鬼門關時，命人準備的。據說棺材抬來時，老大奇蹟般起死回生。時值大正末年，組裡如日中天之際，這個膽小卻虛榮的瘦小男子，特地命人以桐木打造棺材。經過十年，那具棺材形同奢豪的裝飾品，置放在後廳。在榻榻米逐漸老舊，缺乏光線，牆與拉門黯淡，寬闊而陰森的房裡，唯獨那桐木的木眼仍亮麗猶新。

我進組裡那年，一整個夏天萱場都待在伊豆療養。望著空無一人的後廳裡，那具彷彿在驕陽下燃起白色火焰的棺材，就像聽見組裡昔日的榮華拚命嘶聲怒吼。

不知大哥怎麼想，但我就是無法喜歡這樣的老大。老大不僅把此具棺材視同家寶，傳聞有年輕人在打掃時，只是撞到柱子碰傷一點，就得砍手指。我認爲，老大是藉著擺出純桐木打造的棺材，向手下展示已墜落谷底的權威。事實上，就連老大在的時候，那具棺材也像取代老大的寶座，以堂堂威嚴鎮住組裡的氣氛。

那年夏天，發生一件事。

眾人爲躲避豔陽聚在玄關，大姊——老大的老婆慎姊，帶著異樣的神色步出後頭。

「誰把死麻雀放在老大的棺材裡？血都滲進木眼了，等老大從伊豆回來，你們打算怎麼交代？」

大姊年紀雖輕得像老大的女兒，但不愧長期支撐有病在身的老大，有她的堅忍之處。她揚起剛毅的眉毛，繼續道：
「麻雀是被捏死的。一定是有人故意弄的。究竟是誰？你們應該知道，弄髒那具棺材，等於損傷老大的身體。」
大夥默不作聲，面面相覷時，有人開口：
「是我。」
那是大哥一如往常的低沉嗓音。
「阿征，你怎會做這種事？」
「見麻雀湊巧飛進屋，突然想試試左手夠不夠力……是我的疏忽，我會親自向老大請罪的。喂，次，去裡面收拾乾淨。」
待在大哥身後的我，默默進到後頭。
棺材一角，麻雀彷彿仍會發出微弱叫聲般，嘴邊泛血一命嗚呼。
「幸好是阿征。」
大姊跟著進來。
「我還在擔心，會不會像上回一樣鬧出大亂子，既然是阿征，就不要緊。喏，瞧瞧這痕跡。」
大姊指著棺材邊緣，那裡也散布著血跡般的黑色痕跡。
「這是阿征手上沾了墨不小心碰到的。那是好久以前，鳴原仍在世的事。阿征還如影隨形地跟著鴫原，就像現下的你一樣——當時老大也沒多說什麼。老大一直很寵阿征。」

大姊露出別有深意的笑容。

瞅著那墨色汙痕，我陷入沉思。大哥怎麼知道的？就是四下無人，我瞧見窗邊受傷的麻雀，才會忽然動念……

大哥肯定曉得，於是出聲袒護我。

回來後，大哥神色如常，瞥我一眼，從袖裡取出菸。明知在若無其事的神情下，大哥其實已全看穿，我卻不覺得可怕。

我低著頭，掩飾羞怯般一笑，舔舔嘴唇，把點燃的火柴遞向大哥。

「噢。」

大哥無意義地低應一聲，彷彿在回應我的笑容。驀地，我懷疑起那些墨痕是大哥故意弄上去的。

——我所謂的事件，便是那年年底，因著大哥與我的關係引起的。不過，還得先說另一件事。

就是關於那名女子。

二

老大從伊豆返回，經過半個月，川風逐漸以河堤上的柳樹與碎浪的影子，填滿夏日陽光偶爾出現的縫隙。秋天的氣息裡，摻雜著夏天起始的戰事陰影。

一天，我在玄關前閒晃時，大姊走近問：

「貫田呢？」

「有點事外出，傍晚會回來。」

「去哪裡？」

「沒說……」

老大回來後，大哥經常不交代去處就單獨出門。

「那麼，幫我請番代過來，老大要商量秋祭的事。剛剛他喊渴出了門，應該在電車大路上的咖啡廳……」

大姊說的是一家名叫「貢朵拉」的咖啡廳。我隔著入口的彩色玻璃往裡看，很快便找到番代的背影。

番代的肩膀相當寬，走到近旁我才發覺他對面坐著一名女子。那女子似乎正要開口，細長的瞳眸卻忽然盯著我。她梳著時下流行的圓蓬髮，有張圓臉，約莫三十來歲。細眉溫柔地圈住那雙堅強的眼睛，雪白的肌膚襯得唇色格外鮮紅，胭脂色的和服沿斜肩靜靜披掛而下。

女子拉拉番代的袖子，番代回過頭，發火般地問：

「幹什麼？」

大概是沒察覺我就在他身後，吃了一驚。

「老大有事找您……」
「哦，轉告我馬上回去。」
「是。」
我低頭行禮，女子也趁機站起。
「那麼，我也要告辭了。」
番代將桌上的小布包往前推，女子參拜般躬身收下道：
「抱歉，下個月雖然有著落，這個月卻周轉不過來……明明已形同斷絕關係，但故鄉的母親一出事，除了我沒別人能依靠。」
「哪裡，這麼一點小事，妳用不著擔心。」
女子搖搖頭。
「我實在沒立場拜託秀哥這種事。這次是眞的沒辦法，不好意思，下個月我一定會還。」
女子將布包收進懷裡，想拿陽傘，手卻一滑，陽傘倒在我面前。我撿起傘遞過去，她的視線停留在我的手指上。
「秀哥，這位是……」
她以眼神詢問番代。
「哦，他是貫田春天撿回來的新人，叫次雄。現下負責照顧貫田。」

「之前的人呢？」
「撐不到一個月。這傢伙挺老實的，貫田大概很中意，就讓他待了下來。」
「這樣啊。」
我原要行禮，但女子的視線很快移開。看她的側臉，彷彿已忘記我在場。
「那麼，我先走一步。」
她和番代打過招呼，便踏出咖啡廳。被夏日最後的陽光照得一片白亮的路上，落下女子嬌小的影子，影子隨即又消失在撐開的傘影中。錯身而過之際，女子的領口溢出酸酸甜甜的味道，傘影不見後仍殘留在我鼻中。片刻間，那味道彷彿舔遍我全身每一寸肌膚。不是胭脂水粉，也不是我在妓院抱過的女子的香味。
「不准告訴貫田我和誰見面，懂嗎？」
番代把找的零錢塞進我手裡，像要追上女子般跑出咖啡廳。
番代交給女子的大概是錢。女子似乎是家鄉的母親生病，突然需要一大筆錢，所以向番代借急。
不過是這樣的關係，爲何不能向大哥提起？雖不明白箇中原由，我仍照吩咐，對大哥隻字未提。
然而——
十天後，我在貫田大哥的安排下，再度與那名女子碰面。

大哥偶爾上妓院時，都會帶我同行。大哥和女人玩時，我便在樓下喝啤酒，不然就拿大哥給的零用錢到別家找樂子。

大哥沒固定指名哪個姑娘，也很少進一樣的妓院。難得光顧同一家，便不會選上次的女人，彷彿懼怕與同一個女人有超過一夜的接觸。

每次逛花街，大哥都習慣披上外褂。平常大哥總像穿喪服似地，一身透出麻葉圖案的深紫樸素和服，對他而言，這外褂是難得的風流倜儻。即使光著身子，他也會肩披外褂，藏起缺指頭的右手——這是某晚我隨意走進一家妓院，之前陪過大哥的姑娘告訴我的。大哥會要女人搽上胭脂，卻又害怕碰到女人的唇，燕好過程中，不斷讓女人側過身。女人玩鬧著想咬他的肩，大哥就突然推開她，給了她一巴掌。

我暗忖，或許大哥不希望別人在自己身上留下痕跡，即使是女人也一樣。抱女人時，大哥仍想獨處。

「不過，他倒是做了一件頗有意思的事。」

那姑娘太過紅豔的唇，揚起低俗的笑。

「我一脫掉衣服，他就從外褂袖裡拿出許多小花，灑在我身上。那些花留下猶如瘀青的斑斑黑點，相當難弄掉呢。」

「那是什麼花？」

「很像桐花，因爲那時是初夏。」

九月底的某個晚上，從妓院返家途中，大哥突然停下腳步，開口：

「次，我要你去抱一個女人……」

當晚大哥沒給我零用錢，大概就是這個緣故吧。

不等我回答，大哥便走上與歸途不同的路。開始缺角的月亮有著秋月該有的澄亮，我踩著大哥落在泛白夜路上的影子，默默尾隨。

沿法印川往上步行許久，經過逆緣橋，一排排船屋的另一側是迷宮般的小巷，蓋著一排排長屋。入口豎有路燈，大哥驀地駐足，將外褂披到我肩上。

「最後一家。別作聲，進去就知道。」

大哥從背後一推，我邁步向前。只有那戶人家的格子窗還亮著燈，由門口回頭一看，大哥站在路燈下，右手一如往常藏在袖裡。

我輕輕打開玻璃門，泥土地上放著女用木屐。一把眼熟的陽傘擱在架高的地板旁，但我一時想不起在哪裡看過。

屋裡悄無聲息。仔細一瞧，四帖半的小房間內，有個女人趴在矮几上，似乎睡著了。然而，只聽她出聲：

「進來。」

隨後，她便抬起頭。雖然髮絲凌亂，但正是十天前在咖啡廳與番代交談的女子。我大吃一驚，女子卻毫不訝異，兀自起身關燈。在籠罩淡淡月光的黑暗中，女子背對我，開始解腰身影。大哥寬大的影子吞沒我的影子，微微一晃跌落榻榻米時，女子前一刻沾附在我身上的香味從胸口一湧而出。

雖只在花牌上看過桐花，不知為何，總覺得那味道很像桐花。

三

從此，每次前往妓院，歸途中大哥定會將外掛披在我肩上。於是，抱了候著我的女子後，回來則有大哥的手等著我。

一個月裡，約莫去過四次。但每每和頭一次一樣，女子在黑暗中縛起我的右手，我幾乎一語不發，愼重地以外掛包起染有女子氣味的軀體，送往大哥身邊。

第二次見面時，女子說：

「你膚色好白，簡直像天生要當流氓……」

然而，這副白皙的身軀，卻代替書信，如傳信鴿般往返大哥與女子之間。

雖依稀感覺到，我對女子而言，是大哥的替身，在大哥眼中則是女子的替身，但連女子的名字都不曉得，便找不出連繫兩人的線索。

他倆之間確實有些什麼。第三次我正要離去時，她出聲道：

「幫我轉交貫田。」

接著，她遞給我一塊折好的手巾。而下一次，換成大哥吩咐：

「把這個還給她。」

大哥將同一塊手巾放進外褂袖裡。我只曉得手巾包著薄薄的物品，卻完全猜不出究竟是什麼。

我想，至少該弄清女子的名字，有一次便鼓起勇氣問：

「大姊的芳名是？」

「你很快就會知道。」

女子僅露出別有深意的冷笑。

果真，不久我便得知她的身分。

秋祭結束後的十月底，組裡盛大舉行前幫主的二十週年忌。

直到明治末年，前幫主都是名震四方的大頭目，因此不斷有穿黑外褂的眾頭目乘人力車來參加在組附近寺廟辦的法會。

唐津老大也帶著近十名部下到場。秋祭的運木由我們組領頭，似乎讓唐津頗感沒趣。在此之前，兩組間平穩地維持著表面上和平相處的氣氛，卻因這點小事突生波動。不單祭典那個假日小衝突不斷，近幾天連雙方交界的法印川，也在秋風的煽動下掀起巨浪。

然而，唐津臉上不露絲毫痕跡，燒過香便愉快地問候老大。

「聽說您的健康好轉，眞教人高興。您可得趁機讓組裡更加興盛啊。」

唐津的手下和組裡的小夥子相撞，彼此叫囂挑釁，他也笑臉制止。

「年輕人眞性急。」

由於白天的法會場面盛大，組裡的玄關倒顯得比平常冷清。傍晚時，一名女子出現。一陣秋風吹過，墨色和服飄散出熟悉的味道。

「麻煩通報一聲，說鳴原喜和來了。」

女子從容地對滿臉驚訝的我說。我一時無法應聲，恰巧大姊走出外頭。

「啊，喜和姊，歡迎歡迎，請進。」

「不好意思，今天一早就身子不適，一直躺到剛剛，廟那邊也沒辦法去……」

女子留下白襪套的足音，消失在後方。

鳴原喜和——這麼說，她是兩年前離世的鳴原禮三的親人，不，恐怕就是他的老婆吧。不過，鳴原不正是貫田大哥的大哥嗎？

不久，她們在後面同老大談起話。話中提到大哥，我不由得豎耳傾聽。

「打去年我家那口子的忌日後，我就沒與阿征見面，但中元和彼岸（註）他一定會在墓前供奉鮮花。大概是我提過想老實過日子，他才刻意避開。」

「阿征剛剛還在的。次，知道你大哥上哪去嗎？」大姊探出走廊問。

「不清楚，應該在附近。」

「幫忙找找，啊，不用了，我去。」

大姊飛奔而出，房內沉默片刻，隨即響起老大感慨的話聲。

「喜和，湊巧遇上這個機會，我便告訴妳吧。我考慮在今年內，讓阿慎和征五郎成親。」

女子沒回應。

「哎，突然聽到這話，妳或許很吃驚，不過我心裡早就決定。我大概活不了多久，從伊豆回來後，這陣子雖然已能到外面走走，終究只是迴光返照，下次再發作就沒救了。」

「老大，不會的……」

「不，我很清楚自己的情況，頂多再撐半年。組裡讓番代繼承就好，我最記掛的是阿慎的終身。我絕不是藉老大的權威施壓，硬要把碰過的女人塞給征五郎。妳應該也曉得，阿慎剛進門，我的身子就搞壞了，所以，這幾年她跟黃花大閨女沒兩樣。何況，我早察覺，她似乎也看上征五郎。」

「……」

「前些日子，我稍稍向征五郎提過。妳知道，以他的個性是不會明白回答的，但看他的樣子，不像沒那意思。他年紀也不小，總不能老靠小夥子照顧起居。」

「……」

「我一直把阿慎當女兒放在身邊，也把征五郎當死去的兒子一樣疼愛，所以自認這是最

註——以春分和秋分爲中點，前後三天的七天，稱爲彼岸，日本人通常於這段時間祭祀已故親人，或舉行佛事法會。

好的辦法。喜和，妳覺得呢？」

「既然老大這麼想……再說，鴫原也很疼愛阿征，他若還在，一定會十分高興。」

「是嗎？聽妳一說，我就放心了。」

「…………」

「喜和，我對妳實在過意不去。妳也清楚，鴫原遇害後，唐津的勢力益發茁壯，鴫原算是白白送命。妳大概會認爲我太窩囊，可如今向唐津挑戰必敗無疑。時不我予，只能認命啊。」

「老大，這件事您就別再提，成爲鴫原妻子的那一刻起，我便已認命。我不恨唐津，何況是您？我怎會覺得您窩囊？現下這樣很好，我梳髮的工作也相當順利。」

「是嘛。也對，妳和阿慎不同，能幹懂事，我倒不擔心這點。但妳畢竟還年輕，要是有中意的人，別爲鴫原守寡，儘管追求妳的幸福吧。這樣鴫原才能安心升天。」

談話到此中斷。

「喜和，妳臉色很差，怎麼了？」

「沒什麼，只是身子又突然不太舒服。對不起，慎姊還特地去找阿征，不過我想先告退了。」

「哎呀，這可不妙，幫妳叫輛人力車吧？」

「哪裡，不用麻煩了。倒是老大，您千萬要保重身體。」

此時，番代恰巧進門。

「啊，秀哥，你回來得正好。」

蒼白著一張臉走出的女子，不，鳴原喜和說：

「這是前幾天向你借的。」

她把上次在咖啡廳收下的包袱遞給番代。

「喜和姊，這……」

「不要緊，就像我告訴你的，已有錢周轉進來。眞的很不好意思。」

她把東西塞進番代懷裡，說聲「那就這樣」，便逃也似地離去。

番代凶狠地瞪我一眼，隨即進到後頭。

「老大，剛剛在花五陵，隆二那小子和唐津的年輕人爲小事打了一架……」

我信步往外走。夕陽下的路上不見喜和的身影，往河邊走去，忽見兩道人影繞到鋸木廠後方，我連忙駐足。那似乎是大哥與愼姊。

我悄悄潛入鋸木廠。

大夥都走了，在昏暗的靜寂裡，唯有圓鋸的利齒發著光。據傳，大哥右手的四根指頭便是這把圓鋸鋸斷的。去年夏天，爲閃避倒下的木材，大哥的手不得不擱在轉動的鋸齒上。四根指頭隨血花四散飛濺，大哥卻哼都沒哼一聲。番代曾說「就算遭五馬分屍，那傢伙也不會皺一下眉頭」，眾人害怕的，或許正是大哥這種毫不顧惜自己的個性。

從窗口看出去，兩個背影並排在河邊，望著河面上的波光。

「阿征，老大都這麼說了，就等你點頭。你願意和我在一起嗎？還是，你討厭我？」

「不，不是的。只是這件事，想請大姊再給我一些時間……」

「沒關係，不願意的話，儘管明說。雖然我把老大當父親看待，但十年來，名義上我確實是老大的妻子，你若不想娶一個再嫁的女人，也不打緊。不過，要是不討厭我，就考慮一下吧。」

大哥低頭行禮，卻突然咳嗽起來。

「阿征，你身體不舒服嗎？」

「沒有，怎麼說？」

大哥強忍著咳嗽問。最近，大哥的健康也令我十分擔憂。

「隆二曾在地藏池的醫院附近瞧見你兩、三次，而且，這陣子你不是常單獨出門？所以，我擔心你是偷偷去看醫生。」

「不，只是有朋友在那家醫院……大姊儘管放心。」

「是嘛，那就好。喜和姊還在等，我們差不多該走了。」

我搶先回到組裡，在玄關等候兩人。

大概是一進門便發現女用木屐不見，慎姊問：

「咦，喜和姊離開了嗎？」

「對，剛走，說是不太舒服。」

我偷覷大哥的神情。大哥應該察覺我已知那女子的眞正身分，臉上卻不見絲毫動靜。帶著一如往常的沉默，與略顯冷漠的側臉，若無其事地尾隨愼姊走進後面。

四

三天後，我又披上大哥的外褂，前往女子的住處。

「驚訝吧？」

照常辦完事後，女子並未馬上遠離，反而以手指滑過我瘦削胸口浮出的一根根肋骨，一面這麼問。我的右手還綁著。

「你不好奇，爲何貫田把你送到他原本大哥的老婆身邊嗎？」

我沒作聲。

「就算你不問，我也要告訴你。反正，你終究會明白，早點知道也好。貫田是要殺我，才叫你來的。」

「殺妳？」

我不禁反問。

「對，過不了多久，他肯定會開口要你去殺一個人，把匕首交給你後，還會叮囑務必用右手，這樣他就能排除嫌疑。我綁住你的右手，便是想防範這一點。我猜，你應該不至於打一開始就奉那命令而來，可是，很快地，他一定會下令。」

「…………」

「你會怎麼辦？」

「咦？」

「到時你會如何抉擇？遵從貫田的吩附，帶著匕首來殺我嗎？」

我一時無言以對。女子的話太過突然，卻不無可能。大哥抱了我，是要把我的身體綁在身邊，完全控制我的意志嗎？

「大姊認爲呢？」

「什麼？」

「我會聽大哥的嗎？」

昏暗中，我首次凝望女子，她也以同樣強烈的眼神回視。半晌，兩人都不發一語。傳入耳中的，唯有不知何時下起的雨聲。

於是，女子嘆口氣，應道：

「你比之前貫田派來的人都聰明，肯定會照辦。你沒上貫田的當，對貫田的卑鄙心知肚明，卻保持沉默，言聽計從。或許你並未發覺，其實你相當痛恨貫田。」

我沒答腔。

「正因如此，你無法逃離貫田，必會遵照他的指示，但……」

女子隨手穿上單衣，點亮燈，從斗櫃取出一個方綢巾小包，而後打開。
裡面是一把短刀。燈光聚在刀尖下，熠熠閃耀，彷彿擁有生命。
女子以衣袖仔細裹住刀柄，逐漸走近。她要殺我，我瞬間警覺。
然而，刀落在結實綁住我右手與床柱的腰帶繩上。繩索在女子貫注渾身力氣的手下，一刀兩斷，沒發出一絲聲響。女子的目光比刀刃更銳利。
「但……」女子宛若能面的雪白臉孔，浮現冰冷的微笑，「我不會讓貫田稱心如意的，我也有這利器……」

當晚，離去之際，女子又遞給我折好的手巾，要我轉交大哥。
待我將東西揣在懷裡，她說：
「拿把傘吧。」
泥土地上，有兩把傘靠在牆邊。
「黑柄的是鴫原的遺物，你拿另一把。」
我帶著暗黃色柄的油紙傘，踏出屋外。
大哥打算殺鴫原的老婆，於是送我到她身邊。可是，原因何在?
大概是滿腦子都在想這件事，過逆緣橋後，我不小心絆到石頭，在路燈下跌倒。拾起懷裡掉落的手巾時，有樣黑色物體飄落，是張四方形的黑紙。

銀線般的雨絲模糊燈光，我將紙翻面。

出乎意外地，那是張花牌。

黑框內，彷彿遭黑暗埋葬的陰影中，桐花綻放。

五

翌日是明治節(註)，約莫兩天後的一晚，我跟著大哥前往賭場。

十月中旬起，大哥便常到賭場。由於官兵盯得緊，賭場多半改爲地下經營。那家賭場也位在鬧區邊緣一間小料理屋髒兮兮的閣樓。沒窗卻罩著遮雨布的電燈下，唯有骰鐘底下的那塊草蓆簇簇生新。

那是唐津旗下的一個小幫派「大江組」經營的賭場，但顯然大哥面子夠大，每個人見到他，都連忙退後一步低頭行禮。或許是人們私下傳聞，大哥左袖中藏有手槍的關係。事實上，自組裡與唐津的不和搬上檯面後，大哥左袖裡便隨時握著槍。袖子愈不動聲色，看不見的手槍益發赫赫生威。

大哥下注的方式很大膽，彷彿要一決勝負，賭的往往是意想不到的金額。如此一來，輸贏自然極大。運氣不佳時，不到半個時辰便輸得一乾二淨。即使如此，大哥的臉色依舊不變。只是，那將厚厚一疊鈔票扔向草蓆的左手，卻透著大哥罕見的暴躁。

或許是賭場內霉味、煙霧繚繞，人影如墓場般蠕動，讓我不住這麼想。

那一晚，難得沒立決勝負，僵持將近兩個鐘頭。大哥適時停手，一踏出賭場，便把外褂交給我，吩咐道：

「幫我送去。」

大哥將上次鳴原喜和給的手巾放進我袖裡，獨自返回染屋町。

我打開三天前那晚關上的玻璃門。喜和像上次一樣，把手巾收進斗櫃，沒綁起我的右手，便要我上床。

然而，鋪蓋下似乎藏著先前那把短刀。初次獲得自由的右手激情地抱緊她，當我照例全身埋在花香中，吐盡最後一滴滾滾熱血時，喜和伸進鋪蓋下的手依然沒有動作。

翌日，我和大哥有事前往六仙町。歸途中，早上已停歇的雨又如薄霧般籠罩。

我們小跑著過逆緣橋，在岸邊走了兩、三步，大哥突然駐足。

一個女人撐著傘，彷彿遮的不是雨而是隨風搖曳的楊柳，緩緩近前。

那是鳴原喜和。多半是去梳髮回來，只見她提著工具箱。

走近大哥後，喜和在傘影下的雪白臉蛋嫣然一笑，開口道：

「阿征，好久不見。前陣子組裡辦前頭目忌日時，我也去了，不巧沒遇到你。聽慎姊說，你一切都好？」

註——明治天皇的生日，十一月三日。於昭和二十三年廢除。

「是，大姊似乎也過得不錯。」

大哥低頭行禮。

我早想像過兩人碰面時的情景，雙方卻與平常無異。喜和掛著淡淡微笑，眼神平靜。

「對了，謝謝你彼岸時爲鴫原的墓供花。現下會爲他供花的，只剩阿征。」她若無其事地說，「還有，昨晚也是。」

喜和以此結尾，似是爲我昨晚送去的手巾致謝。

「不敢。」

大哥又行一禮。兩人年紀相當，喜和身高更是僅到大哥肩頭，大哥卻顯得稚嫩許多。

「那我先走一步。」

留下一句不是對我也不是對大哥的招呼，喜和臨走之際，不意撞上大哥的肩，隨即分開。然而，須臾的無聲接觸中，喜和的傘竟移至大哥左手中。咦，我頗感詫異。喜和是因家就在不遠處，才把傘借給大哥嗎？但兩人並未交談，不，事情發生在轉眼間，根本來不及交談。衣袖擦過的那一剎那，彷彿事先說好，一把傘從她手裡傳到大哥手上。

在我看來，喜和交給大哥的不是傘，而是我不懂的話語。

大哥定定目送她的背影。等那背影走過逆緣橋，消失在雨霧中，大哥才出聲：

「次，拿草紙點火。」

只見他在河邊蹲下。雨絲將落葉匯集至河流深處。

我依吩咐搓捻草紙，點起火。大哥銜住一端，湊向張開的傘的一處缺口。

驀地，我想起前晚喜和提過，這把黑柄的傘是鴫原的遺物。

移至缺口上的火焰，在風的搧動下，沿傘緣散開。火星濺到大哥手上，但大哥動也不動地撐著傘。火焰化成一個環，一晃之後熊熊燃燒，大哥才放手。

起先傘浮在水面，不久便隨水深處捲起的漩渦團團轉，末了，宛如受隱形的線牽引，越過河面流走。連下兩天的雨，急促的水流讓火焰像飛鳥般拖著尾巴離去——分明是白晝，天色卻因雨勢陰暗迷濛。大哥的背影便在這片迷濛中，注視著令人想起送火的淡淡火焰遠去。

逐漸減弱的火苗，向四周吐出最後一束火光，瞬間大放異采，隨即像崩垮的屋形船，遭濁流吞沒。此時，大哥背著我，忽然想起般地蹦出一句。

「次，我要你去殺一個人。」

六

十一月中，大哥在常去的賭場上演了小小失態。

當晚，賭場裡出現一張生面孔。對方年紀與我相當，驕狂地穿著全新的西裝，頭髮以髮油梳得服服貼貼，無論是否刻意，就是引人注目。從打扮看得出是初次上賭場，他不時東張西望，以生疏的手勢自厚厚的錢包取出不少鈔票放在草蓆上，一路改過好幾次賭法。由於這個小夥子，賭場平時的熱氣莫名冷卻不少。

小夥子與大哥相對而坐，隨即瞧得出他在學大哥下注。最初賭單，見大哥賭雙便連忙改注。大哥手氣好連贏也就罷了，但有幾局像落入陷阱般以慘敗告終。偏偏在這種時候，小夥子彷彿看準大哥會輸，賭大哥沒選的另一邊。於是，大哥的錢接連流向小夥子手中。那張得意賊笑的臉自然令人不是滋味，大哥神色雖沒變，心中卻相當煩躁。

大哥贏了兩次，第三次又發生同樣的情況。小夥子猶如看出大哥會輸，這次也賭另一邊。

「那邊的年輕人，」大哥低沉的話聲劃破空氣，「連賭場最起碼的規矩都不懂，就別來玩。這不是有錢就能玩的地方。」

此時，始終躲在暗處的一張臉，從小夥子身邊冒出。那是經常露面的唐津的手下之一。他似乎想說什麼，反倒更激怒大哥。

大哥跨過草蓆，左手便往驚訝站起的小夥子面上揮去。「啪」地一聲，清脆響亮猶如竹刀敲擊，那細白的鼻子流下鮮紅的血。

唐津的手下欲言又止地望著大哥，扶著小夥子的肩離開。大江的人大驚失色，趕緊安撫大哥，好不容易才讓大哥回座。

這就是事情的全部經過。我從未見大哥如此失控，卻不怎麼感到奇怪。大哥和春天時不太一樣，最近像是在賭場裡迷失了自我。

一出賭場，大哥便將外褂交給我。

平時他只會說一句。

「去吧。」

但這一晚，大哥似乎還有別的話。我想起來賭場前，照常在澡堂裡蹲著幫他洗腳時，他也一副有話要告訴我的樣子。

「次……」

大哥的眼神比平時陰沉，開了口又把話吞下去。

「沒事。」

接著，在我背上推一把。我的手偶然碰到大哥翻動的左袖，感到一陣輕微的刺痛，但並未留意。

抵達喜和家，我發現手背上有條血痕。錯不了，大哥想說的，肯定是十一月初在那河邊與喜和巧遇後，提過一次便深藏內心的那句話。

——我要你去殺一個人。

大哥左袖裡，想必揣著打算交給我的匕首。

那晚臨別之際，喜和又把手巾託給我。

我在路燈下偷看裡面的東西。

那是包含桐花在內的五張牌。上次是四光，這次多一張雨牌。

我隱約明白，這是大哥與喜和之間的交易。

我小心折好手巾，回到家，卻還不見大哥人影。

之後我才曉得，我和喜和上床的期間，組裡發生一場大騷動。

在賭場挨了大哥一巴掌的小夥子，是與唐津聯手的某公爵友人之子。許久未歸國的他從英國回來，唐津受公爵所託，命手下帶他見識夜生活。

大哥剛回到組裡，唐津的代表便領著幾名手下，要求給一個交代。換個角度看，這也可視爲一直想與萱場組大戰一場的唐津設下的陷阱。然而，即使如此，老大也只有低頭道歉的份。正當他雙手環胸，頭痛爲難之際，大哥突然起身到後面。

不到一分鐘又返回的大哥，僅臉色略顯蒼白，其餘和平時並無二致。包住右手的紗布染著血，大哥將另一手中對折的手巾交給唐津的代表，平靜地說道：

「請交給唐津老大。」

那是大哥右手僅存的一根手指。

儘管只是一根小指，但若砍下，據說連氣粗膽壯的人也會昏厥，或痛得滿地打滾。面對眉頭都不皺一下的大哥，反倒是唐津的手下臉色慘白，默默撤退。

當晚大哥回來後，並未提及藏在右袖裡的手包了繃帶，一如往常地，默默朝染上女子氣味的我伸出手。

翌日，唐津的年輕人以前晚的手巾包著鈔票，帶到組裡，說道：

「老大派我轉達，請用這個埋葬手指。」

收下後，大哥沒按規矩埋進土裡，而是像丟垃圾一樣扔進河裡。

唐津或許是故作慷慨，當然，光這樣是不可能罷休的。賭場一事形同導火線，從那晚起，他們便公然在組的地盤撒野。

這樣的情形持續十天左右，連告誡手下「現在受他們挑釁只會打輸，忍著點」的老大也忍無可忍。傍晚，坐在染屋町長屋緣廊，大哥不經意地看著後院，把平常那手巾折成的包裹扔給我，吩咐道：

「這兩、三天內都行，送到老地方。」

接著，他若無其事地背著我，繼續說：

「還有，次，我要你去殺一個人。」

那聲音跟他在逆緣橋畔與喜和擦身而過時一樣。這一刻終於到來，喜和雪白的肌膚在我腦海中掠過。

「爲什麼不問我想殺誰？」

「…………」

「你早就知道嗎？」

「不……」

大哥回頭，不帶絲毫情緒地凝望我片刻，開口道：

「說得也是，因爲我要你殺的是老大。」

「老大？唐津的老大？」

實在太過意外，我不由自主地反問。直到這一瞬間，我都滿心以爲要殺的是鳴原喜和。

「不，殺唐津也沒用。」

大哥接下來的話更出乎我的預料。

「是我們老大，萱場辰藏。我看，你明晚就動手吧。」

像在預測明天的天氣，大哥仰望隨時會下雪般的灰鼠色冰凍天空，隔著走廊這麼說。

七

翌日，傍晚下起雪。比往年都來得早的初雪，將秋末的夜染成一片純白。我和組裡五、六個夥伴縮著脖子擲骰子玩時，大哥進屋交代道：

「次，現下有點事，你跑一趟萩緒町。」

以目前的雪路，往返萩緒町要兩個鐘頭。換句話說，那件事要當作我不在時發生。

我出玄關不久，老大便帶著番代回來。看不過去唐津這兩、三天的作法，老大親自出馬談判。事情似乎談得並不順利，老大臉色十分難看。

八點，簡直像打暗號，從這一刻起，風雪突然變大。雪的白刃無聲劃過夜晚的街道。

突然間，原本在外頭玩的小嘍囉隆二飛奔而入。

「不得了，唐津的人在我們地盤上的居酒屋鬧事！」

近幾天晚上，每到同一時刻，便會有人這樣喊著衝進門，想必也沒人會吃驚了。

「跟我來。」

番代不動聲色地下令，率領組裡所有人出門。

大哥要隨同，卻遭番代制止。

「貫田，你還是不要出面的好。」

番代惟恐賭場一事刺激唐津。

留在組裡的，只有大哥和愼姊。愼姊原想回後頭，大哥叫住她，兩人站在玄關談起話。

待被風雪籠罩的屋裡完全無聲無息，寂靜如冰一般凍結，我在棺材中發出聲響。從玄關離開後，我由後門進到後廳，躲進那具棺材中等老大返回。幾乎沒人會接近棺材，因此這是個安全的藏身之處。爲防血濺到身上，我拿油布雨衣像棉被似地蓋在身上，持續叩叩敲著棺木。

不知敲到第幾聲，躺在鄰室的老大總算起身。踩在榻榻米上的腳步聲愈來愈近，我握緊自神壇取下的守護刀。憋住的氣沒有出口，在體內橫衝直撞，化爲汗水泉湧而出。棺蓋緩緩打開，老大懷疑的臉出現，我拚命壓抑的一切瞬間爆發。我刻意不去看老大那小小的面孔，只顧對準脖子一刀刺出——那不是我的手，就連此時，我的手也僅是爲大哥代勞。如同幫忙點火柴、洗澡般，大哥的意志化爲我的手，刺穿老大的脖子。

愼姊發現屍體，理所當然地，番代他們回來後，整個組大爲震驚。

置身血泊的老大握著守護刀，端整地死在棺材裡，簡直像能馬上送進火葬場。是自殺嗎？不無可能。組裡與唐津的衝突愈演愈烈，老大或許是為無法守住一幫而負責。

另一方面，也不排除是唐津幹的好事。當晚，他們搞不好是刻意在居酒屋搗亂，調虎離山，派刺客趁機偷襲。

只是，兩者皆有疑點。儘管境況大不如前，身為一組之長的老大不可能對後繼人選沒一句交代，便突然自殺。若是唐津主謀，以唐津目前的實力，無須如此拐彎抹角，要殺老大有更簡單的辦法。

然而，無論是何者，老大在這節骨眼上身亡，大夥肯定都會認為與唐津的不和有關。這就是大哥的目的。

當晚，十點剛過，我待在喜和住處的入口，隱身於雪與路燈的燈影中等她回來。我先繞到染屋町去洗澡，仍沖不掉血腥味。逃出組裡那一刻起，我便簌簌發抖，現下抖得更厲害。

喜和的身影總算出現，時間已接近午夜。我渾身裹著一層厚厚的白雪衣裝。

「這時候你在做什麼？老大死了，你知道吧？我剛剛趕去露面。」

喜和穿著上次的墨色和服，腕間戴著念珠。

「大哥要我送這個來。」

我從懷裡取出手巾，伸長手遞向前，不敢看喜和。

「貫田怎會挑這關頭？」

「昨天，大哥交代，在兩、三天內……」

「是嗎？」

喜和隔著傘，觀察害怕地半背著她的我。

「跟我走。」

她說著折返來時路。

喜和在逆緣橋上停步。雪在燈光中畫出影子，被吸入黑暗的河面。四周空無一人，唯有落雪聲。

喜和把傘交給像狗般緊緊跟隨的我，打開手巾。在此之前，我從未偷看過大哥交付的手巾，但一如我的猜測，裡面是一疊鈔票，至少有一百圓。喜和看我一眼，做出意想不到的事。她白皙的手指撕碎鈔票，隔著欄杆扔進河裡。紙片摻雜著雪，在暗夜中散開。

接著，喜和伸手入懷，取出一把白扇。她張開扇子，說道：

「借個火。」

從我發抖的手裡接過火柴後，她在扇子前端點了火。

「這是鳴原的遺物，我總貼身帶著，如今終於變成最後一件。」

白扇離開喜和染紅的指間，一度隨風起舞，在黑夜中燃起火焰，在雪中如飄蕩在海浪上般晃動，但很快便落入黑暗深淵。喜和的目光追逐著那道火焰，身上有著大哥前次蹲在這座橋畔，一樣是目送鳴原遺物的傘時相同的平靜。

看完最後的火焰，喜和面向黑夜，驀地微笑，以有些空虛的話聲問：

「要抱我嗎？」

我早顫抖得無法自抑。

「沒關係。聽說這時候，每個人都會很想抱女人，你不也是爲此而來？在這裡抱我吧，這樣你就不會再發抖。」

我不禁搖頭，想轉過身，卻被她制止。我挨罵般垂著臉，不斷搖頭。我曉得自己因爲顫抖，全身都在晃動。

「不要緊，眞的。」

即使如此，我仍不斷搖頭。喜和沒說錯，我好想抱她。那曾經交歡數次的肌膚，暗藏著黑暗的、甜美的味道，像第一次的女人般引誘著我。然而，我只是不停搖頭。忽地，我憶起初遇大哥時，擺在面前的豐盛佳餚。我和那時同樣飢渴，卻強忍著不出手。自覺實在淒慘，我突然在橋上哭出來。

喜和戴著念珠的平靜的手，包住我發抖的手，探入自己懷中。當指尖觸碰到女人柔軟身軀的刹那，我體內的血潰堤。傘從掌中掉落，我像野獸放聲一吼，發狂似地撲向她。

往後倒向欄杆的喜和，雙唇如吃雪般張開。淚水從她的臉頰沿頸項滑下。分不清是喜和的淚，還是我的淚。

「傻瓜，你眞傻，竟然聽貫田的……聽那種人的話……」

痛苦的喘息間，喜和冰冷的嗓音念咒般喃喃低語。

——是的，喜和發現老大是我殺的。不單從我的舉止，她一定早在大哥對我下令前，便依稀有所覺察。但是，爲什麼？喜和明明說過，大哥要殺的是她，不是老大。

「貫田只有兩條路，不是殺我，就是殺老大。」

回到長屋，在被窩內重新暖和冷到骨子裡的身體後，喜和這麼說。她肘撐在枕上，把玩著骰子。

「在那之前，他一直打算殺我。昨天卻改變主意，決定殺老大。」

「爲什麼？」

我不明白大哥殺喜和的理由，更不懂大哥爲何非要我殺老大不可。是想繼承老大的位子嗎？不，大哥應該很清楚，即使老大死去，也是由番代接棒。那麼，是想和愼姊結爲連理嗎？但這原就是老大的願望，何況，老大的身體再撐也是半年。連半年都等不得，一定要我冒險殺害老大，究竟是啥道理？大哥與喜和眞正的關係我依然摸不著頭緒，而大哥與老大之間，是否同樣有我不曉得的關係？

「大姊和大哥到底是……」

彷彿沒聽到我的話，喜和仍未轉過頭，在榻榻米上以茶杯代骰鐘滾動骰子。

「擲骰子。」

不知是否打算以此回答我，她自言自語般低喃，接著道：

「啫，你何不忘記一切，和我在一起？」

她將凌亂的秀髮埋在年紀猶如弟弟的我肩頭。

「殺掉大哥，是嗎？」

「對，除去貫田。要是你愛我，就下得了手。」

她話裡突然摻雜幾分認眞的味道，但又打馬虎眼般一笑。

「開玩笑的，我才不想讓你重蹈覆轍。」

那句「重蹈覆轍」，原以爲是要刺死老大的我再開殺戒，如今回想，卻發覺另有含意。

兩天後，葬禮順利結束。警方當自殺處理，年輕一輩忿忿難平，但苦無證據可證明是唐津下的手。即使找上門去，也只是自尋死路。

對於帶著十幾個手下前來燒香的唐津，眾人僅能怒目而視。如同以前老大常說的，組由番代繼承，組裡的氣氛卻沖淡許多。或許，就算是那樣一個老大，活著也有他的意義。

而那個老大化爲一個白木盒返回。後廳變得寬敞許多，唯有原先放棺材處在榻榻米上留下一方白。

葬禮期間，大哥照樣沉默寡言，而我則一如往常，躲在大哥後面。

喜和也出現在送葬行列中，但未與大哥視線交會，僅互相行禮。我在大哥背後，目送喜和刻意躲避眾人眼光、選擇無人小徑遠去的身影。

番代以打架有違逝世老大的本意爲盾牌，安撫組裡的怒氣，之後的情況我就不清楚了。因葬禮結束不久，我便被軍隊徵召，離開日本。夏天爆發的事變，戰火一發不可收拾，我是組裡第二個上戰場的。

出發前往戰地的前一晚，我造訪喜和的住處，但喜和不在。屋內燈沒關，也許她只是不想見我，畢竟她不曉得我要出征。我斷了念頭，改抱別的女人，翌晨在組裡兩、三個弟兄的目送下啓程。

臨走前，大哥似乎有話要說，終究保持沉默。見我低頭行禮，大哥僅「噢」一聲，從袖中取出香菸。我擦了火柴點著菸，又行一禮。那便是我和大哥最後的緣分。

八

戰地裡，許多屍體被燒毀在木頭搭的高臺上。火焰融化在大陸的沙塵中，黑影包圍仍穿著軍服的屍體，最後垮成一堆灰燼。雖是火葬，但戰場上當然沒餘力準備棺材。燒屍體不需要棺材，我望著異國荒野中的熊熊火焰，心中突然這麼想：

——燒屍體不需要棺材，但燒棺材難道不需要屍體嗎？

即使身在戰場，我依然經常思索自己殺老大的理由。那是個不知有沒有明天的戰場，當我落入地獄時，若不曉得殺人的原因，該怎麼向閻羅王解釋？

大哥對老大無怨無仇，也沒道理認定老大礙事，完全找不到尋常的殺機。然而，一個人要殺人，不會只有這些因素。還有一個動機，是我未曾思及的。

——要燒棺材，必須有屍體。

莫非大哥想燒掉那具裝飾在後廳的桐棺？沒必要殺老大，燒掉棺材即可。但老大把那具棺材當傳家寶般呵護，大哥找不到銷毀的辦法，於是準備了屍體。任誰都料不到，火葬場裡燒的其實是棺材。這才是大哥的目的吧？在我犯下的那起命案中，老大的身軀扮演棺材的角色。一般情形下，棺材是爲屍體燃燒的。可是，在這一事件裡，卻是屍體爲棺材燃燒。不是棺材掩蔽屍體，而是屍體的存在，讓人對棺材視而不見。

果眞如此，爲何大哥想處理掉那具棺材？雖隱有所感，但要等半年後我再度踏上日本的土地，種種臆測才明確成形。

翌年春末，打仗負傷的我遭到除役，得以回到日本。

短短半年，人事全非。之後我才曉得，那年春天，番代將萱場組讓給唐津，如今擔任唐津一家賭場的總管。

不過，更教我吃驚的是，我出征後不久，喜和便殺了大哥，目前在鄰縣的監獄服刑。喜和趁大哥在鴫原忌日到墓前上香時，出其不意持短刀往他捅三刀。

這些我都是從喜和住處隔壁的木匠那裡聽來的。一回到城裡，我便先去找喜和。據說她被判五年刑期。

我剛要離去，那木匠喚住我。

「這位小哥，你是不是叫六車次雄？」

我答是，他便說：

「喜和小姐託我轉交東西。她形容你膚色很白，所以我一時沒想起。」

在大陸歷經槍砲烘烤，我臉皮變得微黑。喜和下手的前一天，藉口要出門一段時日，將一個紙包寄放在木匠那裡，並吩咐若我出現，便拿給我。

我收下紙包，在逆緣橋畔打開。層層包裹底下露出一柄短刀，與某次喜和切斷綁住我手腕的繩子的是同一把。刀柄上殘留著看似血跡的黑色斑點，那是指痕。有人拿這短刀殺害另一個人——我憶起喜和切斷繩子時，以袖子小心藏好刀柄，及最後那晚她曾說「我不能讓你重蹈覆轍」。驀地，我恍然大悟，原來話中別有含意。喜和是在談到讓我去殺大哥時，說出這句話。那就代表，喜和曉得往昔也發生過小弟殺死大哥的情況。

貫田大哥殺死鳴原，且用的是這把短刀。刀柄上的指痕，該不會是大哥失去的右手留下的？

此時，在我腦海中，這把短刀上的指痕，終於和大哥以前沾在老大棺材上的那些黑色墨痕重疊。

沒錯，大哥是爲消除自己留下的指痕，才想燒掉棺材，換句話說，就是燒掉老大的屍體。

貫田大哥與喜和，是否背著鳴原相愛？大哥爲此殺掉阻礙兩人的鳴原，反倒失去喜和的身體？

九

這把短刀由喜和持有，因此我猜想，大哥殺死鳴原後，可能立刻就去找喜和。大哥手上鳴原的血未乾，便想抱喜和。分明是要讓喜和獲得自由才決意殺人，從下手的那刻起，他卻無法再觸碰喜和。或許是喜和沒料到大哥會這麼做，所以拒絕那雙沾滿丈夫鮮血的手，也或許是爲人膽小的大哥，揮不去內心的罪惡感，獨獨對喜和喪失身爲男人的功用。

總之，殺人換來反效果，一把短刀將兩人永遠分開。

大哥發狂般物色其他女子，更讓兩人的關係益發扭曲。

鳴原遇害後，喜和對大哥灰暗的心情，多半連她本人也無法解釋吧。身爲妻子，以這樣的形式送走丈夫，令她內疚不已。而那膽小的男人因失去她，不斷縱情於其他女子，則令她憤怒——種種情感如斷線，錯綜複雜地交纏在一起。喜和從中抽出的，是又黑又濁，僅能稱之爲憎恨的一縷。

由於這股憎恨，喜和以大哥殺害鳴原後忘記帶走的短刀爲把柄，開始勒索大哥。當然，這樣的勒索，部分原因是喜和在故鄉有生病的母親，總是需要錢的關係。

翌年夏天，大哥意外失去四根手指，正是殺死鳴原的右手手指。大哥不相信那是偶然，認爲是觸犯這個世界的規矩，不仁不義，犯下狼心狗肺的滔天大罪，才會有此報應。於是，他對自己造的罪孽更是心生畏懼，益發遠離喜和，卻奇蹟地留下一根小指。喜和賭的，便是與大哥生命有所連繫的最後一根手指。

她以花牌的點數索求金額，等錢送到後，便把一樣鳴原的遺物代替證據交給大哥。

不止是錢。和大哥派來的嘍囉上床，約莫也是喜和主動的。或許這是針對大哥瘋狂向其他女子求歡，近似報復的一種心情。

明知如此，大哥卻像要討喜和歡心，主動將男人送到喜和身邊。喜和握有他致命的弱點，大哥無法親自束縛喜和，便想以小弟的身體爲繩索，從另一端抓住喜和的心。這種卑鄙的作法，更加激起喜和的憎恨。宛若嘲笑著無法占有她的大哥，喜和盡情享受年輕男子的肉體。

時至九月，所有的事一舉爆發。大哥與愼姊的消息傳進喜和耳中，偏偏這時候，故鄉的母親病情惡化，需要一大筆醫藥費，又在咖啡廳偶然遇見我。於是，喜和主動向大哥指名我，再度開始中斷一陣子的勒索。從喜和撕碎那些錢看來，她向番代周轉的金額也無力回天，故鄉的母親已逝。喜和根本不需要透過我得到錢，然而，她仍以沒有意義的恐嚇，索取更多的錢。

大哥從離譜的金額，得知喜和已下了最終的賭注。實際上，對喜和而言，這是她不惜豁出性命所設的最後一場賭局。她由老大口中，聽到大哥與愼姊將結爲夫妻的決定性宣告。

可是，她最不能容許的，就是大哥與其他女人得到幸福。她要把大哥逼到絕境，奪走他的一切。

據說，大哥經常前往地藏池的醫院。我推測，那裡的醫師是大哥的金雞母，然而，光這樣依舊不夠。大哥也到賭場去賭輸贏，但終究非長久之計。實在沒有別的路可走，大哥只能放手最後一搏。

要殺喜和，還是把自己留在世上的指痕全消除——必須從兩個僅有的辦法中抉擇，大哥想必十分煩惱。末了，大哥選擇後者。在此之前，大哥都要撿回的嘍囉代替自己的手，連玩女人時也將右手藏在外褂袖中，小心翼翼不讓小指留下痕跡，但有兩枚指紋是不論如何都無法抹消的。

一是留在老大棺材上的墨痕，另一就是自己的小指指紋。正好，這個世界裡有種砍小指的儀式，任誰都不會起疑。

至於賭場裡的衝突，完全是大哥一手導演。爲砍掉自己的手指，明知那個小夥子是唐津的貴客，他仍蓄意挑釁。

儘管是爲保住性命，要自行砍下自己的手指，痛苦想必非比尋常。然而，我懷疑大哥早有安排，以確保事情能順利進行。既然經常與醫院的醫師接觸，大哥應該不難弄到麻醉藥。大哥是否預先注射麻醉藥，在無痛的狀態下砍掉小指？在賭場的歸途中，我碰到大哥衣袖造成的刮傷，會不會來自爲此準備的針筒？

總之，大哥順利埋葬小指後，便著手策畫埋葬留在老大棺材上的最後指痕。

「擲骰子。」

驀地，我想起殺死老大那晚，喜和低聲說的話。當時，從喜和手中滾落的兩顆骰子，就像大哥與喜和。

他倆的關係，僅有彼此憎恨、互相勒索嗎？我不住搖頭。不是的，我的身體也算是兩人交換的情書。大哥是要我代替他與喜和上床，所以讓手指跟他相似的我，穿上他的外褂。喜和也把我視爲大哥。她綁起我的右手，並不只是愛惜自己的性命，而是一心想把我的身體當成大哥的身體。

大哥抱我眞正的意義——其實，大哥抱的是喜和染在我肌膚上的花香。這是殺死鴫原的大哥，唯一能夠吐露對喜和的愛情的出口。兩人分別在不同的日子、不同的場所，以同樣的眼神目送燃燒鴫原遺物的火焰。

只不過，由於兩人的身體被一把短刀分開，失去得知雙方心意的辦法，彼此只能等待對方出手。而在摸索對方心意當中，殺與被殺——他們熾烈的情感，被扭曲成這種與期待相反的羈絆。正如在黑暗的骰鐘內上下彈跳的兩顆骰子，無論擲出什麼點數，勝負都會因對方的點數而改變。兩人的關係無他，就是封閉在黑暗中，始終不知對方的點數，兀自彈跳。

除了殺死鴫原別無他法的大哥，與除了殺死大哥別無他法的喜和，都令我深感悲哀。

從長屋的木匠手中拿到短刀的隔日，我便前往鄰縣探監。不知爲何，喜和不願見我。我連跑七天，第八天造訪時，終於在只有一顆燈泡、猶如軍營的昏暗會面室裡，與喜和重逢。鐵絲網後方，半年不見的喜和穿著囚衣，比以前憔悴，卻有種往昔沒有的、放下一切後的清淨明朗。她露出微笑，爲七天不肯見我道歉，爲我能夠及早回來感到慶幸。鐵絲網在藍囚衣上落下絞染般的影子。

喜和想聽我說戰地的回憶，也許是想避提大哥和組裡的事。

時間一到，喜和轉爲平靜的神情。

「保重自己。好不容易撿回一命，要連貫田的分也幫他活。」

她只說了這些話。

接著，她起身想走，我出聲攔阻。

「大姊，和我……妳願不願意和我擲骰子？」

我嘴裡突然冒出一句。

我來找喜和，部分原因是想確認，她以一把短刀託付給我的事件眞相。但從見到喜和的瞬間起，那就變得一點都不重要。

喜和一臉吃驚地回頭。

「這樣的時世，我也不曉得能活多久。但等大姊從這裡出來，願意和我一起生活嗎？願意和我在一塊嗎？願意和我自谷底深淵一同出發嗎？」

「可是，我殺了貫田，鳴原也等於是被我害死的。像我這種人……」

「我也一樣。就算那是大哥的命令，我畢竟殺了人——之後在戰場上又殺了兩個人。再說，大姊的罪，我的身體已經償還。」

而後，我把一直藏在破爛軍服下的右手，貼在鐵絲網上。那隻手上連一根指頭都沒有，這就是我在戰地受的傷。

「既然妳要我連大哥的命一起活，那麼，大姊願意讓我用這隻手再抱妳一次嗎？」

喜和隔著鐵絲網，握住我那變得與大哥一樣的手。喜和的眼中落下一行淚，我的雙眸也逐漸模糊。喜和朦朧的身影中，又傳出熟悉的香氣。一切都已不再，唯有這陣香氣讓我想起同樣的桐花。

我從淚水中，更從這陣香氣中，得到了喜和的回答。

我想，每個人都一樣吧。我幼時的記憶全鎖在黑暗中。

記憶裡，能夠清楚回想起的，最早是大正末年與母親遷居至這個鎮，上尋常小學二年級的時候。而之前，我在鄰縣小村莊生長的那幾年，該怎麼說，宛若伸手漫無目的地打撈沉落黑暗深淵的東西，只覺得空虛不踏實。

曾有一次，我不小心打翻墨汁，弄髒重要的書，只能拚命認清黑墨掩蓋的文字。現下，每當我試著回顧童年，便會感到類似的焦躁與不安。

當然，並非一切都遭黑暗塗滿，就像會有幾個字碰巧殘留在墨漬空隙中，我也能夠如照片般鮮明憶起幾個場景。

至於這些場景有什麼意義，發生的順序孰先孰後，我便無從得知了。

足以將其串連起的線，被歲月的黑暗之刃切斷，四分五裂，散落在記憶中。

憑藉支離破碎的場景爲線索，尋找一個隱藏在我幼年時期的故事，可說構築了我至今的人生。

我很想知道。

不，我不能不知道。

在幼年時期的黑暗中，有一幕令我無法忘懷的場景。

一個女人的黑影握著某種利器，鋒刃在類似燭光般的白色微光中發亮，襲擊一個男人的影子。男人的影子爬在榻榻米上想逃命，女人的影子則使出渾身力氣緊追不捨，印在男人的影子上。兩個影子糾纏、交疊，剛像夜晚的狂濤般擎天而起，便又如打在岩石上般潰散，化爲浪花飛濺——儘管是淡薄得幾乎融化在記憶暗處的畫面，但兩個影子醞釀出的駭人緊張感爆發的瞬間，飛濺的血沫之鮮紅，回想起來是那麼鮮明強烈，那麼血腥逼眞。

殺人的是我母親。我想釐清，那些在母親手下流出的血具有什麼意義。

母親爲何非殺那男人不可？對方究竟是誰？

我試圖串連起其他幾段記憶中同樣意味不明的場面，推論出母親在黑暗中手執利刃的理由。說起來，這就是我人生的全部。

若母親殺了人，若我是殺人犯的孩子，若我的人生在幼年時期尚未懂事的黑暗中，便已徹底染上罪惡的腥紅，那麼，查明眞相便是我此生的義務。

一

五歲時，母親帶著我離開那個村子。

那是大正十二年（一九二三）。母親並未直接帶我來這座小鎮，而是先到東京投靠親戚。在東京生活將近兩年後，才回到我出生地附近的小鎮，展開母子相依爲命的生活。

遷居當年，我已上小學二年級，所以記憶十分明確。

然而，就連在那之前寄住了兩年的東京，我也僅存片斷的回憶。因此說到我出生後待過五年的那個村子，更只有不踏實的印象，猶如在黑暗中又隔一層、做著漆黑的夢。

我唯一記得的村中風景，也不知是何時、何地看到的，就是上了一層淡墨般無邊無際的灰暗天空底下，一大片泥濘的田地而已。光線很暗，模糊得像水墨畫的墨暈開、線條糊掉落入水底，但我甚至無法分辨，這是因爲下雨、傍晚暮色降臨，或是記憶遭歲月的黑暗侵蝕。即使如此，不曉得爲什麼，有個地方我記得格外清楚。可能是收穫期結束，景色下方貧脊的泥土如細浪般刻畫在田地一角，有處樹叢群聚宛若黑雲朝天湧起。那些樹梢擎起屋頂，石瓦的輪廓都彎曲了。

好似聚集日落之際的微光，石瓦閃閃發亮的屋頂恰形成巨大的頭盔狀，而樹叢陰影則猶如藏在頭盔下那張神祕陳舊的臉。

那是這一帶居民歸葬的菩提寺——眞宗清蓮寺的本堂屋頂。

我便是以那座清蓮寺的住持鍵野智周的嫡長子身分，出生在這世上（**註**）。對於父親智周，我只記得幼時有某個男人的影子在身邊。但母親給我看的照片中，父親是個下巴尖細，面頰凹陷，雙眉出奇稀薄，一臉貧弱的男人。

那張照片是我出生未幾時拍的。母親坐著，懷抱從黑紋外褂露出小臉的我，而一襲白色羽二重和服站在她身旁的父親，彷佛要撐起瘦削的身體般聳著肩。當年，父親三十二歲，母

註——日本佛教的出家人「肉食妻帶」（不戒酒肉、可娶妻）始於十二世紀淨土眞宗的創始者親鸞上人，因此淨土眞宗的佛寺多爲世襲制。於明治時期起，法律明定各宗派均可「肉食妻帶」。

親二十二歲。梳著圓髻、十足新嫁娘模樣的母親，不像父親緊張僵硬地瞪著正面，她視線略垂，似乎正呆望自己落在榻榻米的影子。從照片也看得出，母親膚色白皙得不像農村出身的女子。那猶如能劇面具「近江女」的白皙，令人感到憂愁。

母親須惠是鄰村富農家的三女，二十歲時嫁給父親。身為德川時代便相傳數代的地主么女，加以容貌秀麗，母親被遣嫁檀家不到百戶的貧村小寺住持、且就照片看來一臉窮酸又無可取之處的父親，是有原因的。

在如今這個時代雖令人難以置信，然而，在鄰村母親的故鄉，人們認為她是凶星出現時出生的。

事實上，據母親告訴我，年幼時她身邊相繼發生不可思議的死亡。首先，母親出生當晚，相當於她祖母的人去世。這位祖母長期臥病在床，或可視為純粹的巧合，但從那晚起，連續三夜，村裡都有人撒手歸西。其中一人是正值青壯的小夥子，卻無緣無故病倒，眾人還來不及驚訝，他便悄然斷氣。說他是三天前地主家嬰兒出生那一刻病倒的傳聞，立刻傳遍全村。彷彿要為這傳聞背書，母親出生後的那一年，祖父過世，第三年親生母親——算起來是我外婆的阿圓也作古。

不僅如此，母親才四歲，還是個小女孩時，眼前突發一件無法解釋的死亡。

當時，年幼的母親走在春天的田埂上。

由於快到插秧時節，田間好幾個村民雙腳埋在泥裡，正在工作。其中一個健壯如男人的女子抬起曬得黝黑的臉，視線不意停在行經田埂的母親身上，就突然撐起腰，直挺挺站在田地中央。她手上的鍬鬆脫，恍若石化般默默目送田埂上的小小身影，不久便一個轉身，背對所有人，行軍般大步向前。女子筆直樣走到田地盡頭一棵大櫻樹旁，一腳踩進樹下的水池，仍舊大步向前，好似中邪般踏入水池深處。當看傻眼的眾人趕過去時，一切都已結束。春日和煦，櫻花爛漫盛開之際，女子在花影搖曳的水面靜靜留下漣漪，香消玉殞。

直到前一刻，女子還比別人加倍起勁地幹活。村民找不到自殺的動機，無法解釋，最後便認爲女子是因惡靈附身才會尋死，而那惡靈就寄居在我母親小小的身軀上……

由於這些緣故，雖身爲地主的女兒，母親卻遭村民白眼以對，在家裡也被視爲眼中釘，一滿二十歲，我外祖父便說：

「既然這個女兒眞的命中帶煞，不如獻給神明，懷著侍奉神明的心過一輩子，也算是爲上輩子贖罪。」

於是，母親嫁給年過三十還獨身的父親。

據說這樁婚事也遭到清蓮寺眾檀家（註）的反對，母親莫名其妙的傳聞想必早傳至鄰

註—指以家庭爲單位的檀越（施主）。江戶時代爲鎭壓天主教，嚴格實施檀家制度，規定每戶都必須有其隸屬之寺廟，於該寺廟中辦理葬祭法事等事宜。檀家的布施是寺廟的經濟來源，而政府則透過寺廟管理人民的戶籍。明治後檀家制度雖已廢除，但檀家的葬祭法事依然是寺廟的主要收入，一般民眾也仍保留由寺廟管理家墓的習慣。

村。前住持（我的祖父）去世近五年，支持年紀尚輕的父親智周，並守住寺廟的檀徒，認爲就算是大地主的女兒，但有如此可怕的傳聞，迎入寺中等於是玷汙清蓮寺。

儘管檀徒村民握有絕大部分的實權，父親在他們面前抬不起頭，然而，或許是非常中意母親的容貌，父親唯有此時堅持己見，將母親娶回清蓮寺。

兩年後我出生，接著三人共度五年，可是，父母七年的婚姻生活是什麼樣子，我毫無頭緒。我從母親口中聽到關於父親的種種。父親是個文靜的人，嗓音沙啞，但誦念聲清越；喜歡俳畫（註一），經常背向他人，在日照良好的緣廊專心揮灑水墨；掛在內堂的親鸞上人像價值不斐，父親總是引以爲豪；有潔癖，母親擦過的輪燈、燭臺、高腳盤，他定會再擦一遍；酒品不佳，平常膽小溫和，黃湯下肚便滿臉通紅，遷怒亂罵——但是，父親待母親如何、兩人之間發生過什麼，母親卻絕口不提。我甚至不知道，究竟是不能告訴年幼的我，還是因不得不帶著我離鄉背井討生活，母親連言語中都不願回想起已結束的過往。

與沉默寡言的父親不同，母親擁有小女兒討人喜歡的笑容，尤其受到女性檀徒的好評。年紀輕輕不到三十歲，便懂得照顧村民，很多人敬愛地叫她「庫裡夫人、庫裡夫人」（註二），但部分古板的檀家仍背地裡說母親「那女人天生帶煞，清蓮寺很快會遭殃」。母親逐一去拜訪這些檀家，浸在泥濘裡幫忙農事，最終還是無法洗刷從小如影隨形的負面流言。

我五歲時，清蓮寺的本堂失火，父親智周在火海中喪生。一晚，爛醉而歸的父親連深灰法衣都沒換下，便在本堂睡著，踢倒了尚未熄滅的蠟臺——母親是這樣告訴我的。父親死於自己的粗心大意，但當然，村民又把原因怪罪在母親不潔的身上。不少人議論紛紛，說是「那女人果然有惡靈附身。惡靈連寺院都燒掉，下次就換整個村子起火」，連先前愛戴母親的人都開始冷眼相看，令母親難以容身。因此，一做完七七法會，母親隨即帶著年幼的我，逃也似地前往東京。

母親與我在這鎮上靠鐵路的後巷一角，共度十餘年的歲月。在一幢被火車吐出的煙與汽笛聲包圍的後巷小屋中，母親教導附近的孩子插花、習字、裁縫，憑一己之力含辛茹苦地養育我。

小學畢業時，我開始好奇童年記憶中，在黑暗裡刻畫出鮮明黑影的那幕場景有何含意。爲什麼性情嫻靜的母親會披頭散髮，凶神惡煞般攻擊男人的影子？從牽著孩子的手、溫柔教導插花的母親臉上，完全無法想像母親竟有那樣扭曲陰森的一面。再者，母親纖細得甚至連拿花剪都不適合的手，爲什麼會以那麼驚人的力道握著利刃，追砍四處逃竄的男人影子？那男人究竟是誰？

然而，儘管我年紀還小，仍隱約明白那是母親不願向任何人提起的過去。就算我開口

註一——插畫風格的水墨畫。

註二——「庫裡」原指寺廟中住持與其家人生活的場所，引伸爲住持夫人之意。

問，母親也絕不會告訴我。因此，我從未直接詢問母親，只是一再空虛地反芻記憶中那毫無線索可追尋的畫面。

二

我的記憶中，還有熊熊燃燒的火焰。

從母親那裡得知父親死於本堂火災，我便猜測記憶中的火焰，應是焚燒父親身軀的火焰。然而，在黑暗中張起火焰之帆，鼓動風勢，凶猛得彷彿將本堂屋頂推向漆黑天際的熊熊大火，從另一方面看來，比母親殺害一名男子的場面更慘烈，將我幼時記憶裡的暗影燒得焦黑。那場景，想必是與遠遠望見自樹叢後露出的本堂屋頂記憶重疊了吧。大火中，本堂只剩下屋頂的模樣，活像頭盔下巨大的人臉在燃燒。那張臉痛苦發出的喘息，化爲團團黑煙，吐向四周。

記憶中，火鞭抽打夜風的駭人聲響，周圍成群人影的叫喊，猶如地獄圖的伴奏般響徹四方。與此同時，卻也感到一股彷彿在幽暗水底覷聽岸上紛擾的寧靜，因爲我想起母親凝望大火的臉龐。我與母親站在類似山門的地方，看著一段距離外的本堂大火。也許是村民爲滅火而聚集，以火焰爲背景，許多人影四處奔走，哭喊「危險、可怕」的尖叫聲不絕於耳。

可是，母親彷彿沒聽到這些騷動，雪白面容映得紅紅的，平靜注視著燃燒父親身軀的業火。我連母親穿什麼樣式的和服都想不起，因此母親當時的表情，或許是我事後自行從母親文靜的印象塑造出的。總之，在我的回憶中，母親是以靜謐清澈而無言的眼神，望著熾焰。由於她那鎮靜的目光，人們的吶喊聽在我耳裡也像在誦經。

爆竹般的爆破聲響起，火星亂舞。雖然與本堂有一段距離，但不久火星便化爲光雨朝我們落下。爲保護我，母親不假思索地張開袖子，而當火焰消失在衣袖的遮掩下，我的記憶隨之中斷。

從搬遷至這個鎮上，一直到我長大懂事的期間，即使在夢中，這段火焰的記憶也不斷重現，令我害怕不已。

夢境裡，火星一落在我肩上，轉瞬便化爲血花。在熾焰中蠕動的無數影子變成兩個，其中一個頭髮凌亂，發光的利刃劃開視野，然後，兩個影子合而爲一，大幅搖晃——可能是睡得很淺吧，我幾乎依記憶重現了那場面。

當然，夢中的我，仍舊不曉得事情發生在何處，那個男人是誰，臉上是什麼表情。多半是蠟燭般微弱的燈光讓四周幾乎都化爲昏暗，以及我的心思都聚集在母親身上吧。

當那團影子濺出血花倒在榻榻米上，一切倏然恢復平靜時，我緊懋的喉嚨不住放聲大叫。

「媽……媽……」

母親回過頭，淡淡燈光照亮她的臉龐。她沒爲我就在身邊全程目睹感到驚訝，而是面向我，彷彿拚命在傾訴什麼，表情悲痛歪曲。

有時在夢中，火星落在我肩上的瞬間，風一吹拂，四周忽然明亮起來，火星便化成灰燼湧出。

此時，我仍會想起，曾站在黎明晞光中，眺望全燒成灰的本堂遺跡。被風撩起的灰如水煙翻滾，我彷彿在其間看到黑色的團塊。

原以爲那長長的東西是沒燒盡的柱子，漫不經心地看著，一會兒後，赫然意識到那是焦黑的屍體，雖然在夢裡，我仍不禁「啊」地叫出聲。

那應該是前晚來不及逃出火場的父親遺骸，奇怪的是，依我的記憶，那具屍體旁邊，還有好幾具同樣的屍體倒在地上。

「那場火災裡死掉的，眞的只有爸爸嗎？」

大概是十歲的時候，有一次我鼓起勇氣問母親。

「嗯。怎麼了？」

我回答，記得除了父親外，好像有其他屍體。母親微微垂下眼，應道：

「史朗大概沒什麼印象，不過，本堂的三尊大佛像也著了火。佛像的金箔脫落，燒得焦黑——是啊，那時媽媽也誤以爲是死人，嚇一大跳。」

聽母親一說，我也覺得那似乎不是人。然而，即使知道是佛像，仍無法抹去烙印在記憶裡的恐懼。

上中學之前，我一直爲夢中的火焰、血花與渾身是灰的燒焦屍體，如幼兒般害怕啼哭。

夢經常在我想把臉埋進火裡時結束。見血花及隨風飛舞的灰再度化為火焰，在黑暗中熊熊燃燒，我小小的影子便會興起把臉埋進烈焰的奇妙衝動。當然，我怕得不得了。

但，有別於恐怖感，一股命運的力量操控著年幼的我的意志。我受到引誘，恍若飢餓的狗撲向飼餌，總想湊近火焰。我喊著「好可怕、好可怕」，卻仍為莫名的喜悅露出歪曲的笑容，朝火焰靠近。

不知這僅僅是夢，還是往昔實際發生過的類似情況，在夢中誇大出現。可是，我的臉上，從額頭到右眉間有塊與膚色不同的青紫，也像灼傷的疤。雖經歲月淡化，如今在正午的大太陽底下，亦罕有人發現，但在孩提時期，顏色或許更鮮明些。

自然，我也問過母親這件事。

「是的。本堂失火時，木片掉到史郎頭上。儘管媽媽立刻擋開，只是擦過而已，沒想到還是留下很大的疤痕。」

母親有些悲傷地垂下目光。

聽母親一提，我似乎也有印象。朝站在山門前的我與母親落下的，會不會並非火星，而是更大的火塊？會不會就是那時候，母親張開袖子保護我？會不會是這些記憶在夢中奇妙地扭曲，變成是我主動接近火焰？

總之，火舌快舔上額頭的瞬間，夢驟然中斷。我發出駭人的呻吟，連自己都被這聲音嚇醒。夢的餘悸讓我汗濕的身體微微顫抖，我劇烈喘息，忘情大喊「媽媽、媽媽」。於是，母親連忙伸出手，而我恍若仍未清醒，拚命攀住黑暗中浮現的那隻雪白的手。

一直到十六歲，我都與母親睡同一床鋪蓋。上中學那年，母親為我鋪了另一床，但當晚我又遭夢魘，隔天母親便只鋪一床。

母親多半已從我的囈語和呻吟，明白我做的是什麼夢。或許是對自身罪過的殘渣以記憶的形式留在我體內，令我飽受驚嚇，而深感自責，母親會像抱嬰兒般緊緊摟住逐漸長成大人的我。

「想起來了嗎？史朗，你想起來了，是不是？」

母親往往如此喃喃低語，彷彿要把那些記憶中的場面從我體內擠壓出去，用力擁住我。害怕夢境的不止我。雖不如我頻繁，但有時我安穩入睡後，母親會在劇烈喘息中，發出像要撕裂黑夜般的叫喊。

「花……不行，花……」

每當這時候，便由我伸手給母親。驚醒的母親渾身冷汗，拚命摸索著找尋我。母親童年的可怕經歷在夢中重現，一名農婦突然在年幼的母親眼前沉入水池。她總緊緊抓住我的手，像要從記憶逃脫。

「我奮力阻止，她的背影卻毫不停留地往池裡去。不久，她的頭頂便消失在水面，一片櫻瓣飄落，恍若她在水底吐出的最後一口氣……」

不同於平日端莊沉靜的模樣，母親的話聲如童音，含淚一個勁搖頭，咬著我右臂上那道傷痕。

母親這個小動作，我也有印象。右臂爲何會留下遭勾破的傷痕，已不復記憶，但母親拚命吸吮滴落鮮血的觸感，深深刻印在我心底。母親像自己受傷般痛苦得臉色大變，不斷吸吮我體內流出的血——在夢裡飽受驚嚇的母親，以和當時同樣的表情，不斷咬著我的傷痕。

任由母親啃咬，我望著母親凌亂睡衣下露出的頸項，想起殘留在兒時回憶中的另一幅畫面——母親的後頸處，瘀青像斑點般散布在雪白的肌膚上。這又牽引出另一段回憶。

不知是黎明還是黃昏，紅紅的太陽穿破昏暗，照亮母親坐著的背影。母親褪下一邊肩上的和服，垂著頭，拿著念珠串，在後頸與肩膀之間揮打，一而再、再而三，彷彿要洗淨汙穢的身體。念珠串劃過空氣的聲響及嘩啦啦的摩擦聲，至今仍在我耳際迴盪。

依我推測，地點應該是清蓮寺本堂。感覺上，多半不是人而是佛像的雙眼，冷冷俯視獨自坐在廣大靜寂處的母親。

我僅僅目睹過那麼一次，但既然會留下瘀青，想必母親暗地裡曾多次揚起念珠串。母親大概是爲了淨化自己的身體吧，只是，每回瞥見母親肩上青紫的珠痕，我反倒覺得母親潔淨的體內，唯獨那部分暗藏汙黑的罪孽。

提起念珠，我不禁聯想到母親站在水邊的身影。會把那形影與觀音像重疊，是因母親纏著念珠的雙手在胸前合十，且鏡子般的水面反射微弱的陽光，淡淡光暈朦朧了她的腳邊。光這幕情景，或許不會讓我留下記憶，奇異的是母親接下來的舉動。驟然間，母親的雙手打破寧靜。母親粗暴地拉開念珠串，試圖扯斷。宛如修行者的苦行，母親拉扯著念珠，雙手猛揮。驀地，母親發出叫喊，手中彷彿釋放出黑色光芒，念珠飛散四方，隨即射入平靜的水面，形成一圈圈漣漪，逐漸消失。

我還聽見一道聲音。不單是念珠的落水聲，而是斷斷續續摻雜類似火藥引爆或炭爆聲，愈來愈響亮，最後吞沒母親的身影，記憶至此結束。由於清脆如鼓聲，說不定其實是木魚聲，但我不確定那水面是池子或河川，難以判斷究竟情況如何。

不，我甚至連那場面本身具有什麼意義，與母親行凶之間有無關聯都不知道。

然而，儘管不清楚這些情景發生於何時何地，我確實曾親眼目睹，但經歲月腐蝕，有些場面已區分不出是夢還是現實。

偶爾，母親會在我即將入睡時，以手指撫弄我臉上的疤。這時候，凝視著我的母親，眉間總會罩上一抹哀愁，神情似曾相識。

那是個四、五歲的女孩。她注視著我，和母親一樣皺起眉頭，逐漸變成哭臉。

「好可怕……」

女孩大叫一聲，轉身就跑，我也朝著反方向狂奔。那似乎是在豔陽下的河堤，女孩穿著紅色井紋和服，戴著草帽。我滑下青草河堤，頭也不回地衝過鋪滿白色石頭的河灘，趴在水邊，上氣不接下氣地喘著，鼓起勇氣往水面看。到此爲止多半是現實吧，但下一秒鐘目擊的景象，怎麼想都不可能是現實。

我映在水面上的臉是一片雪白。白色的肌膚，連眼、鼻、口都化在一起。我只看一眼，大概是起風了，漣漪震碎倒影，我撲倒在河灘上大哭。

爲什麼會是白的？我不懂。但我猜，女孩之所以感到畏懼，是因我臉上殘留鮮明的傷疤。由於當時年紀還小，才會爲自己那樣的長相傷心吧。我心想，倒不如像鬼一樣全身變白，於是當晚眞的夢見自己的臉變成一片雪白，而那場夢與實際的記憶又奇妙地混在一起。只不過，關於白皙的臉，我還有另一個難忘的記憶。說是記憶，搞不好那只是場鮮明的夢。

暗夜的深淵中有一座橋。月光將夜色染得濃淡有致，在欄杆重重復重重的影子中，豎立著一道人影。幼小的我，發現那人影恰恰站在橋的中央，隔著欄杆俯視水面，於是停下腳步。小小的頭探出欄杆，月光正好聚在那一點，彷彿掛了燈籠。那是個身材與我相仿的男孩。我像在恐怖的夜路上遇見熟悉的人，鬆一口氣，大聲叫他的名字。我不曉得喊著什麼名字，但確實是以名字呼喚他。影子轉過身，我倏然停下朝他跑去的腳步。那張臉在月影下略微發青，既無表情，也無五官，和暗沉的紙拉門破洞一樣白。

那張活像未上色的能劇面具般，眉毛與嘴唇都沒顏色的臉，在黑暗中逐漸擴散，我這不知是夢還是記憶的奇妙場面便隨之告終。

我不禁懷疑，小時候身邊曾有類似白子的孩童，導致害怕那種不像常人的白皙的經驗，反應在夢或記憶中，於是向母親詢問過。

「唔，村裡應該沒有白子。」

母親在燈下補衣的手沒停，如此回答：

「而且，史朗很乖，乖得讓大人擔心，不會跟村裡的孩子玩，大概誰都不記得……不過，東京的姑姑常帶貞二回來，和史朗玩得很開心，所以那可能是貞二吧。這麼一提，貞二膚色倒是很白，五官不是很立體……或許是年紀還小就離世，才有這樣的感覺。」

對於這個四歲死於東京大地震的表弟，我沒有任何記憶，但東京的姑姑我十分熟悉。父親的親妹妹，算是母親小姑的這位女士，名叫貝塚春，在母親嫁到清蓮寺的前一年，嫁給東京的小官員。對方是村中地主的次男，從小與春姑姑青梅竹馬。

母親與姑姑雖無血緣關係，卻和眞正的姊妹一樣親。成爲清蓮寺的主婦後，母親視爲依靠、商量身邊大小事的對象，不是娘家血脈相連的兄姊，而是每逢中元與過年便從東京回清蓮寺娘家的這個小姑。據說母親也常帶著年幼的我前往東京。

清蓮寺失火、離開村子之際，母親最先投靠的也是姑姑。透過姑姑的介紹，母親在一家小旅館借住一房，並在那裡做類似女侍的工作。遷居到東京一年後，我的記憶逐漸鮮明。母親有時會向旅館老闆娘請假，造訪姑姑位於郊區的家。可能是地震失去孩子不久，姑姑非常疼愛我。還有，當官的姑丈雖然留著一臉鍾馗般的大鬍子，但看母親和我的眼神總是很溫柔——凡此種種，我都能清晰回想起來。

遷居這個小鎮後，母親就未曾前往東京，但姑姑每年有兩、三次，會帶著少見的東京禮物來探望我們。自從清蓮寺燒毀，姑姑便失去哥哥智周，也不再有親人，所以，姑姑約莫是懷著回娘家的心情造訪我們的小屋。母親曾說我早夭的表弟貝塚貞二膚色很白，但姑姑膚色如黃土般微黑，厚嘴唇與照片中的父親相似，看著有股土氣，不過，再小的事都能讓她爽朗大笑，我並不討厭她。姑姑和往昔一樣疼愛我，且每當姑姑一來，母親就會發出平常聽不見的開朗笑聲，讓我益發期待姑姑的出現。哄我睡覺後，兩人會愉快地聊到深夜。這時，我會裝睡，豎起耳朵偷聽，希望從她們的談話中覓得一些解開記憶謎團的線索。然而，不知是否刻意迴避，話題從沒提及村子或父親。

有一次，三人一起吃晚飯，姑姑一副講笑話的樣子，告訴我們她在東京看的電影。

「眞是太好笑了。那醫生娘啊，想在藥裡摻毒害死那男人……」

驀地，姑姑像是發現說溜嘴，笑容和話聲一頓，轉頭看我。母親依然靜靜動筷，姑姑則嚴肅觀察我的表情，發出些許心虛的笑聲，吞下差點出口的話語。

儘管是剎那間的事，但我並未錯過，那眼神確實在擔心是不是讓我這孩子想起什麼。

三

上中學後，有一段時期，我曾懷疑記憶的畫面中，母親殺害的就是父親。我的記憶前後難辨，但母親行凶的畫面與寺廟起火的畫面在時間上似乎很接近，像是接連發生的。憑母親給我的感覺，我想母親並未進過監獄。

如此一來，命案現場唯一的目擊證人，便僅有年幼懵懂的我。那麼，母親的罪行是否尚未敗露？母親是否達成現今所說的完全犯罪——刺殺父親後，爲湮滅證據，在本堂放火，把父親的死布置成燒死？

握著孩童的手教字時、坐在緣廊搖著團扇眺望後院雜草中的黃昏時、洗完澡慵懶地輕撫發紅的後頸時——瞅著母親安詳的臉，這股懷疑往往會驀地湧上心頭，讓我不由得當場僵立。無論母親如何佯裝沉靜，那都是一張隱藏了罪過的女人面孔。我也不敢打包票，說母親殺害父親的驚悚想像是絕對不可能的。

然而，不久便發生一起小小的意外，打消我的懷疑。

剛進中學的那年夏天，我從學校返家，就看到一個女人坐在進門處架高的木地板上抽菸。對方約莫四十來歲，身上的和服圖案花稍卻四處磨損、凌亂邋遢，泛油的頭髮隨意紮成一束。

「你是須惠的孩子？」

女人瞪大眼盯著我問，見我點頭便說：

「我要在這裡等須惠。」

或許是感冒，她纏著繃帶的喉嚨發出粗啞的話聲。母親似乎是外出買東西。

我進屋放下書包，由於無事可做，便在角落坐下。那女人依舊毫不客氣地打量著我，突然出聲。

「知道嗎？你媽媽是個殺人兇手。她跟我丈夫私通幽會，最後殺了他。你還記得吧？你不是都看到了嗎？村裡的人說你身上濺滿血，那就是我丈夫的血。」

女人吐出駭人的言語，卻若無其事地抓著赤裸的腳。她又要開口時，母親正好回來。提著裝滿晚餐食材的購物籃，站在進門處的母親臉色驟變，但仍默默進屋，面向女人坐下。

「有什麼事？」母親語氣堅定地問。

女人嘴一歪，露出冷笑，應道：

「妳四處躲藏，最後還不是被我找著。妳瞞得過警察，騙不了我。妳就是怕我，才帶著這孩子逃跑的吧。」

「我幹嘛逃？我又沒犯法。」

「妳明明殺死我丈夫，竟然還敢講這種話。」

「那不是我的錯。警方調查過，也有證據。在當時的情況下，我是不得已的。」

「聽妳放屁！」

見女人猛然站起粗聲大罵，母親臉色略微發青，轉頭吩咐我。

「史朗，你先出去玩。」

接著，母親便拿零錢給我，但這舉動似乎更激怒女人。她甩掉木屐，踩上榻榻米，渾身發抖地說：

「我也有話要問這孩子。不，只要問他，一切都會明明白白。聽說他從頭到尾都在場。」

「這孩子什麼都沒看見。」

母親彷彿要防禦女人撲上前，抱著我改坐到拉門後。

「何況，他那時還小。」

「他都看到了，全都看到了。不是說派出所的人抵達寺裡時，他全身是血嗎？他分明全看到了。看到他母親把男人拉進被窩，爽快完，再把那男人……我丈夫給殺……」

母親沒讓她叫嚷完。猶如無聲無息自水中浮現，母親靜靜起身，拿著一把樹枝剪。

「請回去。」

彷彿呼應母親平靜的話聲，銳利的剪子發出一道光，劃過黃昏。

「請妳回去，別再出現。」

女人沒料到母親會是這樣的反應，大吃一驚，頓時停下粗暴的吵鬧。即使如此，她嘴裡仍念念有詞，不久便以嗤笑代替狠話，甩開玻璃門跑掉了。

待女人粗魯的木屐聲消失在後巷，原本背挺得比手中的剪子還利的母親跌坐在榻榻米上，緊緊抱住我。那時，剪子好像擦過母親的手，食指流下一滴鮮紅的血，落在我的眉上。母親的眼神驟然飄向遠方，彷彿憶起什麼，卻畫眉般推開那滴血，自言自語似地反覆低喃：

「這樣就沒事了，史朗，這樣就沒事了。」

——母親手指的小小動作，我也有印象。我坐在一地的胭脂粉黛中，母親拿黏黏的東西塗在我臉上。化妝……母親是在爲男孩的我化妝吧。母親湊在我面前，目光蘊含一絲緊張，專注地看著我。不僅僅一次，記得母親曾再三重複同樣的舉動。

望進河水深處時，我在水面上看到的臉，或許是像那樣抹了粉的奇異少年面孔——我邊感覺母親的血黏在眉上，邊如此暗想。女人闖進門撂下的話，讓我明白母親殺害的不是父親，且令我別有所悟。父親葬身火場的意外發生前，母親肯定殺死了其他男人。童稚的我，隱約感到那男人與母親之間有非比尋常、見不得光的關係，且因著這層關係，最後演變成流血案件。母親之所以不必坐牢，看樣子正如母親說的，錯不在她。

那女人沒再出現，但第二天又發生一事。

傍晚，我察覺玄關有動靜，便出去瞧瞧，只見四下無人的進門處木板上，放著一束花。夏日陽光難得染紅，斜照於泥土地面，而在這片紅光形成的影子下，白花被薄闇包圍，猶如微微削弱的火焰。原來是睡蓮，白色花瓣好似重重火焰，簇然叢生。或許是剛離水，花瓣上滾動著晶瑩的水珠。

「怎麼啦？」

從屋裡走出的母親瞧見那些花，神色頓時一變。大概是對比前一天那女人的來勢洶洶，無形的人影無聲留下的花，反倒像在傾訴不可思議的話，令母親感到害怕。之後才弄清楚，這些是向母親學插花的學生，從家裡池塘採來的。然而，當時母親一臉慘白，赤腳步下泥土地，雙手兜起花便徑直走到後巷，丟進水溝。母親異於平時、方寸大亂的模樣固然教我驚訝，但更令我在意的，是瞬間掠過腦海的記憶。

十二歲以前，我都未曾想起兒時這段關於花的奇妙記憶。一直被我拋在腦後的場景，因母親小小的舉措，鮮明地復甦。

那是個像監牢的地方。不知是早上還是黃昏，紅紅的陽光形成格紋，把坐在其中的母親和服染紅。土表地面一隅，母親幾乎完全背對我蹲著。一縷髮絲垂落後頸，微微搖動，因爲母親在挖土。隱約看得見母親雪白的手指沾滿泥土，稍一停歇，便伸進袖中，取出白色的東西，扔進挖好的洞裡。起初，我以爲那是人的手指，大吃一驚，但隨即認出是花。母親袖裡似乎籠著無數的那種花，不斷重複同樣的動作，不久，白色花瓣溢出泥洞。而後，母親像在玩掘出的土，讓土從指縫滑落，把那些花埋起來。花承受泥土的重量，發出沙沙聲，如生物般彈跳，最後恍若自行沉入地底，驟然消失在土中。

望著母親把花丟入水溝，我不禁懷疑記憶的場景裡，母親葬在土下的白花也是睡蓮。那個像牢房的處所，會不會就在寺裡的本堂下方。

我知道母親瞞著別人，偷偷掩埋那些花，卻實在想不出背後的理由。

四

打遷居此地，直到四十一歲去世前，母親未曾主動回過鄰縣的娘家，但外婆壽美每個月會來探望我們一次。

起初，我以爲這位年近五十的白髮美麗婦人，與母親是血脈相連的親母女。可是，母親出生後第三年便失去生母，因此壽美是母親五歲時，以繼室的身分嫁進吉野家的。換句話說，她是母親的後母。

「史朗，血緣眞的很奇妙。同胞兄弟姊妹對我從沒一句好話，我反倒是由其他人身上得到衷心的關懷。好比你春姑姑，好比我娘，對形同被趕出家門的我，都關愛有加。」

事實上，外婆經常瞞著其他人，偷偷帶布料或吃食來看我們，對我也像親孫子一樣疼愛。外婆是藉口看戲出門的，到夕陽西斜時分就得返家，而送她到火車站便是我的任務。

有一天，在前往火車站途中，外婆停下腳步。

「史朗，瞧，開得好美！」

外婆所指的水池一端綠葉密布，白蓮大大打開皇冠般的花瓣。

「這裡還開著呢，老家那邊，村裡的蓮花都謝了。」

當時，九月即將進入尾聲，秋日涼風徐徐，外婆瞇起慈祥的眼眸，望著盛放的花朵。我不禁脫口而出：

「外婆，妳們村裡也有睡蓮嗎？喏，就是比那兒的蓮花小一些的。」

「爲何突然這麼問？」

「沒什麼……」

見我打馬虎眼，外婆點點頭，說起令我大感意外的事。

「你媽媽和我一樣，最愛睡蓮了。你爸爸在世時，她還從老家的院子裡，連同池水整個搬到寺裡的池子。」

「那麼，寺裡也有水池嘍？」

我想，母親撒了念珠的水池，便是寺裡的水池。所以，母親埋在本堂底下的，肯定是睡蓮沒錯。

「大概是東京發生地震那時吧，須惠久違地回娘家，說是寺裡的睡蓮都已枯萎，羨慕家中池子還開著花，便帶了過去。沒多久，寺裡就失火了，所以我記得很清楚……」

我暗暗推測，母親埋花便是在那前後。但是，大老遠從娘家移來睡蓮，母親又爲何要埋進土裡？我一頭霧水。

「史朗。」外婆的語氣忽然嚴肅不少，「還記得須惠……你媽媽的那件事嗎？」

「嗯？」

「你媽媽把那男人……」外婆吞下已到嘴邊的話，「不，沒什麼。」

接著，外婆露出有些慌張的笑容，像上次姑姑那樣含糊帶過，隨即牽起我的手，沿日落的路途走向車站。

五

母親逝世前，還有另一名人物從故鄉的村子來訪。

自我上中學那一年起，外婆才頻繁出現在我們家，而那人是在外婆之後兩、三年上門的，約莫是我十四、五歲的時候。
聽見男子厚實的叫門聲，我走到玄關。
「不曉得須惠夫人在嗎？」
那是一名年過五十，穿著樸素和服的男子。他體格壯碩，神情卻有點畏縮。我還沒開口，母親便從後面現身。見到對方，母親也十分訝異，但仍招呼道：
「請進屋吧。史朗，你去外面走走，媽媽有重要的事要談。」
我依母親的吩咐準備出門，男子帶著鄉下口音出聲：
「你就是史朗啊，長這麼大，我都認不出了。」
我繞到屋後，從木板牆縫窺探情況。隔著院子的後面房間拉門是半關的，只能瞧見男子部分的背影，不過話聲倒是聽得很清楚。
「須惠夫人，眞對不起。」
男子行大禮般拱起背，一次又一次鞠躬，一面說道：
「向壽美女士打聽到您的住處後，我連忙趕來。您怎麼不早點告訴我？寺燒毀了，至今後繼無人，形同廢寺。早知會有今天，當初何必讓您……」
此時，始終保持沉默的母親站起，像早發覺我在偷聽，一把關上紙門，我只好離開。兩小時後，回到家已不見男子的身影，僅剩母親獨自坐著。
「剛剛那個人是誰？」

我問，但母親只答：

「以前認識的朋友。」

那個月，外婆來訪時，我形容那男子的長相，探詢老家那邊的村裡是否有這樣一個人。依語調及土黃色的肌膚，我猜想那名老人應是村裡的人。

「那大概是清蓮寺的檀家總代，宗田先生。前陣子，他問過我這裡的詳細住址。」

我提到宗田先生頻頻向母親道歉，外婆解釋道：

「清蓮寺失火時，宗田先生帶頭爲難須惠，逼得須惠帶著你逃離村子。之後，寺廟沒人繼承，墓地也沒人管，想必他是來拜託須惠，希望你們搬回村裡吧。不過，須惠約莫是不會答應的。」

雖然外婆這麼說，我卻覺得宗田先生的口吻，及我聽到的那些話，與外婆的意思有所出入。

昭和十二年（一九三七），也就是我進京都的大學那年夏天，母親死於肺病。她彷彿算好時間，等我放暑假返家才病倒，又彷彿向老天爺祈求不要妨礙我回京都，在暑假結束前一天，過完四十一歲的短暫人生。

那個午後，夏季最後一場雨從窄窄的屋簷流下，在後巷嘩啦啦作響。

在後院發現蟬褪下的空殼，我不經意想拾起。

「史朗。」

病榻上的母親呼喚我。

母親在一個月內急遽消瘦，面容像蒙上一層霧般逐漸模糊。我一走近，她便轉過蒼白的臉，痛苦的嘴唇發出比平常更虛弱的話聲。

「史朗，你還記得媽媽的罪過吧。」

雨聲籠罩的潮濕房間裡，喘息般吐出的話語，顯得分外平靜。

見我點頭，母親繼續道：

「那時候流的血，確確實實是媽媽的罪過。明知是罪過，媽媽仍拿起短刀。從一開始，媽媽就打算殺人，但誰也不曉得眞正的理由。媽媽非動手不可的理由，至今無人看穿。這樣就好，媽媽不想讓任何人知道，你也是……不，尤其是你，媽媽最不想讓你知道。爲此，媽媽殺了人。」

母親的話如夢囈般熱氣漸增，嘴唇轉瞬失去血色，眼神也愈來愈空洞。母親透出骨頭的手，從被窩裡移向我。因昏暗而茫然的瞳眸望著半空，母親臨終的手指在我臉上游移，不久，一摸到眉毛，或許是認出來了，淡淡地微笑。那笑容彷彿連死亡都遺忘，如孩子般天眞無邪地感到開心。幽暗中，母親似乎清清楚楚地凝視著以指代眼認出的我的眉形。

直到斷氣前，母親仍帶著那抹微笑，不斷撫著我的眉毛。驀地，手跌落在榻榻米上，母親靜靜離世。

我一時無法相信母親已死，還坐著豎起耳朵，靜待下一句話。事實上，母親的神情也像有話沒說完，喪失血色的嘴唇微張。

雨爲拉門染上昏暗的顏色，一隻蜉蝣的影子暈開般落在上面。在那影子完全暈開前，濃濃的暮色降臨，我呆坐原地，直到黑夜完全覆蓋母親的遺容。

六

我行凶的理由，不想讓任何人知道，尤其是你——母親臨終前留下這句話。爲何不願讓我知道？我希望能明白眞正的理由。

母親的葬禮上，不僅外婆和東京的姑姑，連未曾謀面的舅舅與阿姨、檀家總代宗田，及以前清蓮寺的幾個檀徒村民也在場，但我沒向他們發問。要了解母親口中的殺人動機，首先必須釐清案情，而在遺體旁談那起命案，總覺得對逝者是種冒瀆。

何況，我另有門路。

葬禮結束，與母親的骨灰一同回到京都後，我找了春天在大學認識的同學藤田，將一切情由告訴他，請他幫忙調查十四、五年前村裡發生的那起命案。我認識藤田不久，便曉得他與我來自同一個村子，雖然我從未表明自己的身分，但早就想問問他。

「原來是你啊。鍵野這個姓氏十分少見，我之前就很好奇……」

藤田一臉不敢置信地盯著我好一會兒，接著說：

「用不著調查，我從小便常聽我母親提及。」

在那個小村子裡，即使是經過十多年後的今天，那樁命案依然在居民口中流傳。尤其是年幼的孩子竟目睹母親行凶的一切經過，如此特異之處對眾人有十足的吸引力。

據藤田所說，命案發生在我四歲時。

——當時，清蓮寺除了我們一家人，還住著另一對夫婦。男方名叫乃田滿吉，和住持，也就是我父親智周，年紀相當，其妻結美比他年輕五歲。滿吉是明治中期來到村子的外人遺棄在清蓮寺的孩子，前任住持收留他，與親生兒子智周一同養育。

成年後，滿吉與村裡的姑娘結婚，以雜役的身分住在清蓮寺的小屋，並默默支持繼承清蓮寺的智周。前任住持扶養滿吉時，原打算讓他和智周一樣入僧籍，因此他也通曉經文，有時會代替智周拜訪檀家。他膚白鼻挺，長相端正，雖然在村中長大，卻有種不同於村中的洗練，十分引人注目。在年輕女孩之間，他比智周更有人緣，結婚也是結美主動提起的。他生性沉默寡言，背脊總是挺得筆直，給人認眞踏實的印象，但與墨色法衣太過合稱的白皙身軀，卻有種不檢點的感覺。有傳言說，他經常進城，就是爲了嫖妓。這個傳言在他娶結美後仍未平息，事實上，每當滿吉到城裡去，結美便板著一張臉回娘家。結美雖勤快，可既不打扮又邋遢，膚色黝黑，平常總一頭亂髮，明明滿吉長她五歲，她卻較顯老，兩人沒有孩子。之後，智周的妹妹春到東京，智周也娶須惠爲妻，六年來風平浪靜。結美在庫裡幫須惠的忙，須惠生我時，她也一肩挑起親鸞上人忌日法會的雜務。有了孩子，智周更添幾分架勢，而在他背後的滿吉則一貫默默無言，外表看來是謹守著本分過日子。

六年後，我滿四歲的那個隆冬之夜，命案突然發生。

當晚，村裡下著冰冷的雨，智周前去拜訪檀家總代宗田遲遲未歸，滿吉的妻子回娘家，慘案就在少了他倆的庫裡爆發。

母親須惠正在哄我入睡，從鎮上返回的滿吉，淋得像隻落湯雞。滿吉沒回小屋，而是躡手躡腳地經過走廊，打開庫裡的拉門，須惠甚至來不及出聲喊叫。滿吉渾身是冰冷的雨水，猛然撲向須惠。那一晚，須惠在哄我入睡前，一直在刻木造觀音像。

倉皇間，須惠抓起尚未收拾的鑿子，朝壓住自己下半身的滿吉胸口一刺。

庫裡頓時鮮血四濺，染紅母親的身體，也染紅一旁的我。四歲的我聽見聲響醒來，在睡眼惺忪中，目擊所有經過。

證人不止我一人。那時，有一名村人爲商量翌日的法會上門造訪。這個名叫山內的男子，注意到微微燈光下，庫裡的紙門浮現的影子不尋常。憑影子的動靜、聲響與話聲，山內察覺出了事，卻趕不及阻止，轉瞬間一切便結束。

由於山內的證詞，母親的說法被採信，因而沒遭問罪。

結美返回娘家，父親、母親和村民彷彿做了一場惡夢。表面上，命案逐漸被遺忘，但母親命中帶煞的可笑謠言，又重新傳得沸沸揚揚。不過，或許是父親袒護母親，事情沒鬧上檯面。

隔年秋天，寺廟燒毀，父親也被那場大火帶走。

從藤田的話，我得知母親殺的是誰，又爲何非殺那人不可，總算明白記憶中那流血場面的意義。然而，經過十多年，那謎團重重的一幕雖然得到解釋，我仍無法釋然。光是有所解釋，我模模糊糊懷抱十多年的黑暗糾結，依舊沒能消失。四歲時親身感受到的，與此一解釋之間，有道細微卻分明的龜裂。

依我的印象，母親刺向男子的模樣，透著一股類似決心的意念。再加上，母親臨終前曾說「我之所以殺人，是基於誰都不知道的理由」，我認爲其中另有眞相。

驀地，我想起十二歲時，一身邋遢地出現在家裡的女人。那就是乃田滿吉的妻子結美吧。她粗口罵著——妳勾引男人……

「命案發生前，家母與滿吉是不是就有什麼關係？」我鼓起勇氣問藤田。

藤田皺起眉，半晌才應道：

「總覺得不好對你開口，所以沒提，但確實有這樣的傳聞。不過，大概是由於那起命案，有人挖出一些無聊小事，暗地胡說八道。你母親……」

母親在我出生後第二年，離開村子約有半年之久，似乎是借住在東京的姑姑家。當時，滿吉的妻子結美情緒不穩定，經常回娘家，不少村民聽見結美在寺裡小屋與滿吉高聲爭吵。

半年後，母親歸來，若無其事地再度展開庫裡的生活，流言立刻消弭。然而，命案一爆發，流言又重新加溫，說是母親與滿吉早有曖昧，我落地未幾，父親便得知此事，爲隔離母親才將她送往東京。

傳言，母親自東京返回後，兩人便斷絕關係。三年後的那個雨夜，難以忍耐的滿吉欲非禮母親，母親不願恢復舊情，失手刺死滿吉。

若傳言屬實，我猜母親回到村裡後，仍和滿吉有所牽扯。爲清算自己的罪過，那一晚，母親主動將滿吉找到庫裡，執起凶器——如此一來，山內爲母親提出的證詞，便十分匪夷所思。依山內的證詞，他確實聽到母親抵抗及閃躲的聲音。

我最不明白的，是父親智周的立場。僅就照片而論，父親應是個謹小愼微的人。會不會是這樣的個性，讓父親儘管爲母親與滿吉的關係所苦，卻一直隱忍不發？甚至，即使在母親刺殺滿吉後，父親依舊無法原諒母親，繼續過著苦悶的日子？

這麼一想，我認爲父親的死並非偶然。關於父親的死，蔓延著更多陰影——父親會不會是在本堂縱火自殺？

「講到這裡，我聽聞你父親身亡前半年，罹患神經方面的毛病。然後，寺裡失火前，你父親約有一週不見縱影。那剛好是東京大地震之際，他似乎是去探望住東京的妹妹。不過，他返家當晚，寺裡隨即起火。如同你說的，也有人懷疑是自殺。」

而後，藤田像是忽然想起般，注視著我。

「現下幾乎看不出你的灼傷。記得那一陣子，你整張臉都裹著繃帶。」

「整張臉都裹著繃帶？白色繃帶嗎？」

我不由得問起理所當然的事。記憶中的河堤上，女孩畏懼的莫非是……望進河面，我害怕的那張白臉，會不會就是自己纏滿繃帶的臉？

七

母親的七七當天，檀家總代宗田找到我寄宿在東京的地方。那時秋意已深，附近寺廟的鐘聲顯得格外清亮。

母親的頭七一做完，我便退掉房子，僅帶著母親的骨灰回京都。宗田是來拜託我，將母親的骨灰葬在村中父親的墓裡。

對我而言，只見過這個人兩次，但與幼時的我非常熟稔的宗田，待我相當親暱。宣告黃昏的寺廟鐘聲迴盪之際，我忽然動念，想探詢朝骨灰罈雙手合十、肅穆祭拜良久的老人。

我把從藤田那裡聽到的命案內容，假託是母親直接告知。

「可是，宗田先生，我實在難以想像，家母會爲這樣的理由殺害乃田滿吉。關於此事，您曉不曉得其他內情？」

我憶起宗田向母親道歉的模樣和話語，忍不住問道。

「其實，我今天來找少爺，也是爲了這件事。」

宗田垂下渾濁的老眼，不一會兒，便毅然抬起頭，開口：

「須惠夫人要我保密，絕不能讓少爺知道，但我還是想告訴少爺。夫人連少爺都沒說，只有我沒遵守諾言，讓我心裡很過意不去，可是……」

講到一半，他的視線從我身上移開。

「殺死乃田滿吉的，不是夫人，而是清蓮寺的住持鍵野智周，也就是你的父親。」

事情與我的推測相去不遠。

從東京回到村子後，母親與滿吉的關係依然持續，小心眼的父親一直佯裝視而不見。但三年後，那個淒風苦雨的晚上，積鬱已久的父親終於爆發。那一夜，因爲下雨，父親提早自檀家返回，卻發現母親讓我睡在一旁，和滿吉同床共枕，便一把抄起放在附近的鑿子。殺害滿吉的父親，在報警前先找來宗田。短時間內，母親、父親及宗田達成共識。

宗田收買佃農山內，要他做僞證。母親也依商量的內容，搬出她的說法。

「一切都是爲了保住寺廟。若通姦罪成立，智周先生應該也不會遭問罪，但我想守住鍵野的血脈。前任住持淚眼留下遺言，囑咐我好好照料智周，須惠夫人也理解我的考慮。夫人認爲罪過原就因她而起，雖然對智周先生不忠，可是，她必定爲別無選擇的罪業痛苦不已吧。豈知，智周先生隔年便葬身火窟，之後無論我再尋覓，都找不到合適的繼承人，形同廢寺。我深深體認到自作聰明招致多麼可怕的結果，不禁感到害怕……我求須惠夫人讓少爺繼承寺廟，夫人卻說這次要按自己的意思做，堅決不肯答應，隨即離開村子。大夥都認爲是我趕走夫人，其實並非如此。只不過，要夫人頂罪以維護寺廟信譽的畢竟是我，我必須負責。一思及此，我就覺得對不起夫人……」

看著膿一般的淚水滑過宗田頰上的皺紋，我在心中搖頭暗叫「不是」。

不是的。殺死滿吉……記憶中那男人影子的，絕不是父親，而是母親。當時，母親握著鑿子、雙手染血，臨終前又說不願讓任何人得知眞正的理由。難不成母親也沒把眞正的理由告訴宗田？如同村民相信宗田揑造的謊言，宗田會不會也遭母親編織的謊言蒙蔽？

我的記憶中，父親並不在命案現場。那幕情景裡，僅有母親和男人的影子，及混在一起的我小小的影子。

天色漸暗，我打開電燈，看見榻榻米上兩道拉長的影子交疊，忽然想到，有一個辦法，能讓父親出現在我記憶中的現場。

——假如父親不是加害者，而是與母親糾纏的那個被害者影子……

八

倘若母親殺害的是父親，那麼，我目擊的命案現場，便是五歲時，失火前夕的清蓮寺。

不，或許不是在失火前夕。父親身亡前曾離開村子一週，所以，母親也可能是在那週前的某一晚下手的。母親會不會是暫時將屍體藏在某處，待放火燒寺之際，再放回本堂？

「宗田先生，家父過世的前一週，眞的去了東京嗎？」

「這話的意思是？」

「您是不是聽家母說的？」

「嗯。那陣子，智周先生顯然神經出了問題，沒看到他的身影，大夥都很擔心。但須惠夫人猜測，多半是前往東京探望春女士。這一提醒，眾人恍然大悟，認定是那樣沒錯。當時，少爺你也不好過啊。」

我並未對宗田的最後一句話起疑，繼續問：

「寺裡失火的那個晚上，有誰瞧見家父從東京返回嗎？」

「有個村民表示，曾看到智周先生沿河堤走向寺裡。」

「確定是家父嗎？」

「不清楚，大概只是遠遠瞥見吧。據那人解釋，對方一襲法衣，戴著帽子，應該是智周先生。」

僅遙遙望見穿法衣的人，當然無法斷定那就是父親。套上法衣，故意讓人從遠處目睹，這樣的戲法女子也辦得到吧。一定是母親殺死父親後，將屍體藏匿一週。

然而，關鍵是有地方能藏屍體一週嗎？還有，爲何不在行凶當晚就放火燒寺？

「宗田先生，聽說寺裡有水池？」

我憶起母親在水邊合掌，將念珠撒落水面的模樣，於是問道：

「我記得在池子旁聽過類似火藥爆炸的聲響。」

「八成是睡蓮。」

「睡蓮？」

「是啊。睡蓮早上開花，中午便闔起。天亮之際，花開時會發出很大的聲響。如同少爺形容的，啵、啵、啵，很像火星爆開。我偶然聽過一次，倒覺得是鐵琴般清亮的音色。以前清蓮寺的水池，滿滿散布著睡蓮。」

重點是葉子，不是花。既然一整池開滿花，水面必定密密覆蓋著蓮葉吧？由於看不見水底，母親便暫時把屍體沉放在池裡。

九月中旬，該是睡蓮最後的開花時節，母親會不會是擔心睡蓮引起旁人注意，才摘下那些花埋進土裡？

沒錯，肯定是母親殺死父親，並將屍體沉入池底。但是，爲何非藏屍體一週之久，我怎麼也想不通。不，在此之前，還有一個更大的問題。

「宗田先生，家父殺害乃田滿吉時，我眞的在場嗎？」

宗田點頭。

「怎麼說？」

「這……」

宗田不願明確答覆，我不禁感到納悶。至今，我仍清楚記得五歲時疑似母親殺死父親的場面，卻對四歲時父親行凶的場面毫無印象。想像中，父親殺害滿吉的情景，應當遠較慘烈。雖然小了一歲，可是，只記得母親的凶殺現場，對父親殺人完全沒記憶，實在太不自然。不，不僅如此，母親爲什麼不准宗田告訴我父親殺死滿吉的眞相？我不明白意義何在。按理，母親拜託宗田也沒用，畢竟我在場目睹了一切。

是父親而非母親殺害滿吉——換言之，母親要求宗田緘口的慘案內幕，我都親眼看見，早已知曉。那麼，母親爲何還央求宗田對滿吉命案的實情保密？

「聽說，我出生的隔年，母親曾到東京住半年？」

「是啊。」

「有特別的原因嗎？」

燈光格外凸顯宗田的眼袋，他沉思片刻，開口道：

「我就坦白一切吧。事到如今，已不會造成任何人的不便。其實，須惠夫人是到東京是生孩子。」

「孩子？」

「對，算是少爺的弟弟，但父親不同。那孩子的父親是乃田滿吉，只有少數幾個人知情。少爺的姑姑春女士經常帶來寺裡玩的孩子，大夥都以爲是她親生的。其實，那是無法生育的春女士領養夫人的孩子，當成親生的撫養。」

「貞二……據說他死於東京大地震？」

「唔。但是，或許那樣比較幸福。」

「您是指？」

「離開村子前，須惠夫人曾提及，貞二遺傳了滿吉，身上有病。」

「有病？」

「對。身體會逐漸潰爛，只不過，滿吉的病並未外顯，是從神經開始損壞的。遇害的半年前左右，滿吉的手不管遭火燙或針刺都不感疼痛，才終於發現。在那之前，滿吉毫無所覺，但他會被遺棄在寺裡，似乎就是這個緣故。」

如今已知那疾病與遺傳無關，但當時，每個人都相信那種病會血脈相傳。

「滿吉察覺自身帶病時，貞二已相當大。加上對外一直謊稱貞二是春女士的孩子，若隨年歲漸長，顯現出這樣的遺傳病徵，便難以解釋原因。所以，那孩子早些去了，對所有人都好。」

印象中，乃田滿吉和貞二的膚色都十分白皙。驀地，我想起自己映在河面上的那張雪白的臉。

「宗田先生，聽說我小時候曾滿臉包著繃帶。您記得我在寺裡的火災中燒傷的事嗎？」

我摸著臉問。宗田不解地看著我，應道：

「寺裡的火災？那是不可能的，少爺當晚不在寺裡，而是待在我家。原因我忘了，但火勢最大時，少爺分明睡得正熟。」

「……」

「少爺是在東京大地震時燒傷的。」

這句意外的話，讓我不由得睜大眼睛。

「發生地震之際，我在東京嗎？」

「是的，您和須惠夫人一同前往東京。那年夏天，春女士帶著孩子到寺裡，回東京時，須惠夫人和少爺也隨行。抵達東京沒多久，地震的消息就傳入村中，大夥都很擔心，但三天後，你們幸運逃過一劫，平安返回。少爺不記得嗎？」

「我只記得寺裡那場火災。」

眞是如此嗎？記憶中，我僅是站在寺廟山門旁，望著熊熊大火。據說地震時，東京有些地方化爲火海，假使附近有寺院，勢必會進去避難。或許我和母親也曾逃入寺院，而倚著山門的我，不是瞧見寺內，是目睹街上的民宅燒毀。

火勢撲滅後，倒在地上的焦屍，必定不會只有一具。我應該換個想法才對，其實那是一場大規模的火災，且死傷的人數更多。

然而，若是這樣，母親爲何說我的傷是寺裡失火造成的？爲何要隱瞞地震時我在東京的事實？

「從東京回來時，我臉上裹著繃帶嗎？」

宗田點點頭，果然如我所料。

遭記憶的黑暗包圍的大正十二年九月，母親、父親及我身上究竟發生什麼事，我總算逐漸明白。是的，經過十多年後，總算窺得一絲亮光。

「還想請教一下，家父殺害的乃田滿吉，眉毛是不是很淡？」

「嗯。雖然不清楚和那種病有沒有關係，不過，他的眉毛淡得異常，倒讓臉顯得更白。」

再繼續追問，宗田恐怕也會思索起同樣的事，於是我換了話題。

燈光益顯刺眼時，宗田告辭離去。透過寄宿處的窗戶，目送他以老人家不穩的步伐消失在小巷中，我觀察起自己映在玻璃上的臉。

我彷彿頓悟，母親爲何幫我畫眉，又爲何將指尖的血抹在我的眉上了。

離開窗邊，我盯著榻榻米上拉長的影子半晌，忽然想到一事，便取出火柴，讓手指靠近火苗。由於實在太熱，我忍不住熄滅。然而，我不清楚之所以感到灼熱，是推論錯誤，還是**那情況**尚未發生。

不，我的推論應該沒錯。只不過，我對自己的影子恍若染上別的色彩，感到十分不可思議，不禁呆立在房內。

四歲時，我分明在父親殺害乃田滿吉的現場，卻毫無記憶，只有一個原因。

——我不是鍵野史朗。

九

我猜測，母親是在我五歲的哥哥鍵野史朗死於地震時，想到讓我代替史朗的計畫。四歲之前，我一直由東京的春姑姑養育，經常隨她回到故鄉的那座寺院，並見到哥哥史朗。站在橋畔欄杆旁的那個孩子，應該是史朗。大概是某個夜晚，我在寺裡的回廊，或庫裡通到本堂的渡廊，總之是類似橋的地方看到史朗，對他浸淫在月光下的臉龐留下深刻的印象吧。我不知道史朗是否也膚色白皙，但四歲的我與五歲的史朗，體型方面想必沒有太大的差異。

只要遮起臉，要掉換不無可能。爲此，母親故意灼燒我的臉，裹上繃帶。

換個角度來看，一切都源自偶然的牽引。

母親從乃田滿吉口中得知我體內血脈具有的意義，那正値她認爲必須將我從姑姑身邊帶開之際，到東京後碰巧又因地震失去史朗。母親向姑姑與姑丈坦承我帶病的血統，提出這個計畫。我想，姑姑與姑丈並非對我的血統有所疑懼，才幫忙演出我死亡而史朗燒傷的這齣戲，他們多半是體諒母親想把我當作史朗親自養育的心情吧。

母親愛的是我的生父乃田滿吉，不是智周。站在母親的立場，自然疼惜繼承滿吉血緣的我，更甚史朗。即使滿吉的血是不潔的，不，正因不潔，母親才不由自主感到愛憐。並非偏愛史郎或我，對母親而言，重要的是我們身上流著智周還是滿吉的血脈。約莫自滿吉離世的那天起，母親就希望將有滿吉血統的我留在身邊。史朗死於地震，可說是絕佳的機會。

回到村裡，殺死父親，放火燒寺，也是希望製造帶我離開的契機。畢竟不可能永遠把我的臉藏在繃帶下，且絕不能讓父親知曉這個祕密。母親必須到沒人認得史朗的地方，才能把我當成史朗養育。

這樣的計畫對母親並不難。以繃帶瞞過所有村民的母親，攜我前往東京。

外觀上，經這一連串的安排，已順利將我改造成史朗，問題是，能不能在我內心創造出一個新的史朗。隨著成長，人們的記憶大多會埋沒於黑暗中，直到四歲左右，慢慢懂事後，眼見或耳聞特別的事物，往往會留下深刻的印象，甚至終身難忘。

在這一點上，四歲的鍵野史朗經歷非常特殊的體驗，若活著長大，日後勢必會回想起那震撼的一幕。因爲史朗目睹父親殺害乃田滿吉的血淋淋現場。

母親擔心，倘使我以後得知此事，會懷疑起自己爲何對那恐怖的場面毫無印象，進而找出眞相。

一般人或許不會爲此擔憂，然而，母親曾在同樣的年齡目睹一個人的死亡。那活生生的衝擊，直到母親長大成人後，仍不斷在夢中迴盪。所以，母親認爲，若要我眞正成爲史朗，我的記憶中不能缺少那一場面。

母親思忖，必須讓我再次目睹一年前的命案現場。

當然，要父親犯同樣的殺人罪是不可能的。幸運的是，人們都深信父親的凶行，乃是母親所爲。而四歲男孩看見的，是母親刺殺一名男子的場面——那麼，就依一般人相信的，重現一起命案，這次完全出於母親的意志。

知曉鍵野史朗四歲時眞正目擊何種情景的，僅有父親、母親、史朗，及兩名檀家。幾經考量，母親認爲只要兩名檀家嚴守祕密，將來無論我從誰的口中得知那椿命案的詳細內容，與自身的記憶比對後，應不致對案情或身上的血統，產生任何懷疑。不，正因聽說那起命案時，我首先便會向自己的記憶確認，母親才決心付諸實行。

選擇父親爲對象，不單顧慮到父親是調換我與史朗身分的最大障礙。或許母親從未愛過父親，僅僅將父親視爲殺害自己唯一深愛的男人的兇手，痛恨至極。

然而，關鍵的理由，仍是想替我製造一段重要的記憶。爲了讓我成爲史朗，爲了不讓我的血統受世人咒詛，需要一名男性犧牲者，是誰都無所謂。

放火燒毀本堂的前一週，母親把喝醉的父親找到庫裡，在睡著的四歲的我身旁，重現一年前的犯罪現場。由於母親擋住我的視線，遮掩父親的面孔，我記憶中總瞧不見男子的長相。待一切結束，母親回過頭，表情彷彿有所傾訴。如今，我終於明白那表情的意義——貞二，媽媽不惜手染鮮血也要讓你看到的一幕，清清楚楚烙印在你眼底了吧。此刻起，你已眞正成爲鍵野史朗。這是身爲母親的我，唯一能替你做的事。

重現犯罪現場的過程中，母親最爲難的，莫過於季節。父親是在隆冬的夜裡殺害滿吉的，母親則不得不在九月中便犯下那樁命案。母親尤其憂慮花的問題，她之所以記得一名女子喪命的季節，就是因爲一枚櫻瓣，然而，彼時清蓮寺的水池睡蓮盛開，宣告村裡正處於另一個季節。悲慘的死亡以美麗花朵的形式留在母親的記憶，於是，母親擔心命案前後盛放的夏日花朵，也會殘存在我的記憶。爲此，母親摘下睡蓮，連同一整個季節埋進土裡。

怕我的記憶連在一起，母親等了一週，才自池裡撈起父親的屍體，放在本堂，縱火燒寺。然後，帶著臉上還裹著繃帶的我離開村子，前往沒人認識我的東京。從那天起，我便成爲五歲的鍵野史朗，直到成人後宗田來訪，我都活在母親製造的另一個人的記憶中。

母親的失敗，是沒料到答應保密的宗田會告訴我命案的眞相，以及我不僅記得凶殺現場，也記得那陣子母親異常的舉止。還有，母親極力隱瞞，反倒引起我好奇心。

無法違背良心的宗田，揭開了母親不惜親手沾染罪孽也要保住的我的身世之謎。

倘若我沒聽到宗田的話，或許就會依藤田告訴我的內容解釋記憶中的命案，對身爲鍵野史朗的自己毫不懷疑，終此一生。

然而，我不恨宗田。

我的生父乃田滿吉死後，母親仍愛著在我體內流淌的他的血。吸吮我手上流下的血，啃

返回川殉情

一

苑田岳葉是近代的天才歌人（註）之一。

大正元年（一九一二）於雜誌《徒然》發表第一首和歌後，以十四年的光陰寫下多達五千首和歌，大正末年，彷彿與一個時代的殞落同生共死般，結束三十四歲的年輕生命。就此而言，苑田岳葉可謂大正時期的代表歌人。

不過，稱苑田代表大正時期眞正的意義，恐怕是因他的和歌無不呈現爲毀滅而生的時代灰暗之色，在在散發出虛無的氣息與空寂的音韻。於短促一生中可劃爲晚年的日子，苑田以兩次殉情未遂爲題材，創作出歌集《情歌》與《蘇生》兩大傑作。這兩次殉情未死，讓苑田的和歌更加出名，卻逼得兩名女子走上絕路。苑田雖保住性命，但第二次殉情未遂後，也隨即自殺身亡。苑田的人生，正與那注定走上毀滅一途的短暫時代相似。

有人說，若苑田是畫家，想必會偏愛描繪凋零的花朵，且令失去生命力的花比盛開之際更美。事實上，苑田的人生恰似黑暗時代通往另一個黑暗時代的一座短橋，猶如在「大正」黯黲的歷史一頁中一朵稍縱即逝的花，只爲枯萎而盛開。

戰後——苑田離世三十多年後，折原武夫在著作《日本歌壇史》內，以下文介紹其生涯

註—此處的歌，指日本獨有的「和歌」，而和歌的創作者，則稱爲「歌人」。

與成就。

「苑田岳葉（本名岳夫），明治二十五年（一八九二）出生，為神奈川縣一家小船務搬運行的三男。明治四十四年十九歲時，拜村上秋峯為師。隔年，大正元年，在秋峯主持的《徒然》雜誌上發表第一首和歌『夕月雲間藏，春去嬌羞默默送，為伊獨留花一枝』。翌年四月，刊載百首連作《百花餘情》，頗受注目。然而，初期作品拘泥於表面的物象，過度著重技巧，現今評價不高，此乃當時其歌均受秋峯強烈影響的緣故。村上秋峯活躍於明治中期的貴族與上流社會，對歌壇新浪潮嗤之以鼻，直斥『俗世的瞎起鬨』，遭部分人士批評為『御用歌人』。《百花餘情》模仿秋峯視為理想的《古今和歌集》世界，花鳥風月之美固然令人驚歎，但與數年後的作品相比，顯然文字堆砌、感情匱乏，實屬淺薄。

待大正八年，二十七歲發表《夢之跡》時起，苑田的歌才眞正綻放光彩。前一年，苑田因私人恩怨離開師門。《夢之跡》為苑田獨立後的第一部歌集，亦是苑田岳葉這名歌人眞正的出發點。儘管同樣是吟詠花鳥風月，卻羅織了凡人心情的轉折。原本對在秋峯羽翼下的苑田不屑一顧的人們，開始對他投以關注。

苑田的變化，有人認為是受到當時稱霸歌壇的詩刊《阿羅羅木》影響，但一般認為最大的原因，在於他與妻子阿嶺不幸的婚姻生活。苑田離開秋峯門下不久，便與阿嶺結縭。阿嶺是靜岡富農家三女，生性平庸，不願了解苑田的歌，兩人間爭執不斷。

苑田膚色白皙，容貌端正，宛如畫片中的人物，年輕時便花名在外，婚後更是徹底放蕩。彷彿想逃離惡妻，苑田與形形色色的女子發生關係，荒唐的影子逐漸侵蝕他的人格。這樣的生活不免投影在和歌中，往後四年所刊行的歌集《砂塵》、《蒼光》、《喪炎》，每一首都脫離不了人類靈魂的陰影。

東京大地震那年，妻子阿嶺因肺病進入療養院，苑田卻過著形同廢人的生活，夜夜在咖啡廳或公娼街流連，也不再寫歌。

然而，在這樣的泥沼中，苑田遇見畢生摯愛，桂木文緒。他在與文緒的戀愛之中尋求靈魂的救贖，最後創作出 生中最精彩的傑作《桂川情歌》。

桂木文緒爲銀行家的次女，父親在芝擁有廣大的豪宅。文緒當年二十歲，是楚楚動人的典型名門閨秀。讀過苑田的歌集後，深受感動的文緒寫信給苑田，兩人於是開始交往。但注重門第的雙親，自然不同意女兒與有妻室的歌人有所牽扯，文緒形同遭到軟禁。

大正十四年四月，就讀音樂學校的文緒前往京都公演，兩人趁機相約私奔，在嵐山的旅館殉情。因旅館女侍及早發現而獲救的兩人，從此被完全隔離。文緒被帶回東京，受到更嚴密的監視。

再也見不到文緒的苑田，轉而埋首和歌，爲這分無可發洩的熱情尋找出口。兩個月後，苑田發表《桂川情歌》，以百首和歌吟詠與文緒相遇乃至殉情的經過。苑田失去摯愛，諷刺的是，身爲歌人的他卻因此大放異彩。讀過《桂川情歌》，便不難發現異性關係放蕩的苑田，唯獨與文緒沒有肌膚之親。他帶著玉潔冰清的文緒一同奔赴黃泉，在世俗的眼裡，文緒是他畢生唯一的眞愛。疲於人生的歌人，在豪門千金的純潔無邪中，覓得靈魂的平靜。這樣一樁戀愛情事感動了世人，甚至引發年輕男女相繼到嵐山殉情的社會問題。

《桂川情歌》至高無上的幸福境界，更於翌年苑田自殺前夕完成的《蘇生》五十六首天鵝之歌開花結果。

嵐山殉情未遂後，苑田一度沉潛，翌年六月，又於茨城縣千代浦殉情，震驚社會。此次的對象爲咖啡廳女服務生依田朱子，兩人由知名水鄉千代浦乘小舟入河，雙雙服藥。依田朱子香消玉殞，撿回一命的苑田，三天後在安身的旅館裡割喉自盡。期間，苑田將與朱子赴死的經過，及自己單獨復甦的生命吟成五十六首和歌。這五十六首和歌的遺稿，或說是一介歌人的遺言，被題爲死後《蘇生》，加以發表。五十六首中，有十一首提到花菖蒲，因此這本最後的歌集又名《菖蒲歌集》，案件本身亦被稱爲『菖蒲殉情』，大大出名。

至今，菖蒲殉情的眞相仍是謎團深鎖。只知殉情前一個月，苑田頻繁前往朱子工作的咖啡廳，而唯一的線索，即《蘇生》的五十六首歌，幾乎未提及兩人決定殉情的心路歷程。

但此次殉情當晚，桂木文緒也於家中自我了斷，加上《蘇生》中有首歌描寫苑田在朱子身上追尋某個女人的幻影，因此苑田與文緒極可能事先約定，各自完成桂川未竟的心願。然而，此番意見遭桂木文緒親人否定。他們聲稱被軟禁在住家一室的文緒，自桂川殉情未遂後，就無任何與苑田聯繫的跡象。如此一來，苑田之死與文緒自裁發生於同一晚，便純屬巧合。

不過，不難想像文緒的自殺，是由於切不斷對無緣再見的苑田的思慕，而苑田的殉情，則是因在朱子身上尋求文緒的影子。那麼，同樣不難想像，菖蒲殉情是桂川殉情未遂的第二幕。無論眞相如何，《蘇生》將《情歌》中天堂般的境界一度拉回現實，再次正視人的生命，以及生命本身，是一部不朽的傑作，此乃不變的事實。這部作品替歌人吐露臨終的心聲，不僅較《情歌》提供更多理解苑田岳葉的線索，也是一名歌人所能達到的最高境界，在日本文學史上占據不容忽視的位置。」

撰述這段介紹前，折原武夫當然來找過我。

說當然，是因外界皆知我是極度孤癖的苑田少數的友人之一，而苑田逝世後，我又曾將他的一生寫成小說，在某雜誌上連載。

「對了。」談話告一段落後，折原武夫忽然想起似地問，「老師，您爲何讓《殘燈》在未完成的情況下結束？」

《殘燈》便是我在三十年前，即昭和三年（一九二八），所發表的描繪苑田一生的小說。然而，這部《殘燈》只發表到他與桂木文緒在京都殉情未遂，並未完結。不及刊載苑田畢生最重要的最後一部分，即《蘇生》吟詠的菖蒲殉情，便告終了。

「桂木文緒的家人提出抗議。我的寫法，像是桂木文緒愛得比苑田熾烈，且一般大眾也這麼認爲，但家人覺得她是上苑田的當。」

「可是，事情已過三十年，如今文緒的家人應該不至於有怨言吧。您沒有完結的意思嗎？」

「很難吧……菖蒲殉情發生時，我和苑田早無往來。況且，那次殉情的經緯，我也不甚清楚。」

「老師對菖蒲殉情的眞相有什麼看法？」

「如同世人所說，我認爲是苑田在咖啡廳女服務生依田朱子身上，追尋桂木文緒的影子導致的悲劇。若看過《蘇生》，就知道苑田確實將其他女子的幻影與朱子重疊——不過，這大概不是唯一的原因。」

「您是指？」

「苑田的妻子染上結核，長期住院療養。依田朱子同樣是爲長期罹患結核的丈夫，才會到咖啡廳工作。相似處境造成的灰暗，讓他倆產生共鳴——加上時値大正末年，社會萬象也暮氣沉沉。」

我說的是謊話。桂木文緒的家人提出抗議是事實，但我沒發表《殘燈》的最後一章，則另有眞相——只是，我認爲不應公諸於世。菖蒲殉情的眞相，必須暗藏在我一個人的心底，與苑田岳葉這個歌人寄託了生命的最後花朵，一同埋葬在歷史的黑暗中。

折原離去後，我從久已不碰、當初逃難帶出的行李內，取出三十年前的原稿。標記〈蘇生之章〉的，正是我憑苑田的遺集《蘇生》寫下的菖蒲殉情來龍去脈，也就是未發表的結局部分。完稿後，我曾造訪菖蒲殉情的現場千代浦，釐清苑田與依田朱子赴死的眞正情由。

所以，我決定不公開原稿。因《蘇生》裡的五十六首歌，隱藏著無人知曉——也不能讓任何人知曉的意外事實。

二

當月隱於雲，夜色更濃，便可知水流快得出奇。在此之前渾然不覺的水聲，也在周身一齊湧現。

這一帶正逢河川行經無數沙洲，分散爲細流，錯綜複雜猶如蛛網，水流速度也隨地點各自不同。滑過岸邊、捲成漩渦、沉至深淵、纏於蘆葦，流水聲形形色色，宛如鬥鈴般，在黑夜中此起彼落。

天空也有水流。

藏起月亮的雲朵，背著月光，染出或深或淺濃淡有致的雲影，宛若灑了片片墨色剪紙花，隨著空中的水流飄盪。

星星被風吹趕，落到地平線旁，與人間燈火難以區分。淡淡星屑彷彿爲追逐螢火而來。恍如那縹緲不定的螢火，自己和朱子這兩條性命也尚未燃盡，懸在天地合一、無邊無盡的漆黑世界中。

「這麼暗，感覺我們已經死了。」

朱子嘆息道。苑田將朱子攬進斗篷內，兩人背著流水，並肩坐在小船上。

「妳害怕？」

「我不怕，不過還想多活一會兒。」

離開旅館時借來的燈籠燭光圍繞朱子。她抬起頭，望著苑田微笑。明朗的笑容一點都不像將赴幽冥的女人，倒似一時興起坐船夜遊。

「和我一起死吧。」

幾天前，照常在朱子工作的咖啡廳「畢多羅」開玩笑時，苑田忽然收起笑聲說。

「好呀。」

朱子往苑田空杯裡倒啤酒，邊露出與現下相同的微笑。

「我是認眞的。」

「嗯，我也是認眞的。」朱子依舊語帶戲謔。

「可是妳在笑。」

「大師不也在笑？」

不知這樣半惡作劇的話，何時開始變成正經的。那晚，他不是爲了講這種話才去找朱子的。在酒氣與流行歌曲充斥的一隅，一如往常的笑鬧中，原想邀約「今晚也陪我吧」，一出口卻成了「和我一起死吧」。

忘記怎麼歌唱的金絲雀……有這麼一首歌。與桂木文緒殉情未遂已過一年，完成《情歌》後，他連一首歌都沒寫。有人說，他在《情歌》中耗盡歌人生命，也有人說他江郎才盡。的確，儘管軀體仍在，但殘命在桂川便走到盡頭，歌人生命也在《情歌》裡告終。這一年來，酗酒、沉溺女色，行屍走肉般的生活，讓寫歌一事顯得極其愚蠢。

「和我一起死吧。」無意識脫口的這句話，或許正是忘記怎麼歌唱的鳥兒，在臨終前忽然憶起所發出的酷似嘆息的叫聲。

「何時？」

一回過神，兩人含怒般互相注視，探索彼此灰暗的眼神。

「愈早愈好，就這兩、三天。」

「在哪裡？」

「哪裡都行。」

「說的也是，死了哪裡都一樣。但，就是不要桂川。」

朱子撇開視線道。

「妳爲何那麼說？」

昨晚，在旅館房內，聽著彷彿永遠不會停的執拗雨聲，苑田問朱子。他們投宿車站前一家土氣的旅館，連爬在榻榻米織眼上的影子都顯得老舊。

「我說了什麼？」

「就是不要桂川。」

「哦，那個呀。其實沒什麼，我只是想，假如大師和我死在桂川，文緒小姐和我其中一個會很可憐——大師，你是不是還忘不了文緒小姐？」

「是啊。」

「我是替身？」

「是啊。」

「說得眞直。人家可是拋下一切，要和你一起死。對我好一點，講句喜歡我也不爲過吧。」

「妳也不是愛上我才跟來的。」

朱子忽然停下擦火柴的手。她叼著紙捲菸，默默盯著火光在指尖消逝。

「大師。」她垂著眼出聲，「大師，你眞的這麼想？」

「………」

「眞無情。我是怕大師一個人不敢死，寂寞得不敢死，才跟在身邊的。早在大師第一次找我的當晚，我就曉得自己是桂川那女子的替身。大師是在我身上追逐她的幻影，想去尋死。可是，我不在乎。就算如此，我也願意和大師一起死，所以隨著來了，不是？我一直在等大師開口，要我陪你一塊死。」

朱子銜著沒點燃的紙捲菸，顫聲哭泣。她伸出手，撒嬌般一甩頭髮，將苑田推倒在從不收起的薄被窩裡。

朱子較文緒年長五歲，爲了臥病在床的丈夫在咖啡廳工作多年，紅燈深染的肌膚，出自一個風韻成熟的女子，有時卻又展現出文緒身上從未見過的、稚齡女孩般的姿態。文緒雖養在深閨，自小便是備受呵護的掌上明珠，但內心堅強穩重，與苑田之間的相處，也非盲目跟隨。她未曾失去自我，一向與苑田保持對等的關係，反倒是閱歷豐富的朱子，總緊緊依附男人而生。

文緒與朱子在膚色白皙這一點上是相似的。只不過，文緒的白，是會彈開男人汙穢雙手、有潔癖的白，朱子卻像是等待男人玷汙、爲承接男人雨露般濕潤的白。文緒是教人不敢輕薄的白，朱子則是誘人輕薄的白。

對這樣一個染上自己頹廢之色，默默隨自己踏上死亡旅程的女人，苑田驀地感到同情。若她染上其他男人的顏色，應該另有生存之道。

「我也不光是爲了文緒。」

聽著懷裡朱子的哭聲，苑田凝望燈光在天花板形成的淡淡光暈低語。事實上，此刻苑田腦中浮現的不是文緒，而是半個月前最後一次探望的妻子阿嶺。

在療養所的一間房裡，妻子骨瘦嶙峋，周身散發彷彿已裹上壽衣的白色屍臭。那天，妻子在苑田面前咯了血。蒼白嘴唇淌下的血，是如此鮮明的紅色，與風化的生命不甚相稱。

妻子無意原諒放蕩的苑田，每月一次的探望，總是撇開臉，默默注視著苑田看不見的死亡陰影悄悄逼近。但恨有多深，執著也就有深吧。苑田心想，她是藉那一口腥紅的鮮血，傾原本默默無語的朱子小聲喚道：

「從現在到月亮再次露臉就好，請暫時忘掉文緒小姐。」

聲音雖小卻十分堅定。

「嗯……」

朱子側臉靠在苑田胸前，動也不動地傾聽他心臟的鼓動。用不著朱子開口，打從坐上船，苑田從未想起文緒。筋疲力竭的他連文緒都懶得想，甚至沒力氣吞下胸前口袋中備妥的藥。只覺得就這樣漫無目的地隨小船浮沉，到盡頭便是死亡。

月亮意外提早露臉，趕走燈籠燭光，爲黑夜裹上一層深藍。恍若斷氣般安靜的朱子，抬起頭問：

「眞的忘了嗎？」

見苑田點頭，她便說：

「那我就心滿意足了。」

朱子離開苑田，雙手繞到後頸，取下梳子，解開盤起的頭髮。長髮劃過燈籠燭光，垂落胸前，潤澤的髮絲襯得臉龐益發白皙。

不知是何時偷藏的，朱子自袖裡拿出剃刀，抓著一束髮絲，毫不猶豫地揮下。刀光閃動，刷地一聲，黑髮便脫離朱子的生命，留在掌中。以爲是要留給某人的遺物，朱子卻毫不顧惜地一扔。髮絲拉出幾道影子，似雲彩在風中散開，落入映著燭光的水面，隨即爲黑暗淹沒。朱子露出祈禱般平靜的神情，注視著黑髮沉入漆黑深淵。恍若從至今與自己生命相連的縷縷黑髮中，憶起不幸的二十五年人生，依舊有種種割捨不下的眷戀。

苑田暗忖，朱子或許正思及臥病的丈夫。就像他把最後的影子留給妻子，朱子也想把最後一束髮絲還給丈夫。

朱子反覆揮刀，終於變成未及肩的齊長短髮。她一甩頭，轉身面對苑田。

苑田差點沒驚叫出聲。此刻，他才發現剪去頭髮的朱子，居然連五官都與斷髮的文緒相似。

「我只從報紙上的照片看過文緒小姐。大師，這樣可以嗎？」

苑田著了迷般點頭。淡淡月光下，瞧不清細部輪廓，文緒的幻影彷彿浮現眼前。

朱子自袖裡取出胭脂，遞給苑田。

「指上胭脂紅，點絳唇，含熱血，伊人甘願化芳魂。」

朱子吟起《桂川情歌》中最出名的一首。一年前的春夜，在桂川，苑田服藥後，用指尖為文緒搽上最後的胭脂，眼下，朱子便是盼他同樣為自己搽上胭脂。朱子準備以文緒的替身赴死。不，她渴望的是，至少最後一刻，要成為苑田所愛的文緒再死去。

朱子閉起眼，唇瓣湊近苑田。彷彿為朱子打動，苑田小指沾著胭脂，點在朱子唇上。朱子流下一行淚，神情平靜而專注。

——她竟跟隨我到這一步。

苑田忽然心生感慨。這一年來，他遺忘的一個人該有的情，倏地從內心深處湧出，流至指尖。搽胭脂的小指簌簌發顫，苑田不禁抱緊朱子。不知是憐憫朱子，還是想緊緊抓住文緒的幻影，苑田忘情摩挲她的秀髮。柔軟的觸感止住苑田決堤的淚水，朱子宛若人偶任他擺布。

起風了，小船再次滑行河面，激越的水聲化爲淨琉璃的謠曲。在竹葉船般不牢靠的小船上，兩道生命的餘火互相依偎重疊，隨波逐流。

「燈籠的火快熄了。」

不知漂流到哪裡時，朱子出聲。她離開苑田，將燈籠伸向河面。

「大師，瞧。」

漸弱的火光下，漣漪猶如拖著層層疊疊的喪服覆蓋河面，另一端，叢叢花菖蒲盛開。唯有那一處，將黑夜染成白與紫的雙色圖案。菖蒲葉在夜風中沙沙作響，花色卻文風不動。濃豔欲滴的顏色，因著這分沉靜，不似全盛時期的怒放，反倒令人感到一抹過季殘花的落寞。

「旅館裡的花大概也謝了吧。」

朱子忽然想起般說。藉槳撥水，將小船划近花叢，苑田拿朱子的剃刀割下一朵。

將兩人的手以花相繫。遭拗折的花莖似乎隨時會被扯斷，即使如此，苑田生命的碎片依然沿著花莖，注入朱子腕上那朵鮮麗的菖蒲。

苑田另一手自胸前取出藥包。

「服下後，便能像睡著一樣輕鬆死去。」
他僅僅說這麼一句。
耳中依然只聽得到水聲。兩人的生命似乎已隨夜風與水流，被送往遙不可及的遠方。苑田與朱子的神色都無比平靜，但要服藥時，朱子在意起襪套。
「我不想穿著髒襪套赴死。」
她低頭查看襪套是否沾上船底的汙泥。
而後，兩人各自服下藥包。
風勢轉強，兩人互相擋風般肩並著肩。朱子臉色絲毫沒變，專注的側臉望著水流關上一道又一道黑暗的門扉。苑田什麼也沒想，連死亡都渾然忘卻。
不久，燈籠似乎倏地熄滅，苑田的身軀往黑暗深處墜落。
「大師、大師……」
耳畔傳來朱子的呼喚。未幾，叫聲變成一年前同樣在黑暗中聽見的文緒話聲，迴盪腦中。
「大師、大師……」
如夢似幻的聲音漸漸遠離，遭黑暗與忽然高聲作響的水流吞沒。
翌晨，苑田在兩人投宿的旅館恢復意識。

黎明前，一個農夫發現他們躺在船底。當時朱子已死，苑田氣若游絲。於是，苑田被緊急送往這家旅館，經急救撿回一命。聽到朱子是割腕身亡，苑田十分驚訝。負責的警官說，恐怕朱子也是服藥未死，一度恢復意識，以爲陷入昏睡狀態的苑田早一步離世，便割腕自盡。苑田並未感到太悲傷，只在意屍體的襪套是否依然乾淨。剛醒來，苑田又滿腦子想尋死。

接受警官的詢問時，苑田不經意望向壁龕，不由得發出驚呼。

花菖蒲還開著……

昨天傍晚離開旅館時，明明已枯萎的那朵花菖蒲，竟又開起花。原以爲是旅館的人換過，但另一朵白花仍是枯萎的，且兩柄花的位置與前一天相同。

簡直就像他的境遇。朱子身亡，唯有他重拾生命。

初夏白亮的晨光下，在另一柄枯萎的花的陪襯下，那花燦然歌誦紫色的新生命。

而在一朵花上復甦的，是苑田的歌人生命。

事後，苑田才由旅館老闆口中得知，花菖蒲經常一莖兩花，第一朵枯萎，便換另一朵開。但與自己復活過程相同的花，在苑田心中畢竟是奇蹟。這一年來遺忘的歌，自然而然從苑田雙唇傾洩而出。

接下來整整三天，苑田忘我地不斷寫歌。

三天後，五十六首歌完成，彷彿等待壁龕的花再度枯萎般，苑田取花器的碎片割喉自盡。忘記怎麼歌唱的金絲雀，以復活的三天之命，淒絕燃起身爲歌人的最後火焰。題爲《蘇生》的苑田岳葉最後一部歌集，以踏進千代浦車站起始，於旅館房中恢復意識作結。

薄命蘇生花，今日回魂明日逝，只爲須臾一朝陽

三

《殘燈》的最後一章，幾乎完全忠實地重現《蘇生》的五十六首歌。其中雖然摻雜不少我的想像，但兩人的殉情之旅多半是如此進行的。小船上朱子剪髮、要苑田爲她死前著妝、以菖蒲繫起兩人的手，皆爲苑田歌中的情景。

且斷如雲髮，但願似天涯伊人，千絲萬縷盡是夢
女子輕聲訴，願化伊人赴幽冥，只求如歌點絳唇
馨手繫郎君，試問花色可否是，黃泉路上一盞燈

取名「殘燈」也是緣於《蘇生》的第一首歌：「異鄉出車站，殘燈斜照落黑影，但聞鐘鳴聲淒淒。」描述黎明之際，與朱子一同在千代浦車站下車。

桂木文緒的家人提出抗議，恰是在我寫完這最後一章時。我求見文緒的家人，但對方認定我與苑田同樣是狼心狗肺的傢伙，賞我一記閉門羹。無奈之下，我決定將最後一章暫時延期發表。

但這一中斷，反倒給了我方便。由於時間上的限制，我一直未造訪苑田兩度殉情的現場，京都與千代田。再加上，對於苑田的一生我似乎還有其他遺漏之處，因此想親自前往，好好調查一番。

其中一處，便是苑田與其師秋峯的關係。

在雜誌上展開連載前，我曾拜訪秋峯位於五反田的家，當時秋峯痛罵苑田的話，久久迴盪在耳際。

「我根本不想談起他。那種不像話的東西，別讓我聽到他的名字。要殉情是他的事，我一點也不同情。」

秋峯只說了這幾句，活像猛禽的尖細下巴不斷抽搐，不肯再開口。

因無法滿足於只講究技巧的世界，苑田才離開師門，但秋峯的怒氣令人懷疑事情並不單純。箇中似乎牽扯到個人恩怨，經我調查，發現苑田與秋峯訣別的時期，正逢秋峰與妻子琴江離婚。和秋峯相差近二十歲的少妻琴江，離婚後隨即於母方家族的寺廟出家。

苑田的風流豔史眾多，莫非是與秋峯之妻過從甚密，觸怒秋峯？我一直想見琴江探問究竟，卻苦無機會。

《殘燈》連載中斷的五月初，我前往鎌倉一座名爲月照寺的小寺，拜訪琴江。

「關於苑田先生，我實在無可奉告……」

琴江靜靜垂下雙眼。

在那日光澄澈得直透綠葉的時節，她身穿染上綠蔭的袈裟，雪白面容似乎驟然發青。

「秋峯大師罵苑田是不像話的東西……」

「秋峯只是妒恨苑田先生的才情而已，因爲苑田先生是天才。」

在一片拂去世俗塵埃的雪白中，大大的黑瞳特別顯眼。彷彿唯有那眸中的漆黑，還殘留著這宛若稚子的年輕尼僧身爲女人的部分。

我沒能問出什麼，辭別月照寺後，依舊認爲苑田與琴江之間有著無法公開的關係。雖是委棄紅塵、不施脂粉的模樣，琴江仍秀麗迷人，難以想像苑田會對這樣的美不心動。

不久後，我正考慮走千代浦一趟時，雜誌社一個名叫赤松的男子上門造訪，表示：

「連載中斷眞是可惜，但我得到一樣東西，所以帶來請您看看。」

赤松拿出一本陳舊的筆記，據說是大正初期苑田還在秋峯門下時的所有物。筆記的封底，以毛筆塗鴉般草草描繪一張男人的臉，旁邊寫著自畫像，多半是苑田爲排遣心情畫的。或許是紙張過於老舊，苑田筆下的自己顯得無比灰暗淒慘。

「苑田是不是對梵谷十分傾倒？」

「你是指荷蘭畫家梵谷？」

「是啊。您瞧，苑田這張臉上少了一隻耳朵吧？我猜，大概是仿照梵谷的無耳自畫像……」

「有可能。」

我的視線移到自畫像旁的字。字跡模糊不鮮明，但看起來是：

「我，是柏木。」

或許是草草寫就，筆跡雖亂，卻頗有自嘲的味道。柏木，自然是苑田以前愛讀的《源氏物語》中的人物，我還未深思當中的含意，注意力便轉移到同樣是塗鴉般潦草書寫的近三十首歌。全是我沒看過的，應該是剛進秋峯門下時寫的吧，稚拙得令人難以想像是後來吟詠花鳥風月的苑田所作。其中一首勾起我的興趣。

——來來復去去，人世猶如返回川，東南西北任水流

吸引我目光的，是「返回川」一詞。

返回川……

赤松離開後，我找出兩年前刊載苑田死訊的剪報。那篇報導裡也出現「返回川」這個詞。

《殘燈》中雖未提及，但苑田與依田朱子的殉情地，正是千代浦居民稱爲「返回川」的河。

水鄉那一帶的平地，平常河水和湖面一樣是靜止的，但下雨時，水便會流動。加以支流

與占地廣闊的主流錯綜複雜地交織，形成一個奇妙的環，據說從某處乘船而出，仍會再次回到原處。

苑田與朱子上船的地方，恰是那返回川的起點。兩人在黑暗中隨波漂蕩數小時後，重回出發處，被農夫發現。

一般認爲，這一切皆是巧合。由於《蘇生》中一句「初至異鄉」，大眾認定苑田對返回川一無所悉，只是碰巧乘船其上，才撿回一命。

然而，根據赤松帶來的筆記，可推知早在十年前，苑田便曉得「返回川」這條河。「返回川」一詞，固然能解釋成苑田爲連接上句「來來復去去」與下句「任水流」而創造的，但我仍相信苑田年輕時便得知那條河的存在，也相當了解其罕見的構造。苑田早年醉心於芭蕉與西行（註），有段時期曾在日本各處流浪，是否造訪過水鄉？苑田在返回川的環河中盪舟，是否並非偶然，而是處心安排？

如此一想，再回頭重看剪報，過去視而不見的一個事實，便開始有了意義。

那就是依田朱子的死法。

朱子的直接死因，並非與苑田一同服下的藥，而是以剃刀割腕。朱子確實服了藥，卻未喪命，恢復意識後，她深信沉睡在身旁的苑田已死，便不顧一切狠狠割腕——報導如此陳述

註——前者指松尾芭蕉，後者是西行法師，均爲日本歷史上著名的歌人。

記者的想像。獲救時，苑田完全處於昏睡的狀態，因此推斷朱子是自行割腕。

然而，若返回川是苑田刻意選定的地點，那麼，朱子的死會不會也是苑田的安排？

我這麼想，並非源自明確的證據，而是類似被十年前出現的「返回川」一詞觸發的直覺，於是，我頭一次對苑田的死起疑。

苑田與朱子殉情的同一晚，桂木文緒在東京自殺，苑田則單獨被救回一命，三天後又自盡身亡，顯然菖蒲殉情背後還有未見於《蘇生》五十六首歌中的隱情。無論如何，我都必需到千代浦走一趟。

四

五月底，我前往千代浦。離苑田殉情的菖蒲季節尚早，但出站時分正逢小雨，偏僻異鄉的城鎮，一如《蘇生》的描繪，被淋成灰濛濛一片。

據說，江戶時期此地曾是相當繁榮的驛站，站前大馬路兩側，古舊的旅舍屋頂及欄杆戶戶相連。建築物本身可能已腐朽，放眼一望，屋頂稜線在陰霾的天空下脆弱地連綿而去。初次踏上這片土地卻頗感熟悉，多半是讀過《蘇生》後自行想像的情景，與此處太過相似的關係吧。《蘇生》中，曾形容這個鄉下小鎮有股恍若他世的縹緲虛幻與沉鬱灰暗，忘記時光流逝、現今已不復見的房舍幻影，彷彿會驀地出現在水煙中，而眼前的景象與他的描述如出一轍。車站前的小馬廄裡，老馬無聲嚼著稻草。甚至連馬腹上浮現的斑紋圖案、稻草悶濕的氣味，都似曾相識。

苑田與朱子投宿的旅館「中州屋」，位於偏離主要道路一小段的地方。狹小的格子門入口，容易令人誤以為是面大路的旅館後門。從他們避而不選主要道路上的旅館，可見前來殉情的兩人心懷內疚，忌憚旁人的眼光。

苑田所住的房間已改為收放棉被的貯藏室，因此我被安排到後側面河的房間。苑田與朱子度過一晚的房間，現在連電燈都沒有，由於鋪蓋與飽含濕氣的榻榻米，昏暗的室內發出霉味，彷彿兩年前的死亡氣息仍沉澱其中。這裡被選為棉被房不是沒有道理的，畢竟和其他房間相比，確實很小。

——盈盈一斗室，翻身便是褪色牆，呼吸盡在咫尺間

我想起《蘇生》裡的這首歌。的確小得勉強僅供兩個大人躺下。

「苑田進住的那天，其餘房間都客滿嗎？」

「不，當晚僅有一名年輕書生。」

年過四十、臉色焦黃的老闆，揉搓著和服衣襟回答。那似乎是他的習慣，只見衣襟已磨得發光。

「這房間住兩人小了些……」

「是啊，但苑田先生說這樣才好。他們在黎明時分抵達，原先帶去的是客人您住的房間，但睡一覺後，男方突然提出換房的要求，才移到最差的四帖半房。不然，平常連隻身前

來的客人，我們也極少安排這個房間。噢，當時他的理由是，這裡看得到火車站。」

「火車站？」

「是的。我們面大路看得到火車站的，確實只有這間房。」

打開窗戶一瞧，果眞如老闆所說，火車站近得令人意外。在大門玄關的燈盡滅的夜裡，能望見雨中的火車站。

「爲什麼會選看得到火車站的房間呢？」

「不曉得。這只是我的想像，男方似乎很注意在車站下車的旅客。現下天黑瞧不清，不過從這扇窗能眺望整個月臺，甚至可窺見下行列車的旅客長相……」

「旅客？你是指，苑田很在意有沒有人來嗎？」

「嗯，似乎在等從東京搭下行列車抵達的人。」

老闆長了一張好心人的臉，彷彿配合滿面狐疑的我，皺起眉頭答道。

回到房間，我自老闆口中問出詳情。

睡了一覺換好房間，經過兩小時左右，苑田便換上西裝下樓。他向旅館借了傘，準備單獨外出。由於正值傍晚下行列車到站的時刻，老闆便問「有人要從東京來嗎」，苑田否定，卻十分在意火車有無誤點。前一天，苑田他們搭的車一出東京，便遇上河川決堤，受困好幾個鐘頭。

「會不會因爲這場雨，水量又激增，讓列車不得不停駛？」

據說他曾如此擔心。

原以為他要到車站接人，但下行列車開走後，他很快便返回。帶在身旁的雨傘不曾打開，全身淋得像落湯雞。他一副失魂落魄的樣子，甚至拿著濕淋淋的傘直接就上了二樓。

翌日，苑田也在同一時刻外出。當天他同樣一早就擔心火車誤點，大約三十分鐘後又沉著臉回來，隨即便偕女子退房。

「我和內人都認為他在等一個非常重要的人從東京過來。」

「怎麼說？」

「由於腹痛，這位客人幾乎都在房裡躺著，卻強忍不適特地鄭重換上西裝出門。」

「腹痛？」

「是的，抵達當天，換房沒多久，女客便獨自走出，說同伴腹痛不舒服，附近若有藥局，想託我們去買藥。據說前一天在火車上也是痛得太厲害，還中途下車到旅館請醫生來看。打針後暫時和緩，便繼續旅行，但不久又發作。」

老闆打算叫醫生，女客便答稱「沒昨晚那麼嚴重，而且是老毛病，只要買藥就行」，委由旅館的人買了一種藥名艱澀難懂的藥。

我也知道苑田有胃痙攣的宿疾。決心要死，卻無法忍受胃痛請人去買藥，在我看來苑田很有人味，不過，相較於此，我更關心苑田在異鄉旅舍等待某人從東京前來一事。其實，我心中有譜。

《蘇生》中有以下這首歌：

車至人離站，行商人笑聲盈耳，
汽笛聲聲復又遠

考量順序，內容吟的應是抵達旅館次日正午時分的心情。小販從這時刻到站的火車下車，愉快地走過。火車發車，汽笛聲兀自長鳴遠去——歌中充分表達出傍晚離開旅館前無事可做、浪擲光陰的空虛，但聽了旅館老闆的話後，也能解釋爲苑田一心注意著旅客和火車。下聯寫的是「汽笛兀自長鳴遠去」，可窺見此班車也沒帶來他所企盼的人的失望情緒。

另外，有一首退房後的歌：

汽笛聲聲遠，幾度依依回頭望，
終是幽幽赴黃泉

這首歌中，苑田也表達出對汽笛聲的眷戀。或許可解讀爲：離開旅館不久，又有火車到站，但等候的人終究沒現身。死了心與朱子踏上死亡之旅，即使如此，畢竟無法全然死心，仍不斷朝車站回頭。

苑田是否與依田朱子兩人，不，朱子可能毫不知情——在那座旅館等候某人？然而，這是一趟絕命之旅，在避人耳目抵達的殉情之地，苑田期待誰會從東京前來？

唯一能確定的是，苑田與朱子的殉情事件，在《蘇生》的五十六首歌之外，另有隱情。

「苑田是頭一回到此地嗎？」

「不清楚呢，男方同剛才所提，除外出兩次，皆因腹痛一直待在房裡，幾乎沒與我們交談……不過，女方步出澡堂，在廊下錯身而過時，曾說『這裡眞是個安靜的好地方，以前該多來幾趟』，倒像是第一次遊訪。她的神情非常愉快，一點都不像要殉情的樣子。」

「女方是否也在等人？」

「我只留意到男方。」

「那麼，那位客人最後仍未出現？」

「是啊。殉情失敗後回到這裡，似乎還是一直在等，不過……」

老闆不經意地低語，引起我的注意。

「那次殉情後，苑田持續等著那個人嗎？」

老闆稱是。根據他的說明，苑田被送回「中州屋」，恢復意識後，表示想住昨晚那間房，於是爲他換了房。由於巡查擔心他可能再起輕生的念頭，交代老闆要多加提防，因此老闆和女侍輪流進房探望。第一天苑田有氣無力地躺著，翌日精神恢復幾分，便要女侍買來筆記本，埋頭猛寫。事後才知道，當時苑田寫下《蘇生》五十六首歌作爲遺書。就算女侍進房，他照樣頭也不回，抱頭苦思，喃喃念著像歌的起始之句。

不過，有一次老闆前去探看時，發現他正癡癡遙望車站。一發現老闆，便連忙離開窗邊。雖只是轉眼之間，但他臉上確實流露狼狽之色，顯然不希望被人知道自己偷偷窺探車站的動靜。而那時刻，又恰逢下行列車到站。

第三天的傍晚，苑田將完稿的《蘇生》交給老闆，託他寄往東京。此時的苑田憔悴至極，一臉灰白，幾近瀕死之相。那是他兩天來廢寢忘食，竭力嘶吼自己最後的歌的結果。當晚，他以花器的碎片割喉，兩朵菖蒲掉落在壁龕，其中一朵白菖蒲的花瓣濺上血。苑田朝那朵花伸出手，以向花下跪謝罪的姿態離世。

——殉情失敗後，到再次尋短的那三天，苑田究竟爲了什麼理由，一直在等什麼人？無論是苑田與朱子殉情，還是三天後的自殺，也許都與他所等的人有關。不，歌人苑田傾注熱情，燃盡最後火焰書寫的遺作《蘇生》，是否與這個人有關？

「想一想還眞有意思。」

見我陷入沉思，老闆自言自語般低喃：

「事情已經過兩年，每當想起那位苑田大師，對他的死倒不怎麼同情，但憶及他不顧胃腸不適還出門，就不禁心生哀憫。」

「離開時，苑田的腹痛不是好了？」

「沒好吧，似乎是吃過藥才走的。後來我們進房收拾，茶几上灑著一些白色粉末。」

老闆如此回答。

翌日，大雨停歇，我前往處理苑田殉情與自殺的當地警署拜訪，也見過發現苑田與朱子所乘的船的農夫，但並未問出報導以外的訊息。

回旅館前，我繞到兩人上船的返回川起點。雨過天青，空氣是初夏典型的清新，陽光很美，唯獨留下渡船場痕跡的小小棧橋顯得莫名陰暗。或許是有與人齊高的蘆葦遮掩，連河水也僅有那附近格外渾濁。每當風起，蘆葦細細的影子便切過陽光，好似在下雨。一如《蘇生》的形容，定睛看那老朽的棧橋，環視周圍的風景，原本晶燦燦的水面、綠油油的河堤、藍天也驟然失色，變成灰暗的水墨畫。苑田身爲歌人的寫實才能再次令我大爲驚歎。

日落時分，我返回旅館。儘管同樣是黃昏，河堤的路並未如《蘇生》般染上晚霞，但與苑田描寫的一模一樣，隨著天色漸暗，路便益發顯得蒼白。兩年前，苑田與朱子是懷著何種思緒，走過這條反射滿天晚霞、又白又長的路？我尤其想知道苑田的心情。對人生感到絕望的苑田，看不出曾陶醉於殉情之旅的樣子，約莫是連從死亡中尋求救贖都放棄了。是什麼驅使苑田與朱子步上殉情一途？究竟是什麼，讓苑田最後在「中州屋」俯視車站的房間裡拿起花器碎片……

回到旅館，我重讀自東京帶來的《蘇生》，發覺第二十首是這樣一首歌：

掛軸風中捲，誰在牆上書芳名
引我思念萬萬千

大意是說，房裡的掛軸因風翻起，露出原本藏在牆上的名字。是女人的名字。雖不知是誰寫的，對那女人也一無所知，卻忽然心生懷念。

我走進苑田投宿的房間。壁龕裡掛著山水畫的掛軸，想必不甚值錢，才會放上兩年吧。移開掛軸，泛黃的牆面，只有掛軸的痕跡像貼了白色和紙一樣凸顯。角落確實有惡作劇般淡淡的字。

文子——

苑田看見時，大概也已褪色。幾乎消逝的字，在燈光照射下，仍勉強認得出這樣一個女性的名字。文子——我不免聯想到桂木文緒……

兩年前，苑田一定也從這個塗鴉的名字想起文緒。

果真如此，「思念」一詞，指的不是空泛莫名的思念，而是對桂木文緒的愛戀嗎？

五

一回到東京，妻子便告訴我一個意外的消息。

在我外出期間，桂木文緒的姊姊桂木綾乃曾造訪，表示想和我談談。

「她去京都旅行半個月，之後會再來。」

文緒的姊姊應該是爲了通知重要的事實而上門。畢竟我已轉達《殘燈》連載中止，我不認爲她是特地前來抗議。

我決定乾脆找妻子一塊到京都走一趟。假如運氣好，或許能遇上文緒的姊姊。一方面是我希望能盡快得知桂木綾乃來訪的原因，再者也想親眼瞧瞧桂川那家成爲《情歌》舞臺的旅館。

在千代浦回程的火車上，我思索起苑田僞裝殉情而殺害依田朱子的可能性。中州屋的老闆說他倆離去後，房裡灑落一些白色藥粉，這一點令我起疑。離開旅館前，苑田是否悄悄將東京帶來的毒藥換成胃藥？會不會他在船上假裝與朱子一起服毒，但吃的其實是胃藥，待朱子昏睡，便以剃刀割了她的手腕，然後，確定船逐漸回到返回川的起點，才服下毒藥？不知爲何，這樣的懷疑化爲陰影，在我心中徘徊不定。

菖蒲殉情背後，確實存在深不可解的謎，且與苑田畢生的摯愛桂木文緒絕對脫不了關係。

曾在維新這個時代風暴中，刻畫出嶄新歷史的古都，仍維持我於明治末期造訪之際的樣貌，以沉睡般的寂靜迎接我。以維新作爲歷史的終章，將隱藏在土牆、屋瓦、格子門中的往日榮華作爲盾牌，開始陷入長眠的街道，在我眼底猶如幻影。東京還沒從地震的打擊中完全恢復，便又發生金融恐慌，彷彿與種種時代的動亂無涉，古都被靜謐包圍。

尤其是嵐山附近，枝葉摩挲與流水潺湲也顯得無比沉靜。初夏的陽光令綠葉更增濃豔。負荷不了厚重的顏色，樹葉將其濃綠滴落桂川，隨即遭細浪打碎，流過河面。

苑田與桂木文緒的死亡私奔之旅，發生在櫻花盛開時，我想起《情歌》中也描寫了櫻花散落滿地的美景。

京都的地方不小，不知文緒的姊姊會在哪裡落腳。我放棄見桂木綾乃的念頭，只拜訪窗戶如屋形舟般突出桂川水面的旅莊「佳乃屋」，即苑田與文緒殉情未遂的旅館。苑田之前便曾投宿佳乃屋兩、三次，因此從明治中期便一手獨撐旅館的老闆娘對苑田相當熟悉。

兩人所住的房間仍維持當時的模樣。十帖的房內，鋪著織眼如銀砂庭園般美麗的榻榻米，比我想像的簡樸許多。

「大夥都說看著冷清，可是有什麼辦法呢。最初，我領苑田大師到他一向住的靠河房間，但大師想住這兒，才換過來。」

「苑田在京都也換了房？」

我十分訝異，便將房間的格子窗全部打開。然而，無論由哪扇窗戶都看不到火車站或公車站牌，只有小巷一角有一家零嘴鋪和形似郵局的建築物。

「苑田那時是否在等人？」

老闆娘不解地望著激動的我，應道：

「不，大師在等信……」

「信？」

「是的。喏，大師頻頻留意那邊的郵局，一問之下，才說或許會有東京來的信，若是寄到，要立刻通知他，又接著細問這一帶郵差通常何時送信。」

「那就是郵局嗎？」

「是的。」

我定睛細看郵局那幢木板牆逐漸腐朽的陰森建築。

請問送信人，何處爲人送信去

背上袋重影更沉

此時，恰巧一名年老的郵差背著袋子走出來，我不禁想到《情歌》裡的這首歌。之前，我一直以爲歌的內容，是苑田偶然從旅館窗口瞧見郵差的身影，便把心底的想像寄託其中。然而，聽過老闆娘的話，我發覺苑田注視郵差的眼神是截然不同的。

大正十四年春天某日，苑田自同一扇窗望著郵差的身影，目光完全投注在那「袋子」上。袋中是否有自己等待的信？但郵差多半只是經過巷口吧。「袋重影更沉」，這下句描寫的便是苑田失望的心情，正如《蘇生》裡的「汽笛聲聲復又遠」。

「那麼，最後仍沒收到信吧？」

「嗯。傍晚，郵差就像剛剛一樣從前頭經過，於是，我告訴大師今天不會再有信件送來。大師非常失望，便親自寫了封信，請我們幫他投遞。」

「您曉得是寄到何處嗎？」

「不確定呢。大師拿出信後，立刻又改變主意收進懷裡。不過，應該是寄往東京。大師曾問當下寄出，幾時會送達東京。」

「您知不知道那封信後來怎麼處理？」

「好像是燒掉了，女侍在那邊緣廊下發現紙片殘骸。大師原本大概要寫遺書給東京的什麼人，卻忽然改變心意。」

內容相似的歌也出現在《情歌》中：

欲訴心中情，書成不知寄何處
燒卻了字字句句

明知不會有回音，仍寫了信，最後死心燒毀——歌意是如此吧。

我手撫拉門，茫然佇立。

就像三年前的一名男子一樣，站在這窗邊，望著一巷之遙的郵局。男子選擇此地殉情，多半是先前來時，發現附近就有郵局吧。男子癡癡等著寄自東京的信，如同在水鄉癡癡等著某人自東京趕至。

離開東京前，男子可能已將在京都的投宿旅館告訴那個人。男子一直在窗邊等待對方聯絡，然而，到與文緒殉情的前一刻，信都沒送抵。原本打算主動聯繫，卻又死心，偕文緒踏上殉情之路。

沒錯。

無論是和文緒，還是和依田朱子在千代浦，有人事前便曉得苑田即將殉情，且就在東京。

從京都返回後，經過十天，桂木綾乃來訪。一聽我也在京都待了兩、三天，她顯得十分遺憾。

「若知道您的下榻處，我便能前去問候了。」

她端坐著這麼說，一派良家千金風範。綾乃較妹妹年長五歲，也許有人會認爲她比文緒更美。文緒偏屬西式容貌，適合斷髮與洋裝，綾乃則是五官小巧的日本美人。綾乃首先爲我拜訪桂木家時雙親的失禮再三道歉。

「但家父和家母純粹是爲顧全體面，害怕老師將小說寫下去。最反對那部小說完結、流傳於世的，其實是我……」

她道出令人意外的話。

「倘若實情就像您的小說所描寫的，苑田先生視文緒爲畢生摯愛，眞心愛著文緒，我也沒理由反對。可是，苑田先生並不愛文緒，文緒僅是替身。她很清楚這一點，才會承受不住煎熬，決定自我了斷。文緒並非因雙親拆散她與苑田先生而尋短，假如這種不實的傳言留到後世，文緒未免太可憐。」

語畢，她從懷裡取出一封信。

「這是文緒的遺書。她悄悄放進我的書桌，留言希望我交給苑田大師。雖然最後無法交給苑田先生，我也沒有讓父母看……」

淺桃色的信箋上印著櫻花，十足的少女風格。我連忙展讀。

夢，與大師的一切都是夢。桂川的水聲也是夢。大師愛的是別人，我不過是幻影，是那人的替身。當時，大師的手指是為幻影的嘴唇搽胭脂。大師想透過文緒的唇，實現對那人沒有結果的愛，卻失敗了，才會悲傷得不能自抑，才會想尋短。真希望我什麼都不知道，在夢中與大師攜手化為桂川的水泡。

但是，請不要同情不為大師所愛又獨自死去的文緒。真正可憐的是大師。是無法在此世成就與那人的愛情，只好緊咬幻影的大師；是為忘記那人想尋短，卻無法放手又活下來的大師。文緒不忍心看著這樣的大師，要一個人先走一步。

信中的筆致楚楚可憐，懷著少女的感傷，令人不忍稱之為一個女人最後的血字遺書。反覆重讀好幾次後，我總算將信還給綾乃。

「現下，老師應該能夠理解，我為何不願讓您的大作流傳於世了吧？」

我點點頭。最教我意外的，不是苑田不愛文緒的事實，而是文緒的自殺完全出自她個人的決定，與苑田同一天的菖蒲殉情毫無關聯。就遺書看來，文緒的自殺與苑田的菖蒲殉情日期一致，純屬巧合，可知兩人約定好各自完成桂川未了心願的猜測並不成立。

「是的。只能說是文緒的心意感動上天，否則也不會有這樣的巧合。畢竟文緒眞的以生命愛著苑田先生。」

面對眼泛淡淡淚光的綾乃，我說不出話。《情歌》中靈魂燃燒之美，堪稱幸福絕頂，但原來這並不是獻給文緒，而是獻給苑田在文緒身上追尋的另一名女人的幻影。

綾乃離開後，我忽然思索起一件事：菖蒲殉情的對象依田朱子，是否也曉得這個事實？

——且斷如雲髮，但願似天涯伊人

這伊人，苑田畢生的摯愛，並非一般認爲的桂木文緒，而文緒亦不過是那名女性的替身，這些依田朱子是否知道？

然而，如此一來，朱子又爲何會爲了與那名女性相似，在小船上剪去頭髮？

直到此刻，我才總算想起苑田年少時筆記上寫的那句「我是柏木」。是的，柏木——《源氏物語．若菜之卷》展開的單戀故事。柏木愛慕源氏年輕的妻子女三宮，強逼她出軌。女三宮感到後悔，疏遠柏木，堅持不肯見面，甚至出家明志。柏木因癡戀女三宮而病倒，聽聞她出家爲尼的消息，斬斷了他最後一絲生存的意志，形同自殺般死去。

苑田的人生是否曾發生過類似的情況？

我腦中浮現袈裟映染綠葉之色、面色蒼白的一名女子。那雙漆黑的瞳眸，蘊含著無法斷絕俗世的悲傷……

年輕的妻子深深爲與丈夫弟子出軌而懊悔，投靠母方寺院遁入空門。男人難以忘懷女子，再三走訪寺院，脅迫對方還俗重續前緣。可是，一度緊閉的佛門，未曾再向男人敞開。苑田的歌，從告別師尊秋峯時起便帶著陰影的原因，並非與阿嶺不幸的婚姻，而是對一個女人無法獲得回報的愛慕吧。這一拖就是七年的漫長歲月裡，苑田備受煎熬。在妻子阿嶺、形形色色的女子、文緒、朱子身上，苑田追尋的是同一個女人的幻影。

文緒和依田朱子約莫早已察覺那女人是誰。朱子剪髮，不是要模仿斷髮的文緒，而是希望讓自己更像一名女尼。

這麼一想，我認爲苑田的兩次殉情其實別有用心。

苑田在桂川等候聯絡的對象，在千代浦等候來臨的對象，是否便是村上秋峯的前妻，多年前削髮出家的琴江？

「若妳不回到我的世界，我就去死。」

從桂木文緒令人聯想起童女的容貌，苑田覓得琴江的幻影，卻無法完全傾注熱情，身心幾乎被逼至極限。事實上，爲忘記琴江，苑田多半已有一死以求解脫的覺悟。然而，出發至京都前，他先到鎌倉的寺院，告訴琴江這句話，其實當中另有用意。苑田希望琴江回心轉意，他以此作爲最後的賭注，利用自己的性命，威脅琴江的良心。不，光自己的性命，還不夠撼動琴江。

「我會帶其他女人一起上路。我在她身上找到妳的影子，就當是和妳一起殉情。」

這種手法，和拿七首抵住女人、強迫對方就範的強姦無異。只不過，苑田的七首抵住的是自己與另一個女人。因爲自己，不僅苑田會尋死，素不相識的女子也會賠上性命。無論琴江再怎麼堅決，都會讓步吧。由於與苑田的不倫披上袈裟，如今又要犯下害死兩條人命的罪過——苑田不惜押上性命，賭的就是琴江會基於這份恐懼，脫下法衣重返他身邊。

「如果妳對我還有一點感情，就請與京都的旅館聯絡。那麼，我也會改變心意。」

苑田留下這句話，攜文緒前往桂川，望穿秋水地等著琴江聯絡，但以性命相逼也打動不了琴江。他並非眞心想和文緒一起尋死，只要形式上執行威嚇的內容即可。縱使是未遂告終，依舊會上報造成轟動，傳入琴江耳裡吧。爲了終究沒有捎來信息的琴江，他寫下百首《情歌》，逐一說明殉情的始末。換言之，那部《情歌》是瘋狂的柏木寫給一名女尼的情書。苑田透過文緒，吟誦對琴江所有的思慕。其中穿插了郵差之歌，藉以告訴琴江自己是如何心焦地等候她的消息——可惜，最後琴江仍無言回覆如此熾烈的情歌。

他無意殺害依田朱子。

「這次我眞的會死。」

他一直待在千代浦的旅館窗畔，等候褪去袈裟的琴江出現在車站。然而，明白這次琴江也不會出現後，苑田決定再度實行形式上的殉情。浮舟於返回川，以復活的生命寫下《蘇生》五十六首歌。在《蘇生》中，苑田同樣想透過描述汽笛聲及車站的兩首歌，向琴江傳達自己等到最後一刻的心情。

只不過，《蘇生》成爲苑田寫給琴江的遺書。因爲這次殉情，苑田眞的害死原本無意牽連的朱子。他讓朱子服下以止痛藥稀釋過的毒藥，朱子當然沒中毒，但她深信沉睡在一旁的苑田已身亡，於是拿剃刀割了腕。

爲利用罪惡感脅迫琴江而設計的殉情，反倒徒增苑田的罪惡感。若是當晚他在旅館看報紙，得知文緒也碰巧於東京自殺，罪惡感想必會更深。他形同是爲燃燒對一個女人的愛火，殺害兩個女人。儘管遭罪惡感呵責，苑田仍無法死心，又多等三天。朱子的死，應該已傳入琴江耳裡。這次，琴江會不會爲了不讓袈裟引發更多的犧牲，走出寺院與他相見？

然而，這最後的願望沒有實現。琴江終究沒現身，在《蘇生》完成的階段，苑田終於明白一切都結束了。

寫完最後一首歌，苑田只剩下空虛。犧牲兩個女人的生命，甚至不惜捨棄自己的生命，仍無法換得一個女人回頭。將來她也永遠不會回頭——八年來，面對那永遠的背影，孤軍奮戰至今，令苑田感到無比空虛。

——薄命蘇生花，今日回魂明日逝，只爲須臾一朝陽

從那爲凋零而復活的花身上，苑田看見人這一生的空虛。

苑田以這首歌，及兩首歌裡的汽笛聲作爲對一個女人最後的呼喚，藉花器的碎片，斬斷

八年的苦戀與三十四歲的年輕生命。

六

半個月後，六月底，苑田的忌日當天，我再度前往千代浦的中州屋。一方面是爲了祭拜，另一方面則是莫名感到苑田與依田朱子的生命，至今仍殘留在水鄉菖蒲的花朵上。

被帶到與上次同一個房間後，一眼望去，壁龕正巧裝飾著第一朵花已謝的菖蒲。我提起苑田由於那朵花而重拾歌人最後的生命，旅館老闆可能從未聽聞，神情似乎有些奇怪，應道，「提到花，那花確實發生了怪事。」

他說得平淡，我差點漏聽。

「裝飾在那房間的菖蒲，我記得是紫色的那朵……女侍說明明只有兩朵花，卻開了三次，很是驚訝。」

「您的意思是？」

「領兩位客人進房時，壁龕的花連第二朵都開始凋謝，女侍想換花，卻遭男方阻止。噢，男方恢復意識時，花確實還開著，女侍感到十分不可思議。哎，那女侍頭腦不靈光，大概是記錯……」

交談到此結束，但當晚就寢後，老闆的這番話依然在我腦海盤桓。我睡不著，便在鋪蓋裡坐起身，恰似重現《蘇生》的舞臺般，壁龕中雨聲最響，我瞪著裡面的菖蒲，雙手環胸，陷入沉思。

恍然大悟時，天色已泛白。雨停了，微微的日光在拉門上漸漸發白，壁龕裡的菖蒲如影子般浮起。

——薄命蘇生花，今日回魂明日逝，只為須臾一朝陽

這首歌隱含的眞正含意是什麼？爲何花會復活？爲何苑田非復活不可？我終於發覺其中的眞相。

苑田投宿的房間裡，菖蒲僅有兩朵，卻開了三次。若女侍的記憶正確無誤，那麼花開三度的謎，便只有一個解答。

苑田將兩朵凋謝的花，換成另一枝即將綻放第二朵花的菖蒲。

爲什麼？答案也非常簡單。

苑田希望自己復活時，那朵花也同樣復活。

事發三十年後，最近我聽聞某位偵探小說家想在作品裡運用苑田的歌。據說是國外有童謠殺人的偵探小說，命案依照童謠的內容發生，而那位作家便是想使用苑田在菖蒲殉情中的一首歌，正在構思如何讓案件按那首歌的描述進行。只不過，此舉是白廢功夫。

童謠殺人，早在三十年前，苑田便已親自執行。菖蒲殉情的歌本身，就是童謠殺人。

這裡有一名天才歌人。他在大正十五年，親手葬送三十四歲的年輕生命前，寫下近五千首歌。他短暫的三十四年生涯，是歌人生涯。這三十四年，他既非常人，也非男人，完全是

以歌人的身分度過。

年少時，他的歌飽受批評，指出他的才華太過出色，僅炫耀技巧，毫無感情。然而，比任何人更爲才華過於出色所苦的，正是他本人。其師秋峯正因執著技巧，逐漸遭時代洪流淘汰。當時的歌壇，歌人各個赤裸裸地寫出親身體驗、人生、生活，新的和歌世界即將揭幕。

他欠缺的感情、人生、生活，在這些歌中宛若生命之火熾烈燃燒。無論哪一首，都充滿鮮血四濺的吶喊，而且背後有著與歌同樣熾烈的人生。高潮迭起的人生，血淚交織，多愁善感，生活的悲哀——種種在他只有技巧的歌裡付之闕如，他心知，自己的歌終將被那些人的歌燃起的熊熊烈火吞噬，轉眼消失無蹤。

他一心企盼自己的歌也能夠擁有生命和靈魂。不幸的是，他天性感情淡漠。

後來，他被稱爲天才歌人。然而，誰也不明白他的「天才」代表的意義。他是一個眞正的天才，乃因他僅憑技巧，便以人生的陰影與灰暗的靈魂爲自己的歌注入色彩。

他單憑想像，便創造出《情歌》百首與《蘇生》五十六首歌，如故事般描寫他與兩名女子殉情的經過。

當然，他也曾爲改變個性付出最大的努力吧。爲塡補靈魂的空白，他與師母私通、與妻子阿嶺爭執，置身於放蕩的生活中。他不顧一切，只爲讓人生蒙上頹廢的影子。我想，他對其師秋峯之妻確實曾心懷愛慕。但，我懷疑促使他走上極端，與琴江發生逾越之舉的，並不是這份愛慕，而是對事件本身的熱情。他想靠這樣的離經叛道，抹黑自己的一生。草草寫了

「我是柏木」，讓他深信自己爲不見容於世人的愛火備受煎熬，又仿效悲劇畫家梵谷繪自畫像，可是，他熱情的中心依舊冷漠，依舊是歌走在人生之前，才華逕行創造種種作品。

他對桂木文緒亦是如此。與文緒之間有過類似戀愛的關係是事實，兩人的戀情遭到女方雙親反對，也是事實。

才華過人的他，以這樣的情況創作《情歌》百首。他想像出因雙親的反對而與文緒殉情的虛構故事，單憑技巧，便吟詠出那一夜心情的轉折變化。他寫下的歌完美無缺，描寫相愛的男女內心的糾結，細膩得非親身體驗過的人無法了解。歌中至高無上的愛是眞實的，藝術性是完美的。只不過，這份藝術性由於缺少一樣要素而遭破壞殆盡，變得毫無價值——那便是「現實的事件」。

純然虛構的歌並不罕見，將非事實的歌寫得形同事實也一樣。可是，他創造的歌描述的是殉情，如非基於眞實事件，定會使讀者大感掃興。若啄木（註一）是富豪，單憑想像吟誦貧困的生活，若芭蕉未經實際旅行便孕育出歌句，若茂吉（註二）在現實生活中沒有失去母親，幻想出《垂死的母親》，後世對他們的評價難道不會截然不同嗎？若他在沒有現實支持的情況下將《情歌》公諸於世，眾人或許會爲他僅藉技巧竟寫下如此精采的歌再次感到驚歎，但他們眞的能從中看出眞正的歌意嗎？背負「空有才華的歌人」的汙名有多辛酸，他早在年輕時嘗盡。無論如何，他都想避免這樣的誹謗。於是，他不得不依自己的歌採取行動。

要騙文緒很簡單。文緒愛他勝過生命，他只要裝作沒有文緒就活不下去即可。

一切都按歌的內容安排。在桂川的旅館寫信，卻又燒毀，也是因爲已寫好這樣的歌。創作時，他以過去投宿的那家桂川的旅館爲舞臺，連同當時碰巧看見的郵差也寫進歌裡，所以頻頻注意殉情當天郵差送信的時間。郵差得在描寫的時刻經過，而他在文緒面前的一舉一動，想必也完全配合歌，演出歌中的心情。只是，文緒定然是憑本能看穿了苑田心情的虛假。她察覺苑田的冷漠，誤以爲那是苑田有其他女人的緣故，一年後，恰在苑田的第二起殉情事件當晚自殺。

殉情未遂後，《情歌》一如預期，被世人視爲他畢生的傑作。然而，他的才華並非就此告終。他以虛構的桂川殉情爲基礎，創造了可說是續集的菖蒲殉情。歌中描寫殉情失敗直到復活的部分，這次，他也必須依歌的內容演出。

這麼一想，菖蒲殉情的種種謎團，便能夠輕易解開。首先是開往千代浦的火車上的腹痛，由於河川潰堤導致火車誤點，他擔心直接搭這班車，抵達千代浦的時間會較歌中所寫的晚好幾個鐘頭。爲此，他佯裝腹痛，下了火車，在別處度過一晚後，重新搭上黎明時分抵達千代浦的火車。因爲下車時，破曉的鐘聲必須劃過車站殘燈照出的影子。在旅館裡，他留意火車的時刻與車站的動靜，也是因爲依他描寫的時刻必須有小販步出車，必須有汽笛聲遠

註一——指石川啄木，明治時期著名歌人。
註二——指齊藤茂吉，近代歌人。

去，且離開旅館之際，必須有火車發車才行。掛軸後的名字多半也是他寫上的吧。那個名字與文緒雷同，不可能是偶然。

至於換房間，除考量到《蘇生》是以上次來水鄉時投宿的房間印象創造的，最重要的是，不能沒有朝陽。其他房間全面向後方的河，唯有那房間照得到朝陽。只為須與一朝陽——花無論如何都必須在朝陽中復活。

還有那朵復活的花。他進房時，得知壁龕的花第二朵也逐漸枯萎，便外出到河邊採回符合條件的花，即兩天後的早上、在他甦醒之際，會開出第二朵花的菖蒲。老闆說他返回時，茫然失神地將傘拿到二樓。當時，傘裡想必藏著花，而他趁朱子不注意把花換掉。

朱子的死，應該純屬不幸，苑田並不打算殺害她。雖然朱子是知曉《蘇生》與現實之間有何細微出入的重要證人，但每個歌人或多或少都會在細部加上虛構的修飾，我不願把苑田想成那麼無情的惡人。

只不過，我認為偽裝殉情後的自殺，是他一開始便決定好的。完成《蘇生》之餘，苑田領悟到自己的歌人生命已在五十六首歌中燃燒殆盡。他對歌沒有絲毫眷戀，身為歌人的生涯，因《蘇生》這部傑作的誕生而充實，再來就是為了加深菖蒲殉情的現實感，也為了讓自己以悲劇歌人的身分名留後世，他毫不猶豫地選擇死亡的結局。

然而，殉情未遂後，他需要三天的生命。為讓世人相信《蘇生》是悲劇發生後創作的，必須裝出廢寢忘食、專注寫歌的模樣。實際上，這三天他根本無事可做，幾乎是望著車站度過的。老闆進房時他匆忙離開窗邊，就是不希望讓任何人知道自己其實無所事事。那麼，天數是隨意決定的嗎？不，旅館老闆提過菖蒲只能存活三天，苑田大概是刻意模仿花的生命，試圖戲劇化地結束自己的性命。

這是我從一朵菖蒲導出的新結論，眞相究竟如何，依然無法斷定。當晚，我雇了船夫泛舟於返回川上。夜色與燈籠燭光的包圍下，我在苑田與朱子踏上殉情之行的同一時刻，漂浮河面。

兩年前，在這條河上，苑田與朱子之間的感情，眞的僅是一名歌人爲自己的歌所演的戲嗎？若是如此，只能對歌燃起熱情的苑田，豈不是永遠擺脫不了空虛？那份寂寥，想必已不知不覺注入苑田虛構的歌中，縱使意義不同，但我認爲，苑田後期作品裡的陰影是眞實的。即便是在書桌上虛構出的，《情歌》與《蘇生》依然是由一位歌人的空虛衍生的傑作，這個事實是不會改變的。

一如《蘇生》歌中描述的黑夜，當一束月光從流雲中射下，船夫忽地停住槳，提起燈籠照亮河面。有什麼東西畫出無數線條，從宛如黑帶的河川上游流過來。

「是菖蒲。原本開在上游的，因爲昨天的雨，根鬆掉了，便順流而下。」

花朵追上小船，包圍船緣兩端，而後往前流去。白與紫交織成各式各樣的圖案，彷彿爲夜裡的河穿上花衣裳。在我眼前描繪出虛幻的線條，來自黑暗又流向黑暗的花朵，看似苑田遺留的幾千首歌的無數字句，也像與苑田有過一段情的女子生命的餘燼。

就算苑田的歌是虛構的，爲那些歌犧牲的女子的感情卻是眞實的。桂木文緒也好，依田朱子也好，阿嶺也好，琴江也好，每個人對苑田眞摯的情感分別綻放出花朵，然後散落。

我只想對源源不絕地順流而去的花朵合掌禱祝。但願文緒的生命，朱子和阿嶺的生命，以及與苑田有過一夜情的青樓女子的生命，在死後永恆的黑暗中，呈現出和這些花朵一樣美麗的色彩。

花緋文字

的溫泉地形同賣身般工作，機緣巧合下，受花扇町一家名爲「花乃屋」的小藝伎屋老闆娘賞識，四年前在花街當起藝伎。

兩人多年比鄰而居，互相尋覓，最後竟在我初入花扇町當晚相遇，想想還眞是命運巧妙的安排。

我之所以前往花扇町，是受大學好友水澤雪夫的邀約。水澤與我同齡，卻深諳此道。他說著「我爸剛寄錢來。明年春天就要結婚，我想趁最後機會好好玩個痛快。如何？都這個年紀了，已不能拿不識溫柔鄉滋味說嘴」，硬拉著躊躇的我出門。

「果眞來對了吧。」

水澤一臉正中下懷的神情向我耳語。在三津的懇求下，我倆造訪花乃屋。

花乃屋位於通往神社鳥居的石階中途，就在岔路的轉角，是幢外表與一般房舍無異的小小雙層樓房。只不過，無論脫鞋處的通風窗、細心拋光的檜木柱子、布簾後燈影悄然的氣氛，都流露著內行人的風情。帶回三津的老闆娘去年病歿，如今她據說是與一名年近不惑的藝伎玉彌及下女同住。

「三津妹子對哥哥好生敬愛。她是個堅強的女孩，在宴席上無論發生什麼事都不掉一滴眼淚，但一提起有哥哥疼愛的過往，立刻就淚汪汪的……」

玉彌姊也爲我們兄妹重逢喜極而泣。卸妝後仍有幾分顏色的肌膚，犀利的眼尾，在在浸染著於這世界打滾多年的風範。

她對三津的疼愛溢於言表。這幾年，我總沒來由地想像三津在暗處以淚洗面，此刻她雖身陷賣藝賣色的世界，倒也過著衣食無虞的日子，比什麼都令我安心。

我們有許多話要說，但這次邂逅來得太過突然，看三津連一個理鬢角的小動作都十足像這世界的人，那陌生的模樣甚至令我氣怯。當晚我們只待半個時辰便離開花乃屋。

我把輓舟町的住址告訴三津，要她明天來找我。三津卻似擔心此番便是永別般，在石階轉角的路燈下依依不捨地揮著手，遲遲不肯進屋。

「沒想到你妹妹竟然這麼漂亮，她幾歲了？」

水澤回頭看三津，然後這麼問。

「十──七。」

「這樣啊，就快出師了……那麼出色的姑娘，即使在這花扇町也不常見呢。」

我驟然停步，瞅著水澤。水澤在花乃屋只是默默微笑，莫非不把三津當我妹妹，而是當成女人看待？那欲語還休的說法，突然令我心生此感。水澤膚色白，稚氣的臉乍看遠比我清純，但身爲他多年好友，我很清楚他過去傷過許多女人的心。

「怎麼？」

頻頻回頭的水澤總算注意到我的視線，應聲：

「沒事……」

而後，他打馬虎眼般，別開以男人來說太秀氣的臉。

那略顯慌張的舉止，回望三津時銳利得直可劃破夜色的目光，我都看在眼裡。但此時的我，當然無法預知一樁悲劇正蓄勢待發。

一

三津與我在戶籍上雖是兄妹，卻非眞正的血親。八歲那年，名叫阿結的女子懷抱尚在喝奶的三津，嫁給在鄰縣老街經營大木材行的父親。由於我兩歲時，生母死於流行病，一直是父親獨力養育我。

成爲我後母的阿結與三津也沒有血緣關係。三津原是某土木工夫婦的孩子，但出生未幾，雙親便留下她連夜潛逃，住同一棟長屋的阿結心生憐憫，便收養了她。

父親爲人仁厚鄰里皆知，在知情同意下讓三津入了自己的戶籍，也告訴我要將三津當親妹妹疼愛。

或許是本能地察覺自己並非親生，三津不曾對父母撒嬌，卻對仍是孩子的我親近異常。懂事之前，她一見我就止住啼哭，還會掙脫母親的手，朝我爬過來。我童稚的心也對笑容中莫名帶著一絲寂寞的三津感到同情，常背著三津到海邊四處走，鄰居要是以異樣的眼光看三津，我就會掄起竹棒窮追猛打。

儘管是如此奇特的一家人，但日子若這樣過下去，或許也能幸福得如詩如畫。

然而，十三歲那年發生的不幸改變了一切。

當時，父親店裡有個叫仙次郎的掌櫃。他不但酗酒，又與賭徒來往，讓父親頭痛不已。一天晚上，仙次郎竟將喝醉的父親推落河裡。原來，仙次郎一直對年過四十仍美貌名動地方的母親阿結，存有非分之想。

警方一度以意外結案，之後內情得以揭露，是因頭七當晚仙次郎夜襲母親。或許是想威脅抵抗的母親，他脫口道出殺害父親的事實。遭殺害丈夫的兇手奪去貞操，母親痛苦不堪。父親死後不到一年，她便寫下眞相，在丈夫遇害的同一地點投水自盡。

仙次郎立刻遭警方逮捕，報紙以罪大惡極之徒爲題大肆報導，送監當天，全城的人朝他扔石頭、破口大罵，我都看在眼底。但事到如今，無論仙次郎身受何等屈辱，他破壞的一切已無可補救。

父親頭一個忌日剛過，覬覦父親身家許久的叔嬸便趁虛而入，以送我上大學爲條件，繼承店面。自此，家中變得灰暗陰沉，唯有拉門的影子格外醒目。即使如此，我和年幼的三津仍在叔嬸冷酷的視線下，縮在屋內一角相依爲命。但不久後，叔叔又把三津從我身邊帶走，藉口不能讓別人混進村井家代代相傳的血脈，要三津的遠親收養她。

此事發生在我考大學暫時離家的期間，設法找到那個親戚時，賣掉三津的事已談定。那個一臉貪得無厭的女人據說是土木工的表姊，連一步都不讓我進門，三津也沒從破紙門後出現。我「三津、三津」地呼喚，卻只換來榻榻米上無精打采的淡影。

上帝大後，我仍天天往那親戚家跑，但叔叔似乎塞了錢，貪婪的女人堅決不肯透露三津的賣身處。沒多久，她也搬了家，自此三津的消息完全斷絕。

斷線的兩端就在近處，我們卻毫不知情，讓黑暗的紡車空轉五年之久。

「命運眞是不可思議。」

翌日起，三津幾乎天天到我位於輓舟町的租屋處，而我則一再對她重複這句話。

三津脂粉未施，穿著棉布和服，素素淨淨的。由於重逢最初的困惑消失，我將明年春天必須提出的研究論文擺一邊，與三津談起種種往事。

我們親密一如往昔，失聯的五年歲月彷彿不曾有過。於是，我興起接三津過來一起生活的念頭，但決心當藝伎的三津表示：

「我把玉彌姊當親生母親看待，何況，雖說是藝伎，像玉彌姊那樣正派且賣藝不賣身的也不少，一點也不丟臉，只是……」

三津說著垂下目光。她擔心有個當藝伎的妹妹，會影響立志成爲學者的我。

「這妳無須掛懷。桐原老師——前陣子報導過，妳大概也曾耳聞，他是位大物理學家，有偉大的發現，甚至聞名海外，上次和哥哥一道的水澤也追隨老師學習。據傳大小姐也是師母過世後，老師和藝伎所生，而且老師氣度恢宏，已把我們的狀況告訴大家。」

總覺得三津想當藝伎獨立，是顧慮到沒血緣關係的我。自小，三津就有著纖瘦外表看不出的大膽堅強。有一次，我們外出遊玩，不小心在山裡迷路。我放聲大哭，三津卻一滴淚都沒掉，獨自找到回家的路。她的這份堅強，會不會讓她認爲不能依賴沒血緣關係的我？雖沒直接問過她，但她被送走時，想必叔嬸已將身世祕密告訴她。

事到如今，我不願再提起過去，只叮囑道：

「三津，儘管像以前那樣依靠哥哥，別見外。」

三津也開心應聲：

「現下我每天都能來找哥哥，玉彌姊人又好，實在太幸福。」

我們閒聊時，水澤偶爾會來訪，約莫有三次吧。

或許是三津曾在信州（約爲現今長野縣一帶）的小旅館待過一陣子，恰巧水澤的老家就在信州，兩人頗談得來。有時，他們像忘了我也在場，自個兒談得起勁，笑聲不絕。

水澤不時會忽然不作聲，對三津投以若有所思的目光。待水澤回去後，三津也常不經意提起他的名字，諸如「水澤先生和明星一樣俊俏」、「水澤先生和哥哥誰比較會念書」。雖然注意到這點，但直到後來，我仍無法相信爽朗笑聲的背後，兩人的心竟如此迅速而緊密地結合在一起。

二

時序進入十二月，早晚明顯寒氣逼人的某天，我頭一次感到水澤與三津之間有異。

由於已超過三津要來的時間，我匆匆從大學回到住處，卻聽到家中傳出刻意壓低的笑

「這種餅是水澤的心頭好──說到這兒，三津，最沒聽妳提到水澤。」

我不經意地問。三津雙眼一抬，回答：

「水澤先生不是訂婚了？而且對象是桐原博士的千金……」

「妳連這個都知道？」我詫異地反問。

「嗯。」

「幾時知道的？」

「上次水澤先生弄錯時間來的時候。喏，哥哥，你怎麼沒告訴我？」

「又不是值得特別一提的事。還是，我沒告訴妳，讓妳有什麼不便？」

三津負氣般移開視線，別過臉說：

「水澤先生與千金小姐結婚後，不是就要隨桐原老師到美國？我是覺得，那麼了不起的人，不該隨便跟好友的妹妹講話，何況我是這種世界的女人。」

「沒這回事。我之前也提過，桐原老師寬容大量，他是在理解水澤的品行後才招他爲東床快婿的。妳大概不曉得，水澤過往和很多女性……」

「我當然明白。」三津語氣嚴峻，「見到他的頭一晚，我就注意到了，畢竟我每晚都要面對許多男人。水澤先生雖然一副認眞老實的樣子，身上卻透著女人的味道，我馬上有所察覺，他和哥哥不一樣……這些都不重要，我有哥哥就足夠。你不會去啥撈什子美國吧？」

「等拿到碩士後，我想找一家小研究所，老老實實繼續自己的研究。水澤頭腦好，我可學不來。」

「才不會呢。水澤先生說，哥哥頭腦比他好得多，外國話也比他厲害。只要有心，一定比他更有出息——可是，我寧願哥哥不要有那樣的野心。我當然希望哥哥成為偉大的學者，但美國不是在大海好遠好遠的那一邊嗎？倘若哥哥到那麼遠的地方，我又要寂寞了，就讓水澤先生去吧。說眞的，我不喜歡他。因爲他是哥哥的朋友，我才對他擺笑臉的。」

三津說著一笑，但這笑臉才是假笑吧。望著學會以這種假笑包裝謊言的三津，我不禁深深感慨。在我們分離的幾年中，三津想必在這世界裡吃過不少苦，染上我不知道的顏色。思及此，我頓時心生憐惜，便沒再追問。然而，接下來近半個月的時間，他倆似乎愈陷愈深。

三津來訪的間隔愈拉愈長，從兩天一次變成三天一次。某日，我趁玉彌姊不在時到花乃屋，悄悄向幫傭的小下女阿松探聽。她說三津每天都會抽空去看哥哥，可見三津沒來找我的日子，都頻繁地與水澤見面。

我最怕的是，好友與妹妹的關係在我不知情的狀況下急速發展。爲了監視三津，我又興起共同生活的念頭，希望把她留在隨時看得見的地方。

出乎意料地，這個契機竟來得那麼早。

除夕將至的某個冰凍寒夜，我住處附近的金箔店起火。在寒冬冷風的助長下，火勢瞬間呑沒近半房舍。我穿著睡衣，僅勉強搶救論文原稿，便身無分文地倉皇逃命。

當時水澤已返鄉過年，無奈之下，我直奔花乃屋，希望能借住三兩天。不想，玉彌姊竟好意慰留。

「不如乾脆住下，直到您畢業如何？三津一定會很高興，況且這陣子竊賊橫行，我們一屋子都是女子，實在害怕。」

三津似乎也打心底盼望，因此，儘管想到命運這些年硬生生將我和三津分開，暗裡又如此強硬地將我倆湊在一起，不免深感恐懼，但考量到眼前是個絕佳的機會，我便老實不客氣地接受這份好意，當晚便搬進二樓三津的房間，共同起居。

自窗口望出去，花扇町的房舍連屋瓦的波紋都密密相連，甚至偶爾幾處點綴著楊柳的細枯枝亦狀如雨絲，饒富意趣。和工坊聚集的輓舟町交界處，天空竟也變了顏色，與其說是澄淨，毋寧像水洗過般碧清，即使是日間，也因四周黑牆環繞而有深夜的靜謐。入夜後，街燈與茶屋的燈光爲幽暗籠上一層薄薄的光暈，乘著晚風飄送過來的木屐聲與三味線的樂音，令人心曠神怡。

或許因爲一屋子都是女子，靜得連腳步聲都能傳遍榻榻米及走廊，要專心投入完成在即的研究論文，這裡的環境再適宜不過。

只是，直到年初三那陣子，我每晚一入睡便立刻夢見火災，倏然驚醒，根本難以成眠，幾至精神失常。我雖奇蹟般毫髮無傷地自火海逃生，但想必是恐懼還殘留在神經之間。黑夢裡天搖地動，鮮紅火海如狂濤駭浪，四處飛散的火星凝聚如石塊紛紛落下，驚懼的我在痛苦中大叫醒來。

「哥哥，吃了這個吧。」

三津擔心地說著，遞給我藥。

「這是安眠藥，服用後就能睡得安穩。」

「妳怎會有這種藥？」

「在表演舞蹈或小曲的前一晚，我會又緊張又興奮，實在難以入睡，所以請當大夫的客人配給我的。」

我依言一試，果然有效，兩、三天後便恢復正常。

我寫信告知水澤因火災暫住花乃屋一事，隨即收到回信。信中不止慰問，還罕見地寫著喪氣話，「我正爲論文一籌莫展苦惱不已，有時甚至覺得不如一死了之。」

由於水澤返鄉，三津除學藝便不出門。她怕打擾我用功，整日靜靜地陪著我，將我照顧得無微不至。闊別多年又能一塊生活，她似乎眞的很高興。讓她看水澤寄來的信，她也絲毫不感興趣。於是，我開始相信先前是自己多疑，三津只是爲別的事情外出。

然而，水澤回來了。那天，是杜前町天滿宮開春的頭一場廟會。

步出大學正門之際，我邀水澤「想到舊書店逛逛，要一起來嗎？」水澤表示與里子小姐有約，便小跑步離去。里子小姐是桐原博士的獨生女，即水澤的未婚妻，但水澤剛走，里子小姐就從另一頭過來，說「我和父親約好一塊用中餐」。我心下感到不妙，連忙趕回花乃屋。阿松看到隆冬卻滿頭大汗的我似乎頗驚訝，仍迎上前道：

「玉彌姊一出門，三津姊就去廟會了。」

杜前町的天滿宮正巧在水澤家附近。我給阿松一點錢，交代她說：

「我突然想吃麥芽糖。天滿宮那一帶應該有攤販，能不能幫我買一些？不過，要是讓三津曉得哥哥貪吃麥芽糖，實在不好意思。假如遇到三津，妳可不能講漏嘴。」

一個鐘頭後，回來的阿松說確實看到三津了。

「她獨自一人嗎？」

「不，和一個學生在一起，還牽著手。」

「怎樣的學生？」

「哥哥頭一次來的那晚，和哥哥一道的人。」

那就是水澤沒錯。我又給阿松一點錢，吩咐她別把此事告訴三津和玉彌姊，她像孩子般笑著點頭。

兩個鐘頭後，三津進門，帶著一貫的笑容開口：

「若曉得哥哥在家，就和哥哥一起去。不過，我已請求神明保佑哥哥早日成為偉大的學者。」

這個謊說得如此坦然，我反倒像做了虧心事般感到內疚，什麼也不敢問，只暗暗對三津尚未完全長高的青澀身軀最近開始顯得柔軟，頭髮、肌膚也變得豐潤豔澤而驚訝不已。

經過兩天，我正為研究翻查資料時，樓下傳來玉彌姊的話聲。

「三津，我剛剛經過塗屋町的師傅那裡，聽說妳昨天告假？妳上哪去啦？」

「對不起，我不想讓姊姊擔心所以沒講。昨天到師傅那兒的路上突然肚子痛，我就進了茶屋休息。」

「這有什麼不好講的？三津，不要緊吧？」

分明是謊話，玉彌姊卻信以爲眞，關心地問。再加上廟會那天的事，可見三津已能面不改色地撒謊。置身於這個世界幾年，自然就能學會嗎？或者，爲了和男人在一起就完全變一個人？我不明白，只覺得三津漸漸成爲陌生的女子，甚至令我感到害怕。

不僅如此，只要玉彌姊一外出，三津便迫不及待地說聲「我去買個東西」出門，兩、三個鐘頭後才返回。同樣的情形一再發生。

一月底，三津依舊像算好玉彌姊不在般拋下一句「我去買髮簪」，便若無其事地出門。我連忙喚來阿松，要她尾隨在後，但剛吩咐完就改變心意，於是趿了木屐，親自跟蹤三津。

只見三津踏入鬧街上的脂粉鋪，不久便將一個小包塞進腰帶邊步出。看樣子要買髮簪並不是假話，我假作「出來散步」揚聲叫喚，她應道：

「這還是頭一次和哥哥並肩走在一起，我們從河畔那邊回去吧。」

接著，她高興地挽起我的胳膊。

河水泛著暮色，將斜陽的微光拉出如針般的細絲，順流而下。

三津忽然停下，我沿著她的視線望去，兩條彷彿融在夕陽逆光中的影子，正自橋彼端走片緋紅的同時，三津連袖抱住我，拉到自己胸前。緋紅色的黑暗如火焰般竄動，圍繞著我的臉龐，我的唇落在剛才瞥見的瘀痕上。

三津火熱的肌膚籠罩著我。被她雙手拚命按住，我忘情地啃噬紅色的黑暗。三津只發出一聲呻吟，之後便強忍著不作聲。

在萬物沉睡般的靜謐中，好似傾聽鈴聲般，我只顧聽著三津自小丘深處響起的悸動。

不久，三津抽離我的身體。當我解開腰帶時，她已背向我，拿起托盤裡的水吃安眠藥。

「睡不著？」

紅色黑暗一脫落，在莫名顯得慘白的煤油燈光下，片刻前纏綿的熱度也如幻影般消失殆盡，我的嘴唇感到一陣冰冷。

「哥哥情況好多了，就換我睡不著……前陣子我便經常服用，哥哥都沒發現？」

「三津，妳……」

「別問……今晚什麼都不要問……」

任由解開的腰帶橫曳在榻榻米上化爲黑色布匹，三津埋首袖中，似乎正在哭泣。

胸口的瘀痕，想必是與水澤燕好的痕跡。這陣子三津都刻意避著不與玉彌姊一同入浴。傍晚意外遇見桐原老師的千金，她那美麗而溫柔的微笑，對三津的心靈造成的傷害顯然超乎我的想像。爲稍稍撫平這個傷口，三津把我的嘴唇當作水澤的嘴唇，拚命回想水澤留下瘀痕時的熱度。

明知三津也有錯，但在那當下，我對多年的好友心中只有恨。

三

剛入二月不久，一個雪下個不停的午後，桐原老師突然將我找去。

在那窄小得令人難以想像是聞名世界的偉大博士的私室內，老師面對火爐弓著福泰的身軀，一雙柔和的眼睛一回頭，首先便問我論文進度是否順利。

「是，還好……」

這陣子我的心思都在三津身上，實在無暇顧及論文，因此含糊回應。老師接著說：

「水澤的情況如何？他最近也沒和里子碰面，一直埋首論文。有沒有聽他提及論文的事？」

「沒有，他沒提……」

「我也一樣。他僅僅透露在做一個有趣的研究，要我好好期待……該不會什麼都沒做，壞毛病又發作，只知遊戲人間吧。」

我心頭一驚，但老師似乎純粹是說笑，眼神仍慈和如常。

「對了……」

老師接著提出一件令我意外的事。他問我，能否由向一無所悉的里子小姐，稍微提點水澤過往的情史。

「反正她遲早會曉得，但最好是在婚前。明明知情卻保持緘默，我也於心不安。話雖如此，由我或水澤君開口，又怕她看得太嚴重……里子非常信賴你，怎麼樣？下週到家裡玩玩，找機會向她透露一下……別擔心，里子很聰明，過去的事她不會太介懷。」

儘管想著來這一趟得了個頭痛的差使，我也只好答應，走出房間。

無論如何得先和水澤碰面，於是我前往杜前町，恰巧在轉角處看到他步出家門。在這雪花紛飛的日子，他要上哪去？只見水澤一撐傘便遮起臉，我心中一陣不安，便悄悄尾隨在後。

水澤看似在趕遲了的約會，不畏雪路，行色匆匆。藉著雪的掩護，我鍥而不捨地追隨，不久便見水澤閃進如船屋般緊臨河岸的小賓館。

等候片刻，我也進了門。

三合土地面上，放著水澤遭雪濡濕的木屐與一雙女用木屐。紅格紋的木屐帶，確實是三津的木屐。

女侍領我到房間後，我立刻塞錢給她，問道：

「剛才那學生常來嗎？」

「是呀，從去年底起，來過五、六次……」

女侍連我沒問的事都一股腦說出。好比姑娘才十五、六歲，卻不像外行人，離去時總是筋疲力盡，踉蹌不穩。打聽到這些已足夠，我隨便找個藉口，逃也似地奔出賓館。

翌日傍晚，我坐在書桌前，三津練完小曲返家，帶回附有一朵白花的山茶枝，說是在路上撿到的。見我桌上已插著幾枝紅山茶，便問：

「怎麼有這花？」

我於是解釋，今早散步繞到後山的神社，見神社境內一整片的雪，山茶花如紅雨點點散落，實在太美，便折下幾柄被雪壓得不勝嬌弱的枝條。

「那是授子山茶，還有人遠道來參拜呢。哥哥這樣神明會生氣的。」

「原來如此，我還以爲山茶不吉利……阿松恰巧經過，也說了同樣的話。不過，反正遲早會凋零，折個兩、三枝也不要緊吧。」

三津將撿來的山茶花也插入瓶裡，對著花低語：

「只有一朵是白的，眞可憐……」

此時，外面突然響起號外的鈴聲。我和三津來到屋外，只見鄰近的主婦鬧哄哄地聚在石階下方。據說是上個月一個姓澤島的地方議員意外死亡的案件，查出是他殺，同一選區的菊村議員遭到逮捕。

「澤島議員人那麼好，菊村那傢伙眞是豬狗不如。」

主婦甚至也向我們表達憤怒之聲。

「大概是選舉將近，急昏了頭。」

「這年頭，天底下淨是些狼心狗肺的東西。喏，上次那邊不也剛發生小老婆殺掉大老婆的命案？」

「就是啊。搶別人老公已經很該死，竟然還不知檢點，反過來殺了人家大老婆，根本不能算是人。」

我不禁臉色鐵青，回頭一看，三津血色盡失，嘴唇發顫。

彷彿要逃離主婦的七嘴八舌，三津奔回室內。過一會兒我走上二樓，三津已換上衣襬有扇子圖案的黑友禪，對著鏡子化妝。

「有宴席嗎？」

「嗯，姊姊有客人從東京來，由我代爲出席。好看嗎？這是姊姊的衣裳。」

她的話聲平靜，嘴唇仍微微顫抖。像要止住顫抖，三津的胭脂點得比平常更濃。

我想這是開口的好機會，便若無其事地擺弄山茶花，一面說道：

「愛上一個有未婚妻的男人，也不能算人，不是嗎？」

聽著我沉著的語氣，三津也若無其事地回頭。唯有衣襬的扇子劃開榻榻米般滑動。

「我早就發現妳和水澤的事……」

三津像是沒聽到我的話，默默地望著我。那落寞的眼神，彷彿在同情我。此時，我耳中只聞屋頂上的積雪融化、掉落露臺的聲響。

「我曉得哥已察覺……」

因意想不到的話而方寸大亂的，反倒是我。

「三津，妳……早就曉得嗎？那爲什麼還和水澤上床？」

「哥哥呢？既然知情，爲何一言不發？明知這樣不對，爲何不阻止我？辜負哥哥，我也很痛苦。」

「妳辜負的不是我，是桐原老師的千金，里子小姐。妳欺騙了那個美麗又毫不知情的人。妳現在做的事，就算遭到世人指責，也只能承受。」

再次面向鏡臺的三津，以同樣平靜的眼神望著矗立鏡中的我。

「我管不了自己。從見到他的頭一個晚上，我就喜歡上他。我明白那是不對的，可是哥哥，我沒辜負里子小姐。」

「妳沒辜負里子小姐？」

「直到現在，我仍對水澤先生一無所悉。水澤先生的嘴唇、肌膚、手指……他給我的快樂，我都毫無知覺。」

「可是昨天……」

我不禁道出跟蹤水澤的事。

「水澤先生抱過我好幾次，但……」

三津從繪著泥金的抽屜取出藥包，放在榻榻米上朝我推近。

「一進房，我就馬上吃下這種藥。事情都在我睡著後發生，所以只有在夢裡……好黑好黑的夢，有一次，水澤先生一臉生氣地背對我……哥哥，我也很痛苦，水澤先生是里子小姐的，和我只是玩玩而已。雖然在哥哥面前笑笑的，背地裡不知想尋死多少次。騙了桐原老師的千金，我好怕……不過，既然不知道水澤先生的嘴唇是什麼滋味，將來總能開脫，是吧？我用這種藥向里子小姐道歉……當然，我也很想體會水澤先生給的痛楚和喜悅，一次就好。眞的，只要一次……我和里子小姐一樣喜歡水澤先生……只能這樣盡對里子小姐的道義……」

三津緊緊按住胸前，像要蓋住那晚的青紫。她僅能靠水澤的唇遺留下的瘀痕，想像他給的痛楚和喜悅。就算一次也好，她一定很想親身感受吧——這就是那晚她借用我嘴唇的理由。

晚霞爲雲朵畫上幾道紫色，染紅街道。夕陽像衝破紙門般流瀉而入，甚至讓友禪的墨色都像著火般鮮明濃烈，唯獨不靠近三津的臉龐，浮現鏡中的肌膚仍一味蒼白。三津彷彿以這蒼白爲盾，死守著隨時會在淚水中崩潰的身軀。

夕陽還忘了將房裡另一樣東西染色。其他的花都疊上夕色，火紅地燃燒著，唯有那一朵，像模仿三津肌膚似地保持純白。三津拋下視線般，望著那宛如忘記點下最後一道朱筆的雪白，低喃：

「眞可憐，始終這麼白……」

接著，她從後髮髻摘下上回買的銀簪，滑下手腕。

「三津……」

我不禁想上前，但墨色衣袖將我擋開。

「哥哥別過來。」

三津的面孔因貫穿身體的痛楚而歪曲。抽出髮簪後，鮮血緩緩湧現，形成一道紅痕，沿小指朝白山茶花瓣滴落。汩汩流出的鮮血，染紅半枚花瓣後，便無聲墜向榻榻米。

我終於回過神，朝三津撲過去。

「眞可憐……一直這麼白，實在太可憐。」

三津發瘋似地叫喊，不斷反抗。即使如此，我還是從她手中搶下髮簪，三津跌落在榻榻米上，衣襬如扇般攤開。包紮傷口時，三津沒掉一滴淚，只堅強地挺直上下起伏的纖細嬌軀，但這陣起伏也逐漸平息。我忽然發現房間很暗，便開了燈。

「這樣，我就能對水澤先生死心了。」

三津低聲吐出這句話後，說要出席宴席便站起，也不顧我的勸阻，吩咐道：

「阿松，木屐。」

接著，她一個轉身，衣襬彷彿要掃開落在榻榻米上、仍紅豔豔滲著血的花瓣，踏出房門。

隔週，我到桐原老師家拜訪。趁著會客室裡只有里子小姐和我的空檔，準備提起老師託付的事時，里子小姐先出聲：

「你怎麼說都沒用。我早隱約察覺，水澤先生就是匂宮（註）。我的心情已整理妥當，重要的是將來。況且，既然我眞心愛水澤先生，無論他怎樣我都必須包容，不是嗎？」

即使如此，我還是想開口，她以冷靜的微笑阻止我。

我鬆口氣，從上衣裡取出一樣手帕包裹的東西。

「其實，我原本不知送什麼結婚禮物才好，不過舍妹……前幾天妳也見過的，她爲我找到這個，說一定很適合美麗的小姐。」

我解開手帕，取出瞞著三津偷拿的山茶花髮簪。

「哦，好漂亮的髮簪……」

里子小姐就著煤油燈，開心地細瞧髮簪。當然，她不可能曉得簪頭小小的黑點竟是三津的血。插上髮簪後，她轉過頭，徵詢我的意見。

「如何？好看嗎？」

爲啥這麼做？假如三津問我，恐怕我也答不上來。也許應該交給水澤的，但我倒更想交給完全不知情的里子小姐。我只是認爲，若里子小姐偶爾插在髮際，幸福地微笑，那麼，三津往後必須背負的痛苦，至少能得到一絲救贖。

藏身於里子小姐的黑髮下，被一名少女的血染上墨色的髮簪，瞬間灑落細微的光點。

「請轉告令妹，我會一輩子愛惜的。」

里子小姐露出衷歡喜的笑容。即使把眞正的緣故告訴這名女子，她大概也會以同樣的微笑接納。我一面想，一面在心中道謝。

今後，里子小姐的黑髮也將繼續吸收一名少女的痛苦。水澤不過是玩玩，既然三津死心，應該不會再糾纏。這樣就好，我反覆低語，走在寒風碎夜的路上，回到一個可憐少女等待的家。

此刻，不止是我，連三津本人也不知道，一條罪業已在她肚裡化為生命，開始生息。

四

半個月後，見三津早膳用到一半突然按住嘴站起，我立刻明白是怎麼回事。

「三津，難道妳……」

為打斷吃驚的玉彌姊即將脫口而出的話，我連忙抱起蹲在井邊的三津，解釋道：

「雖然瞞著大姊，但其實去年她胃便不太好，經常這樣。我早就想找時間帶她去看醫生。」

玉彌姊輕易相信了我隨口扯的謊話，擔心起三津的身子。

這天早上，我與三津前往醫院。快到時，三津停下腳步，說道：

註—日本古典文學《源氏物語》中的人物，生性好色，是名花花公子。

「不用去醫院了，我心裡有數。雖然一直瞞著大家，但最近同樣的情形發生過好幾次。這就是害喜吧……」

「是水澤的孩子嗎？」

三津不答，默默望著腕上露出衣袖的那道傷痕。

「什麼都不必擔憂，我會想辦法的，妳只管放心。」

我安慰三津，在醫院附近找了間屋子租下後，便回花乃屋。我裝出去過醫院的樣子，告訴玉彌姊：

「醫師診斷是胃炎，靜養兩、三個月就行。我在醫院附近租了安靜的房子，想親自照顧她。」

我這樣瞞騙，好不容易設法說服堅持要三津在家靜養的玉彌姊，次日只借了鋪蓋等必要的家具什物便搬離。

雖然有我天天到花乃屋報告三津的情況，玉彌姊和阿松仍經常來探望，因此三津幾乎鎮日躺在鋪蓋裡。自從對水澤死心後，她彷彿也捨棄自己。在花乃屋時，當著玉彌姊她們的面勉強會故作平常，一旦剩我們獨處，她便像忘記自己還活著，整天呆望天花板，有時連我說話都不應。這顯然不光是腹中胎兒的緣故，而是她身體狀態真的變差，才兩、三天便憔悴不堪，臉色益發灰暗。某日，來訪的玉彌姊忍不住關切。

「欸，妳真的沒事嗎？我有個從小認識的朋友，是個好醫生，請他來瞧瞧吧？」

醫院的醫師每天都來看診，要我們不用擔心——我只能這樣扯謊，因為不能讓任何人知道三津懷孕。

一天傍晚，我正在準備晚飯，卻聽三津低喃：

「哥哥，對不起……對不起。」

簡直猶如臨死之際驀地記起，不住道歉。

「三津，我考慮許久，趁春天妳肚子大起來之前，我們搬到沒有人認識的地方，把孩子生下就沒事了。我多半很快會結婚，那孩子就當我親生的扶養。妳什麼都不用擔心……」

我說著，憶起當初父親也是以同樣的形式收養三津，再次深感三津與我有緣。

或許，三津原打算帶著腹中的胎兒死去。事實上，我發現她背著我，偷偷寫下形同遺書的信給水澤。

「對了，等我下次到花乃屋，就去拜那棵山茶。求神明保佑三津平安生下一個好孩兒……順便也得為上次折了神聖的花道歉才行。」

從搬進租屋的那晚起，不知三津都做什麼夢，頻頻囈語「哥哥，不能折山茶花，不能折那枝條」。眼前，彷彿在淡淡薄暮中追尋自己殘存的生命，她露出悠遠的目光，說道：

「哥哥，我懷的不是水澤先生的孩子，也不是任何人的孩子。」

「咦？」

「山茶花落在我身上，然後就用紅紅的、鮮紅的、血一般的顏色開著……」

她忽然揚起微笑，自言自語般低喃。

此時，後面突然發出聲響，我臉色大變，倏地站起，只見阿松站在後門。玉彌姊吩咐她送飯菜來，瞧她一臉慘白，顯然已聽見我們的對話。我塞錢給阿松，沉聲威脅：

「剛剛聽到的一個字都不能告訴大姊，也不許告訴別人。要是妳說漏嘴，三津就非死不可。」

雖然渾身發抖，阿松仍點點頭。

「不用擔心，她口風很緊。三津，照我方才說的做吧。那是最妥當的辦法。」

即使我如此安慰，三津依舊一天比一天瘦削，面上毫無顏色，生命恍若逐漸流逝。然而，除了默默守著她，我也別無他法。

三天後，我受桐原老師之託，得到岡山那邊的大學一趟。我原要請阿松過來照顧，三津卻說「才一晚，一下就過了。哥哥別擔心，你就去吧」。我要出門搭夜車時，三津穿著睡衣送到門口，叫聲「哥哥」，但又說「沒什麼，沒事……」以無力的微笑藏起即將脫口的話。翌日午後，我在岡山的旅館接獲三津自盡的消息。

雨雪紛飛中，我拚命趕回租處，只見三津已被蠟燭微弱的火光與線香的裊裊輕煙包圍。據說是以厚刃菜刀刺入胸口，但房裡沒有一絲血跡，連睡衣也收拾齊整。大清早上門，玉彌姊發現三津下半身也出血，便一切瞭然，立刻請來那位她自幼相熟的醫師，做出病死僞證，獨力將自殺的形跡全數清理掉。

「三津死了、死了啊！」

玉彌姊心神大亂，而一旁的我，連一滴淚都流不出來，眼前一片茫然。雨聲落在三津雪白的臉上，那眞的是很平靜的遺容，讓我再度想起三津至今所受的苦。多半是拿髮簪劃破手腕的那一刻起，三津便已捨棄生命。

一道血痕自她臉頰淌下。如今我能爲三津做的，只有拭去那道血痕。

三津從花乃屋發喪。街坊雖爲她的驟逝驚訝，但無人起疑。玉彌姊將化爲小小白木箱歸來的三津鄭重放上佛龕，喃喃低語「究竟是誰的孩子啊……」，又流下淚。

玉彌姊不知責備我多少次，說隱瞞懷孕一事太見外，若是告訴她，她自有辦法處理。我騙玉彌姊，無論再怎麼逼問，三津都不肯透露孩子父親的名字。

「一定是特別需要維護的人吧。眞可憐，三津自個兒把苦往肚裡吞……究竟是誰啊？」

但不管如何追查，玉彌姊也不可能想到只見過一次的水澤。我垂著頭，玉彌姊喃喃的那句「要是被我查出來，我一定殺了他」，已換成自己的聲音，在耳內深處低迴。

即使在大學裡見到水澤，我也沒通知他三津的死訊。水澤一副早將三津拋到九霄雲外的樣子，或許是全力投入論文吧，縱使遇上我，亦只是匆匆招呼幾句，隨即逃離。我凝視著如此卑劣的水澤的背影，眼中燃燒起熊熊怒火，激越駭人得甚至自己都感到吃驚。返回家中，我在紙上寫下「水澤雪夫」，不知不覺以驚人的力道連名字帶紙揉成一團。

頭七儀式結束的隔天晚上，玉彌姊到京都去不在，我等阿松熟睡後，悄悄出門。

花的粉嫩花苞時，警方的觸手依然沒伸向我。

七七那天，我來到三津墓前。雖說是墓，其實只是在三津喜愛的山茶樹蔭下，立塊覆著青苔的石頭，極其簡陋。熬過一個冬天，才剛落下的白山茶花鋪滿整座墓。花落時形狀完好依舊，以深綠苔蘚爲波紋，睡蓮般漂浮，彷彿不同於身繫枝頭之時，又綻放出另一新生命。

我自懷裡取出於火葬場偷偷裝入袋中的水澤遺骨，捏碎後讓骨灰從指縫間滑落至三津墓上。不知不覺季節已來到春天，輕含夕照之色的微風低低流過地面，爲點綴在織綿上的白花瓣揭起漣漪。水澤的生命之塵無聲落下，正要落在花瓣上的剎那，遭風攫走，消失無蹤，宛若被花吞噬。我不禁暗想，這是三津殘存花中尚未凋零的生命，吸取了曾是水澤生命的餘灰。

儘管化爲灰燼，以虛幻的生命相逢，我也不認爲兩人在陰世能夠幸福。捏碎最後的遺骨，我連同花朵掬起骨灰，繼續讓它們落在墓上。

或許，我是希望藉潔白的骨灰與花朵，洗淨雙手的罪過。

因爲我不僅殺了水澤，也以這雙手殺了三津。就是我這雙手，我這個三津敬愛的兄長的雙手——那一晚，我離開租屋前往車站後，算好三津熟睡的時間折返，殺害三津，再度前往車站。

暮色漸濃，花朵失去了形狀，恍若深深下沉般僅殘留雪白的顏色，我復又掬起，對自己以這雙手殺害兩人，如今卻以同一雙手，透過灰燼將兩人死後的生命結合，感到不可思議。

五

匆匆二十年，我繼承了去年過世的桐原老師，雖不及老師，但我仍以物理學家的身分，獲得十足的名聲與地位。當然，這地位是二十年前那一晚，從水澤住處搶走的研究論文為我建立起來的。我把那篇論文當作自己的提出，老師在當年的學會舉薦，我頓時被視為繼承桐原博士的新物理學中堅，備受注目。

而這便是我殺害水澤的唯一理由。

不，還有一個理由，我也曾懷抱野心，希望在水澤死後娶里子小姐為妻，但這個願望終究落空。事實上，對水澤一往情深的里子小姐一直維持單身，多年後才嫁作某軍人的繼室。不過，我對里子小姐並非癡情眷戀，很快便死心。只是，我一向痛恨水澤，若能迎娶里子小姐，便能以想像水澤於地下有多懊惱為樂。

因此，我唯一的失策，也許便是殺了三津。既然謀害水澤一事無人發覺，我大可不必除掉三津。然而，這是事後諸葛，在行凶之前，我一如普通罪犯，腦中淨想著萬一失手該如何是好，著實備受煎熬。我雖有把握，但背地裡「可能會被捕、倘若被捕怎麼辦？」的不安揚首吐信，黑色舌頭不斷舔舐我的自信。

殺死三津，便是為了那唯一一個教我心頭發毛卻又莫可奈何的不安因素。

我誓言殺死水澤，是在偶遇三津的三個月前，也就是那年夏末。我和水澤深交不久，就極爲痛恨他。無論是學業，或是身爲一個男人，我總不得不在水澤身後縮成一小團黑影。尤其是學業方面，若非水澤的天才，我應可站在更加陽光耀眼之處。自那時起，我凝望水澤背影的眼中，便已燃起酷似殺意的黑暗之火，連我自己都感到驚訝。

水澤將這樣的我視爲獨一無二的好友，不僅信賴我，也向我大談風月，但聽在我耳中，就像是刻意炫耀，形同明嘲暗諷我身爲男人的無能。

究竟是誰認定我無欲無求？我甚至一次都不曾故作清高。那不過是水澤身後垂著頭縮得小小的我，在他人眼中顯得無欲無求罷了。比水澤更具野心、更加虛榮的我，開始主動表現得無欲無求，是在我決心殺死水澤之後。

那年夏天的尾聲，水澤即將取得學業與男人光榮的雙重勝利，即里子小姐與物理學上的新發現。我也在老師的建議下寫出論文，勝負卻昭然若揭。不，不僅是勝負，我心底十分清楚，假如沒有水澤，兩方面的勝利都將由我接手。而且，只憑我一念而決。

便是從這時候，我開始向人說起「等我完成碩士學業，便要找一座小小的研究所，終生孜孜不倦地繼續自己的研究」之類淡薄名利的話語。

決意殺害水澤後，我最害怕的是事跡敗露、不幸遭捕時，世人將對我這個罪人投來的責難眼神。爲了地位與對一名女性的單戀，便殺死無辜好友的我，大眾想必如何詆毀都在所不惜。罪大惡極，不是人，魔鬼，狼心狗肺，豬狗不如——我之所以較一般罪犯畏懼這等汙名，其來有自。

我少年時期的記憶中，烙印著一幕黑暗的場面。一個對主人的繼室癡心妄想、甚而謀害主人的無賴，離開拘留所走向護送車的途中，群聚的當地居民發出地鳴般的怒吼，對他投擲石子。我就擠在人牆一角，背著年幼的三津，目睹殺害我父親、逼死我繼母的那個人悲慘的模樣。

若是罪無可恕的大惡人，便該有大惡人的樣子，泰然處之，仙次郎卻以被綑縛的手拜求般拱起肩，頭上的斗笠遭石子擊中歪斜。只見他低頭抬眼，像頭餓狗般朝眾人露出討好的笑。最後，仙次郎在護送車車門關上之際，忽然注意到我，定睛望進我的眼底。

年幼的我，似乎是站在挨石子的一方來看這樣一個罪人。要是以後遇到這種事怎麼辦？未知的恐怖彷彿在我心上剜開一個口子，留下傷痕。好長一段時間，我夜夜惡夢，夢見石子如雨般扔向我。

打從我動念殺害水澤，便又開始做那個夢。我，變成仙次郎，行經雨雲低垂的警署前廣場，準備上護送車。扔向我的無數石子、怒吼——遇到火災後，變成熾燃的火焰，爆出火星的同時，化爲黑色石頭襲來。我被那痛楚魘著，在夢中憶起仙次郎的最後一眼。那一瞬間，仙次郎好像在可憐我。早在當時，仙次郎便從年紀尚幼的我眸中，以同樣是狼心狗肺之徒才能互通的眼神，預見我將承受的種種屈辱。

比起死刑，比起牢獄之災，我最忌憚的是世人的非難與石子。像仙次郎那樣，或者像殺害競爭對手的議員、殺死大老婆的小老婆，經報紙刊登照片，惡名傳遍全國，受到人們的嘲笑、蔑視、攻訐，比什麼都令我害怕。我再次體悟江戶時期遊街及梟首示眾等刑罰存在的意義，因此，構思置水澤於死地的手法時，我考慮更多的是，萬一被捕該如何規避這樣的恥辱。

只有一個辦法。遇害的好人和行凶的壞人——只要立場顛倒，將被殺的水澤設計成惡徒，讓世人的同情集中在我身上即可。

假如一個缺德的高利貸，遭一個爲人良善以致生活貧苦的人所殺，世人將會同情兇手，不要說石子，或許還會淚眼替護送車送行。萬一我逃脫不了法網，屆時若能藉感人淚下的動機申辯，至少可避開自孩提時代一直折磨我的恐怖石子。而且，僅出於野心和嫉妒就痛下殺手，必定死罪難逃，但若有能激起世人同情的動機，執法者便有斟酌量刑的餘地，刑罰理應會減輕許多。

然而，我與水澤的關係中，找不出嫉妒與野心外的任何動機。水澤不單人緣好，脾氣也好，正所謂完美無缺的男子，倘使不幸遇害，必將集所有同情於一身。

不，完美無缺的水澤有一個弱點——女人。水澤傷過無數女子的心，這是水澤唯一可稱爲罪孽之處。既然沒有合適的動機，由我親手製造不就行了嗎？有沒有辦法利用水澤的弱點，陷水澤於不義？我內心模糊浮現此一念頭。

此時，機緣巧合下，我遇見闊別多年的三津。

我疼愛三津，尋找她的去向，爲重逢喜極而泣，在在都是事實。只是，當我們踏出花乃屋，水澤驀地低聲吐露對三津的渴望時，令這次重逢產生截然不同的意義。

那陣子，水澤經常聲稱要趁結婚前大玩一場，要是能讓三津成爲他傷透心的最後一個女人，或許就能創造出我希冀的動機。於是，儘管最初尚未有具體的計畫，我仍在某日向水澤扔出一個小小的餌作爲試探。

我約水澤在三津說好要來的時刻到我家，然後故意晚兩個鐘頭回去，事後再讓水澤相信是他把今明兩天搞錯。這個小伎倆獲得的成果超乎預期，我認眞考慮起利用三津將水澤設計成惡人的計謀。

我只需開個頭，其後就交由縱橫情場的水澤，及雖身爲藝伎卻保有初出茅廬的青澀的三津，一切便水到渠成。

而且，在這件事上，命運總是對我眷顧有加。譬如兩人比我期望的更早緊密結合，當我想監視兩人關係是否順利發展時，碰巧發生火災——其後也受惠於種種巧合，我甚至爲如此幸運感到害怕，只能相信是上天要成全我的犯罪。

我早料到結局會是如何。到了春天，水澤便會棄三津如敝屣，三津則必須含淚放下這段戀情。

屆時，先殺死三津布置成自盡，再殺掉水澤，那麼水澤便會淪爲明明有未婚妻卻染指好由於擔心濺血，我脫光衣服，蹲在三津身上。此時，原本睡著的三津微微睜眼，露出彷彿已不在人世般安詳的微笑，輕輕拉開睡衣前襟。

及至今日，我仍想不通三津這麼做的理由。是察覺會被殺，索性告訴我要害嗎？或者看到赤身裸體的我，以為我來求歡？

她幸福的神情像是要迎接男人的身體，而非厚刃菜刀。我看著她的臉，心想，難道三津早發現我幾乎夜夜侵犯她？三津會不會還不曉得我們其實不是親兄妹，懷疑肚裡的孩子是哥哥的骨肉，為這樁罪行日日活在驚懼痛苦中……

最後一刻，不可思議地，我竟沒有絲毫猶豫。我不再是人，而是毫無感情的魔鬼。我連人帶刀落在三津胸前，三津瞬間睜大眼睛，並未發出叫聲。不久，那對瞳眸便逐漸黯淡，融入黑暗。

她死去的面容真的很安詳。蒼白的月光，襯得那張臉更加雪白。

驀地，我憶起那天傍晚，宛如推開火紅夕陽般盛開的山茶花那昂然獨立的雪白。

「是啊，三津。這麼白，真可憐。」

彷彿回應當時的三津，我低聲說完，刀尖擦過手臂，血滴在三津沉入黑暗深處的雪白臉蛋上。血像淚痕般沿著三津面頰滑落，我想，這是三津的淚。三津未曾向旁人提起的悲傷，直到此刻，才化為那樣的淚水潸然而下。

七日後，我在殺害水澤的現場留下一片山茶花瓣。那雖是偽復仇記最後的一件小道具，但同時我也希望，至少要讓三津以一瓣山茶的雪白捨命守護的一切，陪伴水澤的死。那一抹白，是三津爲愛上不該愛的男人所做的唯一辯解。

而我，則沒有任何辯解。

事情已過二十多年，至今我仍會夢見那些石子。自殺死水澤那晚起，夢中的石子便在落下之際忽然變成花瓣襲向我，帶來比石子更劇烈的疼痛。一瓣瓣花石子罪惡的重量掩埋了我，但化身爲惡魔的我，已不再叫喊，只望著那血滴般的鮮紅，有如看什麼美麗的景物看得癡迷，甚至露出微笑。

夕萩殉情

一

芒草原無邊無際，朝西方天空滑落。原本照得最前端一帶有如火海的晚霞，也將逐漸隱含夜色的雲趕到天空盡頭，轉變爲朱墨暗色。

一望無垠的芒草原，彷彿浸在暮色中暗暗沉入大地。即使如此，偶爾一陣風起，芒草的白花穗便又甦醒，夜裡看來，宛若乘著浪頭翻滾，在一片漆黑裡開出一條小徑，蜿蜒而流，不見盡頭。

芒草的沙沙聲，隨著白色穗浪在暮色中搖曳。

每一搖，八歲的我便怕得哭聲更響。

那天，我到隔著一個山頭的鄰村跑腿，回程不小心迷了路。我在山丘頂附近看到紅蜻蜓，追著便偏離道路，只好四處徘徊，最後闖進這片芒草原。飢餓和腳痛，都比不上吞噬我矮小身軀的芒草恐怖。

妙武岳從山腰到山腳是一整片鋪天蓋地的芒草，父母告訴我，即使是大人，一旦在裡面迷失方向便出不來，處處是化爲白骨的死屍。每當一陣風吹過，撞上我肩頭的芒草花穗，都讓我以爲是死人的頭顱。

風攫走我的哭聲，在芒草上播送，好似滿地的芒草一齊彎腰啜泣，讓我更是放聲大哭。

我佇立在小路旁，不知在風中哭了多久。

驀地，我抬起淚汪汪的雙眼，看到一盞燈籠意外就在不遠處。由於一直哭泣，沒有立刻發覺，但彼端的燈籠確實在高低起伏的芒草花穗中時隱時現，慢慢朝我靠近。

終於，燈光後出現兩道人影。肩披黑斗篷作學生打扮的男子，與穿白和服的女子，在燈籠的火光中朦朧浮現，看起來不像人，倒像芒草的幽靈。

遇見人的喜悅，比不上目睹世間不應有的東西的恐懼，我抖得甚至不敢哭出聲。

「迷路了嗎？」

無聲靠近的女方影子開口，但既不是對我，也不是對男伴發話。男方略略舉起燈籠，照亮我的臉。

女子蹲下身，湊近那盞燈籠柔聲說：

「沿著我們來的這條路折返，就能回到村子。」

她頭上覆著銀鼠披肩，彷彿要遮住半張臉般，纖細的手指在嘴畔拉住披肩，只露出兩道細眉和長長的眼睛，靜靜地看著我。燭光暈染，紫色飾領中露出白皙的頸項，那樣雪白的肌膚是村裡婦女所沒有的。她的年紀大約與我母親相當。

女子從男子手中取過燈籠，想交給我，男子卻略見躊躇，似乎是擔心他們沒了燈火。

於是，女子低喃：

「反正，我們的路終歸是暗的，有沒有燈都一樣……」

這話同樣不是對我，也不是對男子說的。

「你幾歲了？」

將燈籠交給我時，她問。我答八歲。

「這樣啊……」

她微微瞇起眼，瞬間露出懷念的眼神，卻只叮嚀：

「你家裡的人一定很擔心，快走吧。」

語畢，她忽然想起般又加了一句。

「你認得這花嗎？」

這麼一問，我才發覺她拉著披肩的手裡，有幾柄細細的花。女子將花移至另一手，伸向我提著的燈籠。

我點點頭。那是萩花，每到這個時節，家裡土倉的石牆上都會開滿此種花。三、四柄萩枝上，葉子三五成群，上面小花點點，猶如白露。由於花葉稀疏，隔著花仍看得到女子的臉龐。

女子輕抖一下，小花悄然離枝，墜落路面，靜得令人不敢相信那花原本還長在枝頭。小花畫出一絲絲影子，沿女子臉頰經頸項流洩而下。

「要是又迷路就糟了，你邊走邊找掉在路上的花吧。」

女子叮囑般講完站起身，男子則一句話都沒說。由於學生帽拉得低低的，根本看不見表情和長相，帽緣似黑色面具般罩住他的臉。這麼一提，在燈籠燭光下的女子，也裹著雪白肌膚，活像戴著面具。那是一張毫無血色、冷冰冰的臉。

兩人挨著肩，無言邁步。

分明沒有燈火，他倆仍走過夜色已深的路，靜靜遠去。踩著黑暗的腳步聲也無一絲凌亂。

天際已然瀰漫夜的氣息。月亮還未露臉，但不知何時，天空將晚霞一掃而淨，刷上一層墨色。不久，或許是月亮升起的預兆，透出幾許光，照得夜色蒼蒼。

兩人的影子，在仍舊起伏不定的芒草黑色波浪中，緩緩遠離。

男方的外套不時被夜風翻起衣角，拍打芒草。每一拍，芒草花穗都像煙一般四散，抹去女人白茫茫的背影。

黑暗中的芒草益發窸窣有聲，兩人的背影卻靜得連窸窣聲都不敢靠近。

比起人影，倒更像亡靈，但奇怪的是，我連害怕都忘了，目送那雙背影良久。終於，芒草搖曳中，兩人的影子猶如沉沒在黑暗浪濤間消失，我便靠著燈籠的燭火在通往村子的路上奔跑。

約莫經過半個鐘頭，我來到一分爲二的岔路口。在此之前，即使偶遇歧徑，我都跟隨著萩花，但眼下四周不見任何落花。我試著走其中一條路，但小路很快就被芒草吞沒。我折回原路，重新尋找萩花，好不容易找到猶如藏在芒草根部的落枝，便走上那條路。然而，剛邁開腳步，燈籠便撞上從村子方向跑來的人影。一個年約四十五、六的男子，忽然在燈籠的燭光中浮現。我嚇一跳，男子似乎也吃了一驚。

或許是一路從村子那邊跑來，他喘著氣問我：

「有沒有看到同行的一男一女？」

我微微點頭，朝身後的路指了指。男子也沒道謝，便朝我指的方向奔去，或許在追方才那兩人吧，顯得十分匆促。男子似乎也不是村裡的人，因爲他穿著罕見的洋服。可能是燈籠由下往上照的關係，他的鼻子和老鷹一樣尖，長得好像妖怪。由於害怕他隨時會回頭攻擊，我不禁加快腳步。

只顧看著燭光照亮的腳邊一個勁地跑，我連什麼時候衝出芒草原都不知道，一回過神，已抵達村外的下坡。

大概是瞧見村裡的燈光安了心，我當場坐倒，頭一次回望身後。當然，芒草原已在遙遠彼方，剛剛跑過的路也籠罩在黑暗中，什麼也看不清。即使如此，想起沿途點點在地的萩花，就覺得黑暗中好似淡淡浮現白色的幻影之路。

之後，途中我幾次又差點要迷路，每回都是路邊結了小小光露的白萩，爲我指引通往村子的正確道路。

比起燈籠的燭光，那毋寧是更爲確切的路燈。

那兩人究竟是誰？

從他們的服裝和用詞看來，似乎是外地人。多半是乘傍晚的火車抵達村邊的車站，避人我燈籠的好心人的手。

年幼的我不禁感到心痛如絞。倘若那天晚上我向父親坦白一切，或許能在最後關頭搶救兩人的性命。他們將燈火讓給迷路的我，是我的救命恩人。爲保全自己的謊言而對恩人見死不救的內疚，深深刻在我心頭。

歲月流逝，我也日漸成長，但當時的後悔不僅沒消失，反倒益發沉重。

無數個夢中，我看著兩人的背影從芒草原的黑暗小徑遠去。

萩花在一片漆黑中凋零。

白色的花帶著我的罪惡感，永無止境地墜落。

隨著年紀漸長，我試圖多了解那兩人，卻不敢問父母。不僅家裡的人，整個村子都對那椿殉情事件守口如瓶。儘管從大人的隻字片語，猜得出女方是地主的女兒，村民也顧忌地主而絕口不提，但我所知僅止於此，甚至連死去兩人的姓名都不清楚。

另一人，也就是那名看似追趕兩人的男子，也令我在意。他不是村裡的人，村民是我返家後才展開搜索的。他究竟是什麼人？那兩人成爲遺體回到村子，但他後來到哪去了？

直到我承蒙地主相助，到東京上大學後，才得知詳情。距事發十多年過去，這時已是大正末年。

來到東京，首先令我驚訝的是，村裡大夥未曾提及的那椿疑案，至今東京人仍稱之爲「夕萩殉情」，不時掛在嘴上。此案不僅聞名東京，甚至轟動全國。

所謂的殉情，是指在現世難以相守的男女，將夢想寄於來世引發的事件。因種種情由而無法結合的兩人，以死作爲最後的紅線，將彼此的心緊緊繫在一起。

但馬夕與御萩愼之介也不例外。身爲有夫之婦的夕與寄居書生（註）愼之介，將此生無緣的情感寄託來生，踏上芒草原的黃泉路。

當時，但馬夕三十四歲，御萩愼之介小她八歲，二十六歲。

這對年紀相差如姊弟的戀人，相愛乃至決心赴死的過程，都詳細記載於御萩愼之介留下的日記。

夕萩殉情如此轟動，原因之一便是這部日記。兩人死後不久，日記便公開，將一個年輕人爲不見容世俗的愛戀飽受煎熬的心情娓娓道來。這段純粹淒美的愛情，在婦女之間也傳誦不已。

夕萩殉情廣爲人知的另一個原因，多半是但馬夕的丈夫爲當時的高官。夕的丈夫但馬憲文是薩摩藩士後裔，自明治中期起，名字便與政府高級職位連在一起，殉情事件發生之際出任大臣。

殉情事件大爲轟動，部分原因是當事人爲大人物之妻，然而，但馬憲文事後仍身居要職，直至我來到東京的前一年，才罹患痢疾身亡。

註—早期寄居於有錢人家，一面幫忙做事一面苦學的年輕人。

殉情者的丈夫竟是但馬憲文，爲夕萩殉情增添引人遐想的一面。

夕萩殉情發生的明治末期，可謂日本社會主義思想史上最大的受難期。明治中期因日中、日俄兩戰爭而萌芽的社會主義思想，邊力抗政府多方打壓，邊潛伏地下，蓄備戰力，而將之一舉殲滅的大事件，正好就發生於這個時期。

即俗稱的賊子事件。

該年十月十日，社會主義者集結的「人心社」數十名要員遭到舉發。審訊的結果，其中多達二十餘名遭判死刑，稱爲賊子事件。

人心社涉嫌密謀暗殺皇室及政府要員，而事實上，四天前的十月六日晚間，業已展開第一步，殺害內務大臣高見桂太郎。當晚，高見桂太郎確實橫死自家茶室。警方認定此乃人心社所爲，於是加以舉發。

只不過，賊子事件至今仍是明治史上的大謎團。人心社內部確實有人持激進意見，主張發動暗殺，但人數既少，又無任何具體計畫，與高見內務大臣之死毫無關聯——被告方面如此供稱，卻完全不被採納。法院根據檢方所提的人證與物證，於該年年底，將二十多名嫌犯處決。免於死刑者，亦處以無期徒刑等重刑。

然而，當時社會上議論紛紛，私下流傳著高見內務大臣其實是自殺、被告的供詞全盤正確的說法，認爲賊子事件是政府利用高見大臣偶然的死，爲強制鎮壓無政府主義，硬編派出人心社的暗殺計畫，根本是一場冤獄。

賊子事件中政府方面的主要人物，其實便是但馬憲文。

歷史學者西村寬由此著眼，於其著作《明治史內幕》中，做了一番別開生面的考察，將夕萩殉情與賊子事件連結起來。

「賊子事件審訊期間，但馬憲文發表『應將被告全體處以死刑』的強硬言論。彼時，無政府主義運動日益活躍，加強鎮壓或許是必然的趨勢，可政府在賊子事件中表現出的強硬態度太過反常。考慮到該事件的判決大幅受但馬憲文意見影響的事實，我認爲著名的夕萩殉情，即但馬之妻夕與書生御萩愼之介的殉情事件，暗地對賊子事件投下極大的陰影。

夕萩殉情的發生，是無法結合的一對男女爲成全愛情，別無選擇地步上死路，深具代表性。然而，此處必須著眼的是，御萩愼之介與但馬夕愛情形成的過程，及御萩出入人心社只有短短數月的事實。御萩生性善良，多半是對自由思想中尊重生命與平等的基調有所共鳴，可惜，很快地他便無法適應人心社偏激的思想，早在殉情前幾個月退社。此時，御萩與但馬夕已有生死之約，因此就御萩而言，他是選擇了愛情，放棄了思想。

但馬憲文初聞御萩曾短暫受社會主義洗禮，是在御萩退出人心社數月後的十月五日。身爲鎮壓社會主義的中心人物，可以想見，但馬視家中的書生出入人心社爲嚴重的背信。只是，事情不僅如此。但馬發覺該事實後，兩人加速尋死的腳步，翌日即啓程。於是，但馬又因殉情事件才得知御萩與妻子夕私通長達一年，形同相繼獲知御萩的雙重背信。御萩出入人心社，首先背叛了身爲政府要人的但馬，而與其妻通姦，又背叛了身爲人夫的但馬，不難想像但馬對御萩愼之介有多痛恨。

我認爲，但馬不惜將偶然同時發生的高見內務大臣自殺扭曲爲他殺，藉以舉發社會主義人士，其中便牽扯到與御萩愼之介的私人恩怨。在但馬眼裡，恐怕所有賊子事件的被告都和同爲社會主義者的御萩重疊在一起。但馬是否把無法向已死的御萩發洩的怒火，轉而發洩在數十名被告身上？那場賊子審訊，難道不是但馬對死去的御萩洩恨的場所？

這番論調或許相當極端，但若以此角度，將夕萩殉情視爲賊子事件的主因，那麼，夕萩殉情便不單是男女間淒美的愛情故事，更具有歷史意義。」

這本書在我來到東京時出版，隨即成爲禁書，但我身邊就有個持同樣想法的人。

此人名叫半田彌二郎，是我的大學同學。半田告訴我高見內務大臣之死，因某個理由必定是自殺無疑，想法與前述的西村寬相同。

到東京求學，益發加深我與夕萩殉情的關係，其中一個原因便是認識了半田，聽他談起夕萩殉情與賊子事件的關聯。

然而，十數載後夕萩殉情仍爲人傳頌，及御萩愼之介的日記至今依然感人，純粹是由於寧死換得結合的淒美愛情，無關乎這等歷史意義吧。

在我遙遠記憶中的但馬夕與御萩愼之介，他們的背影沒留下腳步聲。

不知御萩愼之介當初寫日記時，是否便已預知兩人的愛將終結於死亡？一如在那芒草原遠去的腳步，日記以踏過黑暗般的靜謐韻律描寫兩人相愛的經過，曾幾何時，成爲大眾熟悉的《夕萩記》。

《夕萩記》結束於十月五日的記述，即兩人殉情之旅出發的前一晚，但御萩愼之介在最後餘白處，還寫下在兩人的愛情故事中扮演一角的一首《萬葉集》（註）和歌。

秋夕萩花開
院中睹花勿忘我

二

「觀音大士般細長的眼睛明淨清澈，分明沒點胭脂，美麗的雙唇卻宛如粉色微染的櫻花化身，她輕聲驚呼，以團扇遮臉，小跳步般踩過踏腳石朝主屋離去。雖是隔著我房間窗口沙沙成群的竹葉電光石火地視線交會，但望著她在團扇影子下更顯白皙的後頸，我心想，這是個不會說謊的女人。」

御萩愼之介於日記中，寫下初見但馬夕的印象。

註—日本現存最早的和歌總集。

事實上，夕回故鄉的四個月期間，愼之介看過其中一名小妾數次進出府邸。這名藝伎出身的女子大白天就穿著華麗的和服，乘車一到，便儼然以女主人自居，還挑剔愼之介，嫌他院子沒打掃乾淨。

但馬夫妻沒有孩子。這個名叫阿菊的小妾生下男孩，但馬打算讓兒子繼承衣缽，因此夕也認了阿菊。然而，看到阿菊熟練地登堂入室，聽見主屋傳出肆無忌憚的笑聲，一副正室已死，自己入主正宮的氣焰，連身爲局外人的愼之介都不禁忿忿不平。

於是，正室彷彿被逼到寬宅大院的角落，還未曾謀面，但馬夕這名女性在愼之介心中已染上哀憐的影子。實際見到夕後，他便發覺那影子在雪白肌膚上染得比想像更深。

夕較愼之介年長八歲，但或許身材嬌小纖細，看來年幼得幾乎連圓髻的重量都頂不住。

自此，每天早上但馬出門時，愼之介都會在玄關看見夕的身影。只是，愼之介不敢正面相對，總深深屈身蹲在但馬腳邊，簡直像在賭氣。愼之介僅能瞧清跪坐於進門處的夕的和服衣襬，那顏色與花樣日日不同。夜裡躺在床上，有時在黑暗中，種種花色會驀地浮現，令他難以成眠。然而在此一階段，這樣的感情尚不足以稱爲思慕。

灑掃庭除時，偶爾會望見夕經過走廊的身影，或到院裡摘花的模樣。大多數的時候，夕似乎對愼之介的視線渾然不覺，以單袖裹住胸口，悄然而立。雖只駐足片刻，但不久愼之介便發覺夕回到主屋後，自己仍癡望著她曾停留之處，忘了手中的竹掃帚，呆然佇立。

兩個月後，兩人首度有足以稱爲交談的交談。庭院中染紅的楓葉帶來濃厚的秋日氣息。

那天早晨，愼之介正在修庭院竹籬，一張紙乘著秋風飄至。那張如詩籤般細長的紙掠過愼之介肩頭，落在數步之前青苔覆蓋的石燈籠下。

拾起一瞧，灑了金粉的和紙上有幾行墨跡。

「秋風撫秋萩　未同簪竟道別離」

《萬葉集》裡有這麼一首和歌嗎？他納悶著，便聽背後有人說道：

「不好意思……」

一回頭，夕站在主屋東緣的屋簷下，紺青色的結城綢衣襬下露出一腳，輕點在階石上，似乎猶豫著是否要下庭院。

「您在找這個嗎？」

愼之介踩著踏腳石走向夕，將拾來的紙遞上。

「剛才在後方房間練字，不想被風一吹……」

「從後方房間吹到這兒？」

愼之介不由得回了話。

「是啊……一直在走廊上飄，像被誰牽了線拉過去似的……秋風眞是促狹。」

夕輕輕一笑。愼之介一面驚訝於她也會笑，一面跟著露出笑容。

「你知道這首和歌嗎？」

「是《萬葉集》的和歌？」

「嗯，倒數第二首……打十二年前開始，我每天一早起來便以一首練字。還差一首呢，就被風吹走了。」

十二年前，不就是她剛嫁給但馬時？聽阿豔說，夕是在二十一歲那年進門的。愼之介忽覺，她大概從出嫁之際不怎麼幸福。試著揣想她藉朝霧的微光，背向所有人，一筆一畫習字的模樣，實在不勝寂寞。由她坐在緣廊望著自己的筆跡微笑的臉上，也感覺得出那份寂寞。

「你姓御萩，和這首歌裡的萩是同樣的字嗎？」

愼之介對那雙輕輕抬起的眼眸默默點頭。

「提到萩花，現下正是故鄉村裡萩花盛開的時節……村裡的萩花都是白的，風大的日子，把花吹得整個村子都像在下雪。」

「白萩的話，院裡昨天也開花了。」

夕「咦」一聲，訝異地環視庭院。

「從這裡看不見，在茶室後面。」

愼之介的語氣似乎帶著怒意。夕不解地瞅著愼之介，仍起身下到庭院，往茶室走。愼之介默默跟在她身後。

拐過一綑綑細竹紮起的松明竹籬，來到茶室後方，只見濕綠環繞的一方窄地裡，一叢萩花彎著纍纍枝葉，躬身拜地般開著花。茶室的格子門襯出內部的靜謐與昏暗，恰似由低矮的萩花頂起般高高浮在半空。小門吹進來的風，將白色花瓣與朝露一同掃落在地。

「日照這麼差的地方竟然有萩花……我住了十二年竟然都沒發現。」

是宅院太大，還是她在這個家能待的地方太小？慎之介茫然望著夕蹲下的背影。夕摘下一小段萩枝前端當髮簪，滑進後面的髮髻。花穗在她後頸畫出淡淡的影子，直延伸至銀鼠襯領。

夕再折一枝，回過頭，似乎感到百般不解，於是蒼白著臉問道：

「你在生什麼氣？」

「我沒生氣。」

慎之介一面回答，神情卻益顯生氣。

「你總是在生氣。早上爲老爺拿鞋的時候，臉色好嚇人。」

這句話似是責怪，夕卻露出母親哄孩子般的笑容，手指一伸，將花插在慎之介頭上。慎之介聳起肩，任憑她擺布。

「就像剛才的和歌。」

她喃喃道：

「可是，那是別離的和歌……我們今天才頭一次說話……」

她瞇起眼，遙望般看著插在慎之介頭上的萩花，不一會兒，彷彿是爲一時稚氣的舉止感到羞恥，一臉嚴肅地從慎之介髮間抽出萩花，疊插在自己髮髻的萩花上，又面向萩花坐下。

慎之介沒作聲，只默默垂下頭，回到庭院。

儘管一心夢想著與夕交談，愼之介卻沒一絲歡喜，體內深處反倒逆流而上一股感情。愼之介對一切都感到憤怒。夕在這個家的不幸令他憤怒，其夫但馬憲文身爲政府要人可私下不過是個凡人令他憤怒，與夕相差八歲令他憤怒，夕是主屋裡的人而自己只是書生令他憤怒——連夕的美、意外親切地敞開心胸向他說話，也令他憤怒。

實際上，這不該稱爲憤怒，而是除此之外無可形容的強烈感情。這份強烈的感情不斷湧上心頭，愼之介當晚根本無法成眠。想叫自己睡，垂落在夕頸項上那帶露的白萩花瓣，便如黑暗中的一盞小燈浮現眼前。

半夜，愼之介走出小屋，悄悄繞過庭院，來到主屋後方。

與廚房相隔六尺左右的小路，有個紙門緊閉的房間。那是夕的寢室。這十天，丈夫憲文都沒回家。即使在家，夕也是與丈夫分房而睡。這是聽阿豔說的。

此刻，房內亮著燈。隔著紙門，明亮的燈光自緣廊朝空地流洩而下，落在青苔上，宛如如一道小徑。

淡淡的人影像要打亂木格子似地浮現在門上。影子維持坐姿，動也不動。從髮髻的形狀和細細的頸項看來，那影子是夕無疑。

或許是在縫衣吧，看不清手的動作，但秋夜燈火照出的影子顯得萬分沉靜，而愼之介也在廚房後動也不動地守候。

直到半月落在土牆瓦後，愼之介才離開。即使夕的影子晃了晃、燈火熄滅，愼之介仍試著從幽暗的紙門感覺夕的動靜，在黑暗中佇立良久。

主人憲文回來後的第三天早晨。在玄關時，跪在憲文身後的夕開口：

「準備冬衣時，找出了老爺的舊衣。老爺說要給你。」

夕將一個紙包推近。愼之介朝但馬道了謝，一回房便拆開紙包，是紺青色的結城綢和服。雖是貴重的衣物，且既沒褪色也沒味道，形同全新，可愼之介不願穿上但馬穿過的衣物。以前但馬給的舊衣他都坦然接受，只不過，自從認識夕，他便有所堅持。在愼之介心中，但馬憲文這個人的位置，不知不覺從主人換成夕的丈夫。愼之介將衣服塞在房間角落。

第五天早上。送但馬出門後，夕留在玄關，問道：

「前幾天給的衣服你怎麼不穿？」

愼之介答稱平日穿太可惜，想等回鄉過節再穿。於是夕繼續道：

「既然這樣，能請你還給我嗎？阿豔的哥哥明天要來東京，我想給他帶回去。改天再另外給你別的東西。」

夕要他回頭把衣服拿來，因此愼之介一回房，便從角落取出衣服，仔細重新折好。此時，類似憤怒的情感忽然流竄到指尖，一回過神，愼之介已將和服的衣袖扯破。他的怒氣更多是針對夕而發。夕對他的愛慕之情渾然不覺，肯定以爲賞給他丈夫的衣物是一番好意。愼之介默默繼續撕扯和服，不料胸口的內裡竟露出一張紙。抽出一看，裁成詩籤的薄紙上以毛筆字寫著「秋夕萩花開　院中睹花勿忘我」，像是《萬葉集》的情歌，但愼之介不明白這種東西怎會縫在和服裡，便一併撕掉，然後將化為布條的和服包妥，前往主屋。

從緣廊下一喊，夕很快步出。

「真對不起。」

語畢，夕便想接過慎之介手中的包裹。

「該說對不起的是我，請看看裡面。」

聽到慎之介開口，夕似乎有些驚訝，但瞧見包裹中的布條，臉色倒絲毫沒變。那種破法，明顯是故意撕破的，她反而沉靜地望著慎之介好一會兒。

「茶室後方的萩花應該枯了吧，請割一些過來。」

夕起身準備下庭院，卻發現木屐不在階石上。慎之介想說我這就去拿，但還不及開口，夕已穿著白襪套直接落地。

慎之介依吩咐帶回一大把乾枯如紙的枝葉，夕要他取來引火用的木條，點了火。煙升火起，趕跑飄泊在秋風中的紅蜻蜓。夕將撕破的和服一片片扔進火中。結城綢宛如生物般，扭動著吐出黑煙。抬頭一看，煙就像拿毛筆繪出的，扶搖直上。慎之介感覺那彷彿是吐出夕這名女子的魂魄，直上天際，卻猜不出夕燒毀結城綢的用意。只是，夕坐著凝望火堆的模樣，有股緊迫之感。顯然是心情上的壓迫成為負荷，令她只穿著襪套便踩在地上。

「這不是老爺的舊衣。」

夕低聲喃喃自語。

「是我訂全新布匹，親手縫的。我對你說了謊，也對老爺說了謊——這是我頭一次對老爺說謊。」

愼之介大吃一驚，沒注意到夕的一隻袖子著火。夕本身似乎毫無覺察，神態平靜依舊。直到火焰就要吞噬夕雪白的手，愼之介才驚叫一聲，不由自主地想抓著火的袖子。夕似乎昏了過去，身子一晃，髮髻朝鋪白沙的庭園倒下。說時遲那時快，愼之介捧沙蓋在袖子的火苗上。火雖熄滅，但半焦袖子露出的手又紅又腫，還冒著淡淡的煙。愼之介大聲呼喚阿豔，要她去請醫生，緊接著準備抱起夕，讓她的手泡在池水裡。夕因這陣衝擊微微張眼，發現自己在愼之介懷中，便不假思索地推開愼之介，蹣跚走到緣廊，不顧腳下沾了泥的襪套，直接進房。愼之介緊跟在後，上了緣廊，卻不敢進夕的房間。門檻擋住愼之介的雙腳。

「很痛吧？醫生馬上就到。」

「不要緊……我不痛。」

夕半倒般坐著，背向愼之介。髮髻鬆開，垂落肩上，弄髒的襪底上翻，伸出凌亂的衣襬。

夕身後是西斜的太陽。即使從背後，也看得出她肩膀朝燒傷的那隻胳膊垮，以另一袖遮住紅腫的手。

「一定很痛吧。爲什麼要撒謊？爲何不誠實說出眞正的感受，什麼事都暗暗隱忍？」

愼之介不自覺地脫口而出。

「那麼……」夕的聲音從肩頭傳來，「那麼，你就能道出眞正的感受……能夠像你說的，把當下心裡想的宣之於口？苦於無法坦白自己感受的，是你吧。我早就察覺你的心意，也明白你為何撕破那件和服。」

「您……」

愼之介啞口無言，在門檻邊拚命壓抑不由自主想踏上榻榻米的雙腳。

「我說不痛是眞的。一直以來，我忍受著更大的痛楚。這十二年……我想告訴你一件事，你願意聽吧？」

「願意——」

愼之介總算擠出回答。

「我每天早上都謄寫《萬葉集》的和歌，是在數離死亡還有幾天。嫁進這個家不久，我決心抄完所有和歌就自盡。每當早晨來臨，我便將一小片生命丟棄在一首《萬葉集》的和歌裡，一天一首地慢慢死去。這麼一想，什麼事就都能忍耐。可只剩一首時……認識了你，於是我想，等兩年後再寫最末那首和歌。再兩年，等你離開這裡的那一天……」

夕的語氣平淡，彷彿疼痛眞的不成問題，但似乎話音落下才驚覺自己說了些什麼，猛然以袖掩口。那模樣，像拿袖口拾回不知不覺發出的聲音，也許是以袖子掩住哭聲。愼之介心頭大震，不曉得如何是好，也不曉得該怎麼回應，呆立當場。原來縫在和服裡的那首歌，是給自己的。秋夕萩花開，院中睹花……直到前一刻，他還因夕未察覺自己的思慕之情而在心底責怪她。可是，糟蹋夕的感情的，毋寧是他自己。夕不讓愼之介發現，悄悄縫入和服中的情歌，是他撕破的。此舉等於扯碎夕的感情，使夕方寸大亂，她才會不由自主地吐露隱藏的心情。

愼之介深覺自己可恥可悲，只是低頭看著門檻。明白夕的感情，愼之介反倒受傷。他首度意識到夕這名女子所處的立場。夕對他也有相同的感情，但直至今日都強自忍耐，言行舉止中不透露一絲端倪，全是因爲夕是有夫之婦。兩人之間橫亙著一道門檻，一道愼之介無法跨越，而夕也無法踏出的門檻。夕的丈夫但馬憲文，就擋在那道門檻上。自己的戀情是俗世不容的，縱使兩人眞心相愛，以他們的立場，也無法宣之於口——此乃天經地義，愼之介卻一直不知不覺。不，雖已發覺，可是此刻他才刻骨銘心地領悟。

趁醫生抵達前，愼之介離開夕的房間。事後問阿豔，她說是「幸好沒有大礙，現下在靜躺休息」。阿豔的年紀和愼之介的妹妹相當，仍不脫鄉下姑娘的氣息，活潑可愛，愼之介一進但馬家便與她熟稔起來。然而，這樣的阿豔卻面帶愁容，擔憂道，「最近夫人樣子怪怪的，一直出差錯，像是不小心打破老爺珍愛的壺等等。老爺心情也很不好，每次都把夫人臭罵一頓。」

當晚，但馬依然沒回家。夜深後，愼之介走近夕的房間。與上回一樣，這一晚，房間的紙門也透著燈光。坐在房中央的影子朦朧浮現，仍動也不動。愼之介強自按捺想和她說幾句話的衝動，置身於不遠處的黑暗中，從淡淡的影子感覺夕的氣息，聊以解慰。

此後，但馬不在家的每一晚，愼之介都會前往夕的房間。奇怪的是，無論是哪個夜晚，夕的房間總亮著燈。不知夕究竟在做些什麼，她的影子靜得難以相信是活生生的人。或許，漫漫長夜夕也想著自己——一思及此，愼之介便懷著一絲期待悄然而立，巴望著夕會爲了賞月開門。

便是這時期開始，愼之介頻繁出入人心社。以前他讀人心報，便對其中的自由思想多有共鳴，但勤於前往人心社、發表反對政府鎭壓的言論，是基於對鎭壓的核心人物但馬憲文的反感。但馬表面上是站在社會頂層的大人物，私底下不過是個凡人。不，他是讓夕不幸長達十多年的冷血丈夫。年輕的愼之介將無法直接發洩在那個丈夫身上的怒氣，轉換爲對政府不合理政策的慷慨激昂。

時序進入十二月，月色蒼然、寒意初生的某個夜晚，愼之介照例爲夕的影子踏進後院，有人像等候許久般呼喊他的名字。原以爲是錯覺，但側耳傾聽，雖細微得幾乎消失在深夜的寂靜中，確實有女子的聲音呼喚自己兩、三次。

是夕的嗓音沒錯。愼之介不禁奔至緣廊，踩上階石。

「你不能再靠近了。」

夕的影子驟然站起，背貼著紙門，反手緊緊關上。

愼之介一手擱在緣廊上，於階石坐下。

「您怎知是我？」

「幾天前，我在院子裡發現木屐印……從那晚開始注意，便聽到你悄悄來到的腳步聲……」

「既然知道，爲何先前沒叫我？」

「你在暗夜中忍著的，我也在這裡忍著。」

「您不苦嗎？聽阿豔說，昨晚您又因老爺的西服綻線，挨一頓罵。」

「那樣才好……是我故意抽掉線的。我的心背叛了那個人，每當對這罪過心生恐懼，就自行犯錯，等待老爺叱責……可是，心雖背叛，我不能連身體都背叛。你肯答應我，不會打開這道門吧？」

慎之介垂著頭，低語「我答應」，夕便放心似地離開紙門，變成平常淡淡的影子。

「就讓我們靜靜地待著。等我熄燈，你便請回吧。」

慎之介依夕的話，默默坐在階石上挨了好長一段時間。不光這晚，只要但馬不在的夜晚，夕與慎之介便會隔著紙門，以彼此的聲息幽會。確實，兩人可以交談，距離也縮短，然而，彼此依然有著紙門這道界線。儘管是薄薄的紙幕，卻比銅牆鐵壁更嚴實地分開兩人。一張紙，輕易便能戳破——此一念頭讓慎之介備受折磨。不過十天，年輕的慎之介便無法再忍受。

適逢十二月中，但馬要前往伊豆遊山。往年都是由柳橋的小妾同行，可對方據說感染風寒，便由夕陪伴。雖然肯定是不得不遵從丈夫的命令，但到玄關送行時，只見夕站在丈夫的西式披肩大外套後，身穿鶯色江戶小紋和服，繫著織錦腰帶，美得令人不敢逼視。這樣的盛裝教愼之介陷入淒苦自卑的情緒，爲但馬繫鞋帶時，忽然間悲傷夾著憤怒，湧上喉頭，化爲眼淚，奔流而下。爲何偏偏是此刻……連自己也不明白，忍耐兩個月的一切一舉決堤。愼之介順勢跪在主人腳邊，強忍著讓聲音哽在喉頭，肩膀上下震動著無聲哭泣。

「怎麼回事？你在哭嗎？」

但馬粗聲問，愼之介抬不起頭，難以控制情緒，只覺一切已無所謂。他要離開這個地方，回故鄉遠遠地思念夕。

「我要辭職」的話剛到嘴邊，夕的話聲平靜響起：

「今天一早，御萩打掃庭院時折斷楓樹枝，被我責罵幾句，大概是覺得委屈吧。」

「爲這點小事哭啊。好了，別放在心上。」

愼之介勉強繫妥鞋帶，便去爲夕拿草鞋。

「請把帶子放鬆一些。」

夕似乎是算準丈夫離開玄關上車才開口。愼之介仍低著頭調整草鞋帶，此時，夕一腳落在鞋上，不，是看準愼之介的手放下。於是，愼之介的手墊在夕的腳底。夕就站在架高的進門處，維持單腳下階的姿勢。腳雖由白襪套包覆，但衣襬微掀一角，露出映著淡紫內襯的肌膚。

慎之介沒抽手，動也不動。痛歸痛，可這疼痛，是夕用來責備、同時也是安撫情緒忽然失控的慎之介的。不一會兒，一滴淚落在夕的襪套上。慎之介一度以爲是自己的眼淚，但夕剛剛插口替他說謊解圍時，他便已咬牙忍住。慎之介驚訝地抬頭，此時，夕終於提起腳跟，直接讓腳尖滑入草鞋，悄聲走出玄關。雖只是短短一瞬，慎之介仍看到夕微微別過臉。她的眼神平靜得令人難以相信曾流下一滴淚。

三天後的傍晚，雪才下不久，夕獨自返家。一問阿豔，據說是柳橋的小妾病癒，帶著孩子前往伊豆，但馬便將失去用處的夕趕回來。

當晚，慎之介步上夕房前的緣廊，出聲道：

「請開門。」

夕的影子刷地像飛鳥展翅般翩然而至，反手將紙門緊緊鎖住。

「我說過，不能這麼做。假如你無法遵守諾言，明天起你就不能再來這裡。」

「即使我已做好赴死的準備？」

慎之介平靜地說。沒有風，雪沿著自漆黑天空垂下的線，無聲下個不停。寒夜令慎之介凍得發青，然而，即使是冰凍的肌膚，也澆不熄他心頭熊熊燃燒的烈火。

「您應該很清楚，我無法再按捺自己的感情。您曾說，只要有死的決心，一切都能忍耐。於是，我決心在您離世時死去。和您一樣，靠著每天削減一點生命，設法熬過今天。唯從那道紙門離開才對。雖能搬開榻榻米，從地板底下出去，但從愼之介瞧見影子到打開紙門的短短時間內，照理是辦不到的。剛剛的影子不是夕嗎？是他誤將什麼東西的影子錯看成夕嗎？不，那確實是夕的身影，是人的模樣。更何況，房間的燈是愼之介靠近緣廊時滅的。檯燈裡還有油，可見不久前房裡的確有人，並且熄了燈。

只是，這個僅有榻榻米的小房間顯然沒有地方能讓人躲藏。如此一來，夕便是在愼之介進房的剎那，如幻影般消失。

夕曾說一天天折損自己的生命，莫非眞的已不是現世的人？每晚在紙門上看到的，難道是幻影？

紫藤色和服上殘存夕微微的體香。愼之介毫無頭緒，唯有緊抱這身和服，嗅聞幻影的殘香。

翌日晚上，房裡亮著燈，夕的影子也在。即使愼之介上了緣廊，燈也沒熄，夕的影子一起身，便將紙門牢牢關上。愼之介隔著紙門小聲問：

「昨晚是怎麼回事？」

「我就在房裡。」

「但是……」

「我確實在房裡，只是你看不見而已。我的生命是幻影，你若想擁抱，我便會消失。你與我，往後也僅能以影子相會。我們只能如此忍耐。」

「您是要我去死嗎？」
夕沉默一陣，答道：
「是啊……」
那嘆息般微弱的話聲，清清楚楚地在愼之介耳內作響。愼之介愕然抬頭，夕的影子站著，包圍在猶如觀音像般的沉靜中。
「您是說，願意與我……一起死？」
夕沒回答愼之介，將紙門打開一小縫。一條紅線自那勉強能讓小指穿過的縫中遞出。
「請拿好線的一頭。」
愼之介依言拉住線的一端，另一端由夕拽著，紅線斜切過紙門門縫，緊緊相繫。一顆白珠子沿線滑入愼之介手中。
一顆……又一顆……
穿過線陸續落下的珠子，是白檀念珠。
待愼之介掌心堆出念珠小山，夕便鬆手關上紙門。
「共有二十三顆。如你所言，老爺在的晚上，我背叛了你的身體。從認識你的那天起，直到今天，這就是我背叛你的次數。往後，每背叛一次，我就會給你一顆念珠。請把珠子當成我的性命——等積累一百零八顆，我便會寫下《萬葉集》的最後一首和歌。我只寫上句……下句你願意幫我寫吧？」

夕的語調極其平靜，愼之介立刻明白話中的含意。她是表明，待與丈夫共度餘下的八十五個夜晚，便依愼之介的願望，與愼之介共赴黃泉。

「願意。」

愼之介明確回答。眼淚奪眶而出，順著臉頰滑下，落入反射月光的念珠，消失無蹤。

三天後的傍晚，在柳橋遲遲不歸的但馬終於返家。當夜夕的房間沒亮燈，直到次晨。

愼之介躬身面向但馬的鞋，不經意瞥向雙膝並攏跪在但馬身後的夕。此時，夕正巧從袖中取出白珠。她靜靜將珠子放在木地板上，以指腹輕輕推向愼之介。珠子綻放出微弱的光芒，在木紋上滑也似地旋轉，由架高的地板落至泥土地，發出細微的聲響。彷彿有人穿了線牽引般，滾到愼之介腳邊。夕仍垂著頭不動。愼之介沒再看夕，伸手拾起珠子，放入袖袋。

此後，每當夕房間沒亮燈的次晨，夕都會在玄關滾一顆珠子給愼之介。昂然挺立的但馬，萬萬沒料到兩人交換著這樣一顆珠子，悠然走出玄關。愼之介身邊的珠子日漸增多，每一顆都是夕的生命。夕將一顆顆珠子作爲愛的證明，把生命一小片、一小片地送給愼之介。

愼之介天天數著珠子，若夕停止給珠子，便感到不安，甚至懷疑夕的決心動搖。初春時，近半個月都不見珠子。愼之介擔心夕已改變心意，便決定藉機試探。

愼之介的手邊，有一只頗有來歷的茶碗，自幼隨身珍藏。他附上「我愛惜這茶碗甚於性命，若您心意已變，請將碗打破」的紙條，要阿豔交給夕。阿豔遲遲未回，愼之介心急如焚，便親自前往主屋。

從樹蔭後張望，可見夕獨自坐在後面房間的緣廊。夕拿著茶碗，起身走到庭院。愼之介以爲她打算砸碎茶碗，不禁臉色發白，但夕不過是將茶碗放在落於階石上的一道斜陽中，觀賞茶碗的色澤。夕的纖指融化在茶碗表面反射的光裡，眼神極其平靜，然而，在愼之介眸底，夕卻像透過眼神將生命注入茶碗。

終於，夕倚袖子捧著茶碗，消失在後方，愼之介便返回自己的房間。

不久，阿豔來還茶碗。儘管沒回信，但原封不動的碗底放有一顆念珠。宛若封住方才的夕陽，珠芯綻放出細微的光芒。

這便是夕的答覆。愼之介爲自己竟懷疑夕的心意感到羞恥，暗暗向發光的念珠重申決心。

如此這般，春天過去，夏天即將告終之際，愼之介身邊已累積一百零七顆念珠。

僅差一顆時，念珠忽然不再出現。

進入九月，即使但馬在家的翌晨，在玄關也不見夕從袖中取出念珠。難不成到最後一刻，夕躊躇不前了嗎？由於只差一顆，愼之介不免感到焦躁，但九月過半後，他總算明白原因。九月以來，但馬即使回家，也沒要夕侍寢。但馬在家的夜晚，夕的房間仍點著燈。莫非夕身體不適？愼之介不禁心生擔憂，某一晚，得知但馬睡在其他房間，他便靠近紙門，低聲呼喚。

「老爺在家的晚上，你絕對不能靠近這裡。等了八個月，多一會兒都等不得嗎？就快了，請相信我。」

這陣子但馬少去柳橋，必定在家過夜。然而，不知爲何卻不找夕，是夕發生什麼問題嗎？愼之介雖擔心，仍謹守夕的話，虛度九月。

愼之介自茶碗一事以來，便對夕深信不移。兩人也於無數次的影子幽會中，定好計畫。當夕遞出最後一顆念珠，翌晨六點愼之介便與夕一同前往新橋火車站。赴死的地點，選在夕的故鄉妙武岳山麓的芒草原。夕告訴愼之介，那片芒草原到出穗的季節，美得像一片雲海，兩人一心夢想著那一天，熬過以白紙門相隔的八個月。

「我想死在萩花盛開的時候。」夕總是這麼說，而這個季節即將來臨。

即使相信夕，愼之介仍對夕堅持一百零八顆念珠這個數字，並且一再延期感到不解，不由得焦躁起來。

進入十月，五日剛過的傍晚。但馬返家，在玄關以極不悅的語氣要愼之介立刻到他的房間。愼之介擔心是否與夕共赴黃泉一事被發覺，未料，但馬竟問：

「你是不是在人心社出入？」

春天以來，愼之介便不再前往人心社。一方面是有人提出暗殺等太過聳動的意見，令他無法苟同，更重要的是，自與夕相約赴死後，除了夕這名女子，任何事對愼之介都不再有意義。他向人心社隱瞞身為但馬家書生的背景，連名字用的也是假名，以為這樣就不怕但馬知道，事情卻在此時敗露。

「為何默不作聲？你明知我的立場，還出入那種地方，是吧？」

但馬破口大罵，將茶杯扔向低著頭的愼之介。茶杯劃破愼之介的額頭，流下一道血痕。

突然，門刷地一聲打開，夕現身，護著愼之介般坐下。

「我不曉得這個人做了什麼，但有話請明天再說。」

「夕——」

但馬吃了一驚，低聲叫道。這恐怕是夕十三年來頭一次向丈夫頂嘴吧，不僅但馬詫異，愼之介也大為驚訝。夕纖弱的身上鼓漲著令人難以置信的氣勢。

「您或許忘了，不過今天是時文的祭日。或許您疼愛的是柳橋那邊的孩子，但死去的時文也是您的孩子。在他的祭日，家裡居然發生流血之事……無論有何情由，今天一整天都請您不要打罵動怒。」

但馬頓時氣怯，撫著鬍子安靜下來。夕的話顯然刺中但馬最大的痛處。

「你退下吧。」

夕轉身吩咐身後的愼之介。當愼之介正要起身時，夕又問道：

「這東西掉在走廊上，是你的嗎？」

她張開緊握的手，白皙的掌心躺著一顆念珠。愼之介訝然抬頭，夕也正面迎視。兩人上

了結。

這是綜合《夕萩記》中提到的女傭阿豔及我父親的話，整理出但馬憲文於兩人殉情前後的行動。身爲佃農的父親與其他村民一樣，不願談論地主家長女夕的是非，經我表示此案在東京相當有名，已了解事情始末，父親才總算開口。

事發不久，阿豔便離開但馬家，嫁入日本橋的骨董鋪。我尋上門時，她已是三十好幾的堂堂老闆娘。阿豔最初也閉口不談，不過，我一提到但馬夕赴死途中曾給我燈籠，她便露出懷念的眼神，甚至主動向我打聽夕最後的情形，對我十分親切。

對照父親與阿豔的話，當天但馬憲文的行動出現一個矛盾。

夕與愼之介一離開，但馬即刻叫車追趕，應該也搭上兩人乘坐的火車，並與兩人同樣於傍晚抵達村子。然而，但馬敲岳家門時，卻聲稱是搭乘十點的末班車從東京抵達。

不，根據我的記憶，但馬也是傍晚就到達村子。因爲我親眼目睹，但馬在芒草原中小跑步急追那兩人。

如此一來，事情會是如何？

但馬雖在新橋找到夕與愼之介，卻瞞著兩人偷偷乘上同一班火車，一直跟蹤到芒草原。大約兩、三小時後，他再從芒草原回到村子，裝作一副剛從東京抵達的神色，前去敲地主家的門。

爲追趕兩人，但馬步入芒草原長達兩小時。但馬究竟在芒草原茂密的原野中做了什麼？

我向阿豔提起此事。只見她臉色大變，欲言又止，嘴唇略微發白地開口：

「我也不清楚……」

彷彿要迴避話題，阿豔說聲「請看看這個」，從後面拿來一個桐木盒，取出一只舊茶碗。我原以爲是她店裡經手的骨董，沒想到那是愼之介繼承自父親的珍貴茶碗。出發踏上赴死之旅的前一晚，他向阿豔表示自己近期內便必須離開但馬家，將茶碗留給阿豔。

「愼之介告訴我，這是他亡父的遺物，希望我好好愛惜。那時，我就該警覺到他死意已決……」

我對茶碗一無所知，但那碗形狀優雅，淺灰底上處處點綴著青苔般的碧綠。只不過，杯緣有好幾道黑痕，如溢出的茶般滴落，令碗顯得分外陰鬱。這多半就是《夕萩記》裡記載的，愼之介用來試探夕泱心的茶碗吧。我一面想，一面在阿豔的話中發現值得注意之處。

「御萩愼之介的父親當時已不在人世嗎？」

日記裡曾提到，愼之介的父親在故鄉鹿兒島某公所出任要職。

「我也不太清楚，不過……他說過待在故鄉的是養父，生父已亡故。」

「他的生父是怎樣的人？」

「不曉得。」阿豔搖搖頭，「應該不是薩摩當地人。愼之介先生出生時，一家人似乎早移居薩摩，因爲他清掃庭院時，常喊著『達拉系』。」

那是「好累」的意思。阿豔問過愼之介，似乎是去世的雙親常說，他也就不知不覺掛在嘴上。

「那不是薩摩的方言嗎？」

「不是的。老爺是薩摩人，所以薩摩的方言我都知道。」

據說愼之介不願多提，但阿豔大致猜想得到。愼之介的父母是在明治十多年時，從別處移居鹿兒島，生下愼之介。而後於愼之介六、七歲時，雙雙往生，獨留人世的愼之介被御萩家收養，長大成人後，經養父介紹前往東京，成爲但馬府的書生。

我對愼之介的親生父母是怎樣的人感到好奇，恰巧有親友在鹿兒島，一回住處便寫了封信，問對方能不能幫忙調查御萩愼之介的背景。

話說回來……我雙手環胸，陷入沉思。但馬憲文爲何會在芒草原追趕兩人，又爲何要加以掩飾，假裝是搭乘末班火車在深夜抵達村子？

五

「一定是但馬在芒草原殺害那兩人。」

說這句話的，是我的大學同學半田彌二郎。半田先前便對賊子事件深感興趣，所以也十分了解夕萩殉情一案。我們經常到彼此的住處串門子。

那天，半田也忽然上門，我便將兩、三天前見過阿豔的事告訴他。

「打從聽你說，有個酷似但馬的男子在芒草原追那兩人，我就一直這麼認爲……」

「可是，但馬爲何非殺害兩人不可？反正他們是爲殉情前往芒草原，且但馬也心知肚明，沒必要特地親手殺兩個要尋死的人吧。」

「兩人自願尋死，和但馬親自下手，結局雖然一樣，意義卻大不相同。但馬是那天早上看過御萩的日記，才曉得妻子出軌。聽說但馬個性衝動火爆，難道不會自察覺遭到背叛的那一刻起，就想親手制裁兩人嗎？」

半田很快跳到結論。

「總之，但馬對關係非比尋常的兩人燃起憎恨之情，這是無庸置疑的。恨到非親手殺他們不可……我之前也提過，光因妻子出軌的對象御萩愼之介有段時間曾出入人心社，他就把矛頭指向人心社所有成員，搞出一整起賊子事件。」

半田深信，賊子事件是但馬憲文公報私仇之舉。我老早就認爲半田如此篤定，一定有所根據，便趁機問他。

「其實，這件事要是傳出去，八成會惹上不少麻煩，我才一直沒說。」

猶豫半晌，他開口道：

「引發賊子事件的關鍵，也就是高見內務大臣之死，一般都認定是遭無政府主義者暗殺，但那其實是政府捏造的。高見大臣是自殺，我認識證人。」

半田的話大出我意料之外。我早聽聞高見桂太郎內務大臣自殺論，及賊子事件冤獄論，半田竟認識證人，不免令我大爲驚訝。

半田表示，那個證人就是他的叔叔。半田的叔叔當時在位於本鄉的高見府擔任守衛，負責每晚十點巡視府邸。而十月六日那晚，照例巡視庭院的叔叔看到茶室亮著燈。那陣子主人高見經常一入夜就關在茶室裡，因此他並未感到奇怪，但當時，主人的影子映在紙門上，似乎正拿刀劍之類的物品往身上刺。影子大大搖晃後倒下，叔叔察覺情況有異，連忙奔至茶室，一打開紙門，只見主人高見倒在茶室中央，胸口中了一刀，奄奄一息。叔叔緊急通知宅內人，醫生也立刻趕到，可惜已回天乏術。

叔叔在事發後立即前往其兄，即半田之父家拜訪，將情況告訴半田之父。而在院子裡玩耍的半田，聽見他們的對話。

「家叔說那確實是自殺。」

然而，十天後，叔叔又上門，希望兄長忘記前些天的話。說是他弄錯，看到的是有人拿刀刺高見的影子，也確實目睹人影從紙門離開，還聽到高見在臨終之際低喃刺殺自己的是人心社的成員。賊子事件的審訊中，這位叔叔的證詞當然至關重要，而半田認為叔叔在前後說詞反覆的十天內遭到政府施壓。

「可是，高見大臣為何要自殺？」

「當時，高見被認為是鎮壓社會主義的先鋒，其實他在政府內部採取的算是柔性方針，常與強硬派意見對立。那段期間，高見很痛苦，一到晚上就獨自泡茶也是此一緣故。這是叔叔第一次來找父親時說的。」

半田認爲，是遭背叛的但馬一路追到芒草原，親手對兩人加以制裁，這樣還不夠，他更利用恰巧同天發生的高見大臣自殺案，一手捏造賊子事件。

得知高見大臣死於自殺後，我也贊成半田的想法，內心卻仍有疑問。

那便是聽聞但馬追兩人到芒草原時，阿豔臉色的變化。關於那起事件，阿豔另外還曉得什麼——我不禁這麼想，因此希望能再見一次阿豔。但我不知該以何種理由造訪，半個月就這麼過去。令我驚訝的是，機會竟然主動降臨。一天，阿豔突然造訪我的住處。

傍晚，我離開住處準備去找半田，路上發現忘了東西又折返。只見阿豔站在屋前，一副猶豫著該不該進去的樣子。在巷子裡一看到我，她便問：

「剛回來嗎？」

阿豔對驚訝的我解釋道：

「上回向你請教住址後，我就一直想來拜訪，卻遲遲無法下定決心。」

阿豔表示有話要告訴我。由於住處狹小，我請她到附近的咖啡廳，但她說沒人的地方比較好。

我們繞到我住處後方，打算走上河堤。然而，剛起步，我便不由得駐足，有件事讓我覺得奇怪。阿豔詫異地看著我，我又邁步向前。她在已發出綠葉的櫻花樹旁蹲下，望著河流，開口道：

「坦白講，從夫人他們過世到今天，有件事一直在內心折磨著我。我很想找人傾吐，但那實在是不可告人之事……前幾天你來訪，聽到夫人在殉情路上還救了你，我便想告訴你。總覺若是素昧平生的你，我應該能說得出口……」

站著的我，看見阿豔的後頸沉在深灰襯領下。頸項的白，並非青春少女那種飽滿亮麗的色澤，而是沉靜的顏色。五月的風吹撫著她的肌膚。此時，阿豔與我的年紀，正好和但馬夕與御萩愼之介的年紀相仿。阿豔的長相絕對稱不上美麗，但望著她後頸的顏色，我忽然明白愼之介如此爲夕傾心的理由。

「自從你提及在芒草原也遇見老爺，我就更不明白老爺當時的心情。其實，老爺早在一個月前，便曉得夫人和愼之介的關係。」

「您是指，殉情發生的一個月前嗎？」

「對，就是那年九月初。是我告訴老爺的，因爲我暗戀愼之介先生。」

我不由得蹲下，窺探阿豔的神情。她戀慕愼之介，於是向但馬告密，實在太令人意外。最令我驚訝的是，但馬竟早在一個月前，便已得知妻子的不忠與愼之介的背叛。

「御萩先生並未發覺我的感情，但知道他和夫人的關係後，我非常難過，有天晚上，便哭哭啼啼告訴老爺……畢竟我當時才十六歲。」

阿豔發現夕與愼之介的關係，是在那年的初夏。但馬不在的某天半夜，阿豔擔心灶裡的火沒熄，便起身走進廚房，不料聽到夕的房間傳來話聲。廚房與夕的房間只隔一條六尺左右的小路，阿豔悄悄將廚房紙門打開一縫，只見坐在緣廊的愼之介，猶如抱著夕的影子般貼在紙門上，他的背就近在咫尺。阿豔連忙回房，蒙頭蓋著棉被發抖，就這麼一點時間，便讓她聽到夕說「我想死在萩花盛開的時候」。

阿豔只看到這一幕，然而，兩人之間發生什麼事，連十六歲的姑娘也明白。對愼之介有好感的阿豔煩惱一整個夏天，再也忍耐不住，終於向但馬吐露一切。

「您也將兩人決心尋死的事告訴但馬？」

「是的。」

我大吃一驚。

「但馬明明知道，卻袖手旁觀，任由殉情事件發生？」

「老爺不准我說出去……」

阿豔猛搖頭，繼續道：

「我實在搞不懂老爺。約莫經過十天，我偶然聽見夫人和老爺的談話。老爺說，想和愼之介做什麼都隨妳。不像在生氣，口吻很冷靜，甚至算是溫柔。」

阿豔聽到的話，正確內容如下。

妳和愼之介的事，我不會追究。既然你們想一起死，我也不反對。但是，妳絕不能讓愼之介知道我已曉得一切。我也會搭同一班車的事，千萬不能洩漏。妳就照原先的計畫去做，以死成全你們的愛情吧。

「他究竟爲何會說這種話……」

「我也不明白。我聽到的只有這些，不，還有幾句話。我一直猜不出是什麼意思，至今仍無法忘記。」

「哪些話？」

「夫人說，想選在故鄉萩花盛開的時候，老爺便應聲，哦，妳們那個村子的白萩很出名。」

緊接著，但馬忽然低喃，誰都想不到芒草原的萩花會晚開吧。

「這是指芒草原的萩花開得比其他地方晚嗎？」

阿豔搖搖頭表示不清楚，不過，她確實聽到但馬這麼說。

「可是，同一時期，我也從御萩先生嘴裡聽到同樣的話。」

那是九月中旬，阿豔仍是隔著廚房的紙門，聽到夕與愼之介的交談。愼之介出聲道：

「再拖下去，萩花就會晚開了。妳沒打破茶碗時，不是已下定決心，在十月底與我一同讓萩花盛開嗎？」

據說他的音量雖低，語氣卻十分強硬。

「十月底？」

「是的，十月二十八日。因爲是我父親的忌日，我記得很清楚。」

兩人原打算在十月二十八日尋死嗎？讓花開，是讓兩人的愛情在來世開花結果的意思嗎？後來卻因意外的阻礙，必須提早在十月六日進行？不，絕沒這麼單純。

萩花會晚開——但馬說沒人會發覺，而愼之介則擔心會如此。

雖然我講不出個所以然，仍隱約感到夕萩殉情中，隱藏著愼之介的日記未載明的大祕密。愼之介寫《夕萩記》時，是否是刻意漏掉那一部分？

當河面暮靄凝聚時，阿豔起身離去。臨別之際，她說著：

「我很後悔向老爺告密。告訴你後，壓在心中的大石頭輕多了。」

阿豔深深行一禮，轉身離開。我心中也有塊大石頭。幼時，我怕父親責罵而保持緘默，眼睜睜看兩人送命。前幾天見到阿豔時，我便坦誠心中的後悔。阿豔會對素昧平生的我道出心中的後悔，想必是這個緣故吧。

我緩緩走回住處，一路上繼續思索。

萩花晚開，這個謎我猜不透——然而，我更猜不透但馬的心思。一個月前便已知兩人相約尋死，不僅沒制止，還出言煽動。雖然說不出原由，可但馬肯定有所企圖。而此一企圖，並不像半田所推測，單純是想親手洩恨。

夕這名女子的心態我也不明白。

夕恐怕知道丈夫有何企圖。儘管如此，卻因丈夫願意成全，而瞞著愼之介，依原定計畫，眞的與愼之介殉情。只有愼之介一無所知地死去。

十月五日，夕將最後一顆念珠交給愼之介，傳達「明天就出發」的心情。那一刻，夕是否也顧及身旁的丈夫眼光？是否藉此通知丈夫，他們明天就出發？

不……

進一步思索，但馬那天拿人心社之事責備愼之介，也頗爲奇怪。那會不會是但馬命夕演的一齣戲？但馬是不是早從夕口中，問出愼之介曾涉足人心社，而基於某種理由暫且保持沉默？等到十月五日，才彷彿催兩人下決心殉情般，把這件事搬上檯面，佯裝動怒？

回到住處，我打消拜訪半田的念頭，反覆閱讀《夕萩記》，思緒馳騁，直到深夜。

六

約莫經過十天，我夜訪半田，發現他不在，便打道回府。我走在沒有路燈的漆黑路上，那天沒有月亮，也不見住家燈火，小心翼翼地慢慢前進，忽然有燈光從腳邊往前照，把我的影子拉得好長。回頭一看，是個便裝和服的半老男子提著燈籠，匆匆走近。我踩著自己落在前方的影子走一會兒，男子便趕過我，小跑步遠去。我不經意望著燈籠的光一點一點變小，在他身後畫出長長的影子。

此時，我忽然憶起一事，驀地停步。正當我想著「假如有燈籠，便能走快些」的瞬間，腦海突然浮現兒時在芒草原遇見但馬的景象。爲何至今都未注意到——那肯定是但馬沒錯，可當時他沒提燈籠，也沒攜任何照明，如何能在連大白天都容易迷路的芒草原中追尋兩人？至少在遇到我前，他都沒走錯路，正確地追著兩人。

我赫然驚覺的另一點是，男子從身後走近時，在前方拉長的自己的影子。我佇立在黑暗的夜路上，思索影子的問題。

回到住處後，收到鹿兒島的朋友針對前些日子的詢問捎來的回覆。信中表示，夕萩殉情在鹿兒島也廣為人知，調查十分順利。御萩愼之介的養父御萩正藏辭職為夕萩殉情負責，如今避居荒郊野外。這位養父收養七歲的愼之介，卻堅決不肯透露愼之介的身世。後來發生夕萩殉情，在種種流傳的臆測中，有一則幾乎可確定屬實——愼之介的親生父母，是明治十年的西南戰爭中，對抗政府軍的西鄉隆盛率領的不平士族餘黨。

父親名為石田梅次郎，母親為郁。西南戰爭後，兩人住在鹿兒島邊境，但原本據說是長州（現今日本山口縣一帶）士族。一般認為他們因西南戰爭與西鄉軍會合，從此定居鹿兒島。而後愼之介出生，在他七歲時的明治二十年尾聲，母親郁病逝，梅次郎隨後引刀自盡，獨留在世上的愼之介便由御萩家收養。御萩正藏和石田梅次郎成為知交，起因於他十分欣賞梅次郎捏製的茶碗。梅次郎在當地以燒製茶碗勉強糊口，直到最後仍不辱士族風骨，對時下政府懷恨以終。御萩正藏身居官職，對於自己與和政府針鋒相對的梅次郎的交情，及收養其子一事，均保密到家。

看完信，眼前浮現阿豔拿出的茶碗。那是愼之介的遺物，也是石田梅次郎的遺物，卻與方才我在路上的影子灰暗地重疊。

我重讀《夕萩記》，又翻開明治史書籍，腦海中思緒萬千。萩花會晚開……在芒草原上差點與我撞滿懷時但馬憲文的錯愕、夕給我的燈籠及灑落白萩的影子、紙門上的人影……賊子事件、人心社，及御萩愼之介、其父石田梅次郎、西南戰爭。

天亮後，我再次前往日本橋拜訪阿豔。

我請阿豔再取出愼之介遺留的那只茶碗，問她曉不曉得是哪裡的產物。阿豔不是很懂，便喚來丈夫。

「像是薩摩的東西，但……」

阿豔的丈夫不能肯定，只表示並非出色的作品。

「是不是長州的？」

對長州這個詞有反應的是阿豔。

「我忘了說。其實，上次見過你後，我便把『達拉係』一詞放在心上，請教店裡一名經常旅行的客人，似乎是山口那邊的方言。」

「這麼說來……」阿豔的丈夫接過話，「這茶碗有萩的味道。眞要講，倒像混合薩摩和萩，有種奇妙的韻味。」

「你是指長州山口縣那邊，高杉晉作和桂小五郎出身的……」

「是的。萩的陶器很有名，你也知道吧。」

我點點頭。夕萩殉情中的「萩」，共出現三個意思。年幼時，記憶中的夜路上，由白影所灑落的，作爲花朵的萩；嵌在御萩愼之介的姓名中，作爲人名的萩，及這作爲地名的萩。萩以陶器聞名，也以孕育出明治維新這一歷史大事的重要人物聞名；更有明治九年，西鄉隆盛在薩摩高揭反政府旗幟的前三個月，由前原一誠率領不平士族造反，襲擊縣政府而聞名。愼之介的父親石田梅次郎，想必便是這萩亂的餘黨。梅次郎於翌年二月得知西鄉起事，便與妻子一同前往薩摩，加入西鄉軍。梅次郎冀望此役能一雪萩之辱，但士族仍敗給官軍。梅次郎連續兩次蒙受身爲餘黨的屈辱，以對政府的遺恨爲支撐，苟活十餘年，再追隨妻子之後引刀自刃。

我就碗緣滿溢般滴落的墨青色水滴紋，請教阿豔的丈夫。

他解釋，「這是釉，爲讓茶碗有光澤而塗上的東西。不過，這茶碗上的釉有點奇怪，大概是失手潑出的痕跡，顏色也有點渾濁。」

眼前浮現一幅畫面，一個孩子靜靜凝望父親自刃後的屍身。孩子沉默看著宛如生物般的血，自不再動彈的父親身上汩汩流出。孩子明白父親有何遺恨，血便是那遺恨的顏色。以餘黨身分隱姓埋名度過十多年，從維新數來更有二十多年，父親的血因積怨又深又濁，屍體旁留下茶碗的素坯。茶碗知曉父親的恨，父親日復一日轉動轆轤，陶土便吸取他的喃喃咒詛與呻吟。孩子將茶碗塗上父親的血，有樣學樣地燒製，留在身邊。

我的視線離不開茶碗上黝黑的血痕。這只茶碗也許不值錢，卻寄託一個男子的命運。被名爲維新的時代濁流吞噬的男子，如草芥般浮沉，敗給歷史，遭命運背棄，透過這黝黑的血發出臨死的怒吼。而當孩子長大，他找出發揚自身血統的一條路。

耀眼的朝陽照著茶碗。接受陽光的洗禮，茶碗化爲燦爛的光之器，唯有那黝黑的水滴絲豪不肯靠近晨光。毋寧說，遭黝黑逼退，晨光唯有在那一處顯得陰暗失色。一介殘敗者的遺恨，直至他孩子死後十餘年的今天，仍留在茶碗上。

「御萩慎之介曾提到十月二十八日吧。」

我低聲對阿豔說。前晚，我翻開明治史書籍，得知十月二十八日正是明治九年，萩亂發生的日子。

離開骨董屋後，我前往半田的住處。

大約是昨夜晚歸，半田還在被窩裡。我把他挖起來，翻開《夕萩記》某頁拿到他面前——就是御萩慎之介首次打開夕的房門時，她如幻影消失的部分。

「夕消失這件事，你有什麼看法？」

「這個嘛，御萩慎之介太過癡愛夕，看到紙門上根本不存在的影子。」

「就算看錯影子，那燈呢？上面不是寫著，照亮紙門的油燈也熄滅？燈不可能自行熄滅的。」

「你是指，房裡有什麼慎之介漏看的藏身之處？」

我搖搖頭，「根本沒有藏身之處，夕壓根不在房裡。」

「那影子又怎麼會是夕？」

「很簡單。不過，我是昨晚走在路上，瞧見自己影子的流動才發現。只要改變燈的位置，影子就能任意轉換方向。若把紙門想成幻燈片或電影的布幕，便會發現有趣之處。從布幕看過來，投射影片的發光機器與觀眾都在同一側。假如機器前站了人，觀眾儘管在同一側，也看得到對方映在布幕上的影子。」

「所以呢？」

「我說過，很簡單。紙門上有夕的影子，不代表夕就在房裡。既然能從房裡把影子映在紙門上，不也同樣能從房外將影子映上去嗎？」

我將阿豔由廚房門縫目擊兩人幽會之事告訴半田。阿豔曾提及「從廚房紙門看過去，愼之介坐在緣廊的背就在眼前」，換句話說，夕的房門與廚房的門幾乎是相連的，且間隔不到六尺。當晚，夕打一開始便熄掉房內的油燈，走到廚房。然後，敞著門，藉廚房的燈將自己的影子投射到房門上。夕的房門上不僅映有影子，廚房的燈也恰巧就像房裡的燈。

只不過，要讓愼之介誤以爲那是自己房裡的燈，僅限廚房紙門處於愼之介視線死角的片刻。一走近，愼之介便會發現那是廚房的燈。因此，當愼之介的腳步聲轉過廚房，夕便立刻熄掉廚房的燈，關上紙門。於是，在愼之介眼中，便像是夕的房裡熄了燈。

「夕爲什麼要這麼做？」

「夕不想和愼之介有身體上的結合。她希望兩人至死都維持清白的關係，才演了這齣戲，讓愼之介相信就算開門，也無法擁自己入懷。」

「果眞如此，又有什麼重要的？」

半田不解地望著一臉認眞的我。

「很重要。因為這樣就會知道高見大臣並非自殺，而是他殺。」

「別傻了，我叔叔看見……」

「看見形似高見的人影，拿刀刺自己胸膛？殺害高見的兇手，就是利用相同的辦法，讓令叔目擊人影刺胸的現場。」

恐怕半田的叔叔一瞥見紙門上的影子，茶室的燈便熄滅。實際上，熄的是從茶室外投射在紙門上的燈。雖不知高見府的隔間和茶室的位置，但只要紙門附近有樹叢，兇手便能藉以藏身，以燈籠或其他光源照亮茶室的紙門。當晚闖入府邸殺害高見的兇手，得手後立刻離開茶室，等候半田的叔叔來巡視，並從他視野的死角將自己的影子映在茶室紙門上，做出刺胸的動作。趁對方開門進去，兇手隨即逃離。

「換句話說，不是自殺。令叔一直深信是自殺，以為自己在法庭上做了偽證，卻陰錯陽差道出事實。賊子事件並非捏造，人心社裡確實有暗殺計畫。實際上，便是人心社的成員殺害高見大臣。」

半田雙手交抱胸前，凝視著我，「聽你的語氣，好像已知誰是兇手。」

我點點頭，「兇手是曉得但馬夕那晚從房間消失，也清楚她運用何種手法的人物。因為暗殺高見時，用的是同樣的手法。之所以將高見布置成自殺，是希望自己和人心社不會獲罪，不僅如此，兇手還構思一條計策，讓自己不會沾上嫌疑。他認為高見死去時，自己最好遠離高見府，遠離東京。」

即現今所謂的不在場證明。

「遙遠的地方是指？」

「愈遠愈好，兇手選擇了最遠的地方。」

半田原想追問，隨即恍悟，不禁低語：

「妙武岳山麓的……芒草原。」

我靜靜搖頭。

「比芒草原更遠的地方，遠得不能再遠，遠得像永恆的地方。」

我對以眼神詢問的半田，簡短答道：

「死亡。御萩愼之介選擇死在高見大臣遭到殺害的時刻。」

七

明治末年的秋天，發生三起案件。夕萩殉情，同一晚發生的高見內務大臣橫死案，及人心社肅清舉發案，三者之間的關係引發種種議論。若視高見大臣之死爲自殺，半田與《明治史內幕》的西村寬說——但馬憲文因夕萩殉情的私怨捏造人心社暗殺計畫，便言之成理。

然而，若高見大臣果眞遭到殺害，實際上是兇手耍手段，將其死布置爲自殺，那麼，三起案件便應由另一條線串在一起。

打從想通殺害高見大臣的手法，我便認定兇手是御萩愼之介。兇手運用夕於隆冬某夜自情——要擺脫犯罪的嫌疑，只要在同時間令人以爲自己在遠方即可，愈遠愈好。死亡，便能拉開與命案現場永恆的距離。御萩愼之介爲製造完美的不在場證明，決定捨棄自己的性命。

愼之介的計畫，假如沒受到阿豔九月向但馬告密的阻礙，應該會一切順利。不，正因阿豔告密，御萩愼之介才對事情已然生變毫無警覺，仍執行原訂計畫，相信自己完美達成任務。

十月六日早上，一度與夕於新橋火車站搭上火車的愼之介，中途返回東京，待天黑潛入高見府，殺害高見，並將其死布置爲自殺後逃走。高見大臣每晚都會待在茶室，及守衛巡視府內的時刻等，想必事先均已調查清楚。逃匿之處，便是芒草原上的死亡。

夕在芒草原深處等候愼之介到來，兩人一會合，便以念珠緊緊繫起彼此的手腕。恐怕是由愼之介持短刀刺入夕的胸口，再以染了夕的血的刀結束自己的生命。死前，愼之介依然夢想著人心社的同伴將繼自己之後，依約在十月二十八日讓萩花盛開於這個國家。

待兩人的遺體在芒草原一隅被發現，已無法判別殉情實際上是發生在由東京出發的次晚，人們將會以爲他倆是十月六日當晚共赴黃泉，而高見死於東京的時刻，愼之介無疑也已撒手人寰。

直到人生的最後一刻，御萩愼之介依舊對計畫的成功深信不疑。愼之介萬萬沒想到，竟有人將他的計畫調換爲自己的陰謀，加以利用。

利用愼之介暗殺高見與夕萩殉情，對社會主義者發動前所未有的大規模舉發的，正是但馬憲文。

「慢著。」半田插嘴，「倘若愼之介晚一天前往芒草原，那他要如何找到夕等待的地點？你說兩人是在芒草原深處會合，可芒草原小徑錯綜複雜，大白天也會迷路。」

「萩花啊……」

「萩花？」

「那時，夕拿著萩枝。多半是一踏入芒草原，便帶著不少白萩，沿路將花灑落，直至安頓的地點，以便讓愼之介第二天能循線找到自己所在之處。因爲我就是靠那些萩花指路，返回村子的。」

「關於這件事，那天晚上，也就是十月六日晚上，你不是親眼看到愼之介了嗎？你說戴著學生帽的愼之介在夕身旁。」

「我並未看見和夕同行的男子的臉，他的長相、身形，皆被帽子及斗篷遮住。那不是御萩愼之介，是另一個男人。對兩人的計畫伸出援手，令旁人相信愼之介確實是當晚來到芒草原的人。」

我很快跳到結論。

「一個以常識而言，絕不可能支持他們殉情的人。剛才，我不是提過夕灑落萩枝嗎？這麼做有另一個目的，就是讓與夕同行的人，能從芒草原平安返抵村裡。」

半田臉色驟變。

「對方喬裝成愼之介的模樣，當然是爲讓村民以爲夕和愼之介是一同前往芒草原的。他愼重其事地將夕送往芒草原深處，途中卻遇上一個迷路的孩子。」

「就是你。」

「對。而且，夕可憐哭泣的我，把燈籠給了我。沒有燈籠，那人就回不去村子。於是，兩人旋即分手，夕獨自繼續往前，那人則跟著我的燈光返回。那人脫下帽子和斗篷，隔著一段距離尾隨在我身後，但因我走進岔路，他不愼跟丟。前行一陣，他發覺似乎走錯路，立刻掉頭，卻與我撞個正著。由於他折返，我誤以爲他是從村裡跑來，加上他臨時扯謊，說自己在追那兩人……」

我察覺這一點，是在阿豔來找我的那個傍晚。我離開住處，中途發現忘記拿東西又折回，阿豔卻產生誤會，問道，「剛回來嗎？」

「那人和我分別後等了一會兒，才又跟在我身後回到村子，裝作剛從東京抵達的樣子，去敲地主家的門。」

「你……難不成……」

大概是難以置信吧，半田的神情幾乎可說是發怒。我點點頭。

「但馬憲文身爲丈夫，卻幫助妻子殉情；身爲政府重鎭，卻對暗殺內務大臣助一臂之力。」

八

可想而知，但馬因阿豔的告密質問夕，並逼問出愼之介的全盤計畫。但馬在事件發生的半個月前，亦即九月中旬，確實已對一切瞭若指掌。

阿豔聽見但馬說「芒草原的萩花會晚開」，其實應該是「芒草原御萩會晚（一天）到」吧。聽錯的阿豔，把話解釋爲萩花開。這一誤會，起於不久前她也聽到愼之介提過同樣的話，可是，兩人語意截然不同。

但馬曉得愼之介會遲一天抵達，想當然耳，一定也從夕嘴裡探出當晚愼之介的行動。然而，但馬不僅沒叱責夕，反倒決定幫助他們，但馬想藉愼之介的計畫除掉高見。

但馬早打算找機會徹底鎮壓社會主義，將人心社斬草除根。對他而言，愼之介的計畫簡直是順水推舟。但馬的算盤是，只要高見遭到暗殺，就能以此爲由舉發人心社。或許在人心社眼裡，身爲內務大臣的高見是鎮壓的中心人物，不過，實際上在政府內部，高見主張對社會主義運動採取和緩政策。這樣的高見在但馬心底，形同絆腳石。除掉高見，利用這起案件撲滅人心社，無疑是一石二鳥的腹案。

單憑高見暗殺計畫便足以逮捕人心社全體社員，可是但馬認爲，爲使那班人確實判刑，還是要有事實爲佳。

只是，但馬和愼之介一樣必須小心提防兇手的身分曝光。但馬僅希望高見大臣遭到殺害，愼之介是家裡的書生，一旦被揭發，自己也必須負責。於是，但馬選擇屈居妻子與他人殉情的綠帽丈夫汙名。爲此，但馬不惜扮演愼之介的替身，陪夕遠赴芒草原。

十月五日傍晚，但馬假裝這天才得知愼之介出入人心社，又唆使夕演出利用念珠加速殉情決心的戲碼，然後於翌晨緊跟在兩人後搭上同一班火車。待愼之介折返東京，他便打扮成愼之介的模樣，與夕連袂前往芒草原。不料，半途遇到我，他便讓妻子單獨走上赴死之旅，自行返回村子。愼之介能穿但馬的舊衣，可見兩人身高相當。只要有斗篷和帽子，佯裝愼之介並非難事。

於是，隔天十月七日，一如預期，但馬接到高見橫死的急報，返抵東京便立刻檢舉人心社。唯一的失算，是愼之介將高見的死布置成自殺，且高見府的男僕對此深信不疑。然而，但馬輕易籠絡男僕，命他推翻證詞。由於高見原就是遭到暗殺，男僕其實並未在法庭上做出僞證。且人心社確實有暗殺計畫，姑且不論此舉是否嚴重到應判二十多人死刑，但那椿明治史上最大的舉發案絕非冤獄。但馬擔心被告口中出現御菽愼之介的名字，所以趁全員否認犯罪事實的當下，加速審訊，將一干人等滅口。

由於審訊期間，但馬提出的證據捏造意味太濃，以致高見大臣自殺論不脛而走，仔細一想，這實在是諷刺的巧合。不過，但馬此舉並無半田或西村寬所說的私情。賊子事件乃是一介政治家，不惜利用妻子的殉情成就的冷血陰謀。

在此陰謀之下，愼之介夢想的萩花，與他的生命一同在芒草原凋零。

「秋夕萩花開　院中睹花勿忘我」

愼之介在日記最後留下的萬葉和歌中，不僅隱含對夕的愛慕，更寄託親手爲父親報仇雪恨的願望。對愼之介而言，這首和歌的意義其實是「讓父親的故鄉萩遍地開花」吧。而在與夕認識不久後的那個早上，夕竟偶然選擇這首和歌縫入和服送給他，想必更讓他從中感受到命運。

——那一天終究會來到。

可是，這場夢卻敗給一介政客的陰謀。在失敗的愼之介夢中，亡父石田梅次郎的夢也幻滅。在明治的新歷史上，萩花相隔三十年後再度花落遍地。形式雖不同，但父子兩人均逆勢而行，連結兩人的血脈緊附在一只茶碗上，往後，於骨董鋪的一隅，於這國家的一個小角落，於時代洪流深處，也會不斷發出誰也聽不見的怒吼吧。

一邊是一心夢想萩花盛開的日子死去的御萩愼之介，他做夢也沒料到，不惜犧牲性命進行的暗殺，竟反遭利用，成爲鎭壓社會主義的開端；一邊是但馬憲文，他對這樣一個年輕人堪稱愚蠢的純粹激情暗自冷笑，完成自己的政策。在兩名男子的野心之間左右爲難的但馬夕，是懷著怎樣的心情離世的呢？這是最後留下的問題。

我認爲，但馬夕應是曉得丈夫的計謀，也明白這樣形同出賣愼之介，仍視丈夫「就讓妳和御萩一起死」，及愼之介的「請和我一起死」兩句話爲唯一寄託，踏上赴死之旅。若夕萩殉情如人們傳唱般，是淒美而絕對的愛情故事，那麼，眞正淒美而絕對的，只有這被迫過著不幸生活，又爲愛一名年輕人捨棄一切的女子。透過那名年輕人的筆，唯有但馬夕的眞情，確實流傳下來。

夕在赴死之旅中懷抱萩花，並非僅作爲遲來的愼之介的路標。對夕而言，萩花等同愼之介。夕想必希望，至少能以萩花代替愼之介，在必須踽踽獨行的芒草原途中獲得些許慰藉。與萩花同行之路，便是與心愛的愼之介攜手踏上的黃泉之路。

而她難道不是試圖藉此向隨後趕至的愼之介，暗示他夢想的萩花注定凋零嗎？夕將暗殺計畫一五一十告訴丈夫，背叛、粉碎愼之介的夢想。愼之介最初在日記裡以「不會說謊的女人」描述的女子，應是期望藉沿途落下的花瓣，向愼之介坦白他的行動會失敗，萩花將遭但馬催殘的命運。

遺憾的是，愼之介沒發覺箇中意義，一心企盼著萩花的盛開死去。

我要半田發誓，絕不會洩漏這些話，自己也守口如瓶。並非擔憂傳入官兵耳裡，而是爲但馬夕，我希望往後人們仍相信《夕萩記》，讓這對相愛男女的淒美故事繼續流傳。這是對當日替我生命照路的女子的報恩。

希望我這由她照亮的人生，在未來燈火燃盡，黑暗——最後的黑暗，將隱藏種種意義而散落一地的萩花吞沒前，默默走下去。

菊塵

一

事情發生於明治四十二年（一九〇九）秋天。

提到這一年秋天，首先便想到任韓國統監的伊藤博文，於哈爾濱車站前身中三槍而亡一事。

劃破滿州夜晚的那三聲槍響，可謂撼動了日俄戰爭後，陷入低迷卻又暗雲雷動的不安世態。季節正值最後一片枯葉將落，邁向黑暗寒冬之際，時世亦然。

地點，位於舊德川幕臣廣大武家宅院林立的白砂町一角。

一入夜便驟然風起，才覺風聲呼嘯而過，又恢復死寂。每當此時，武家宅院綿延的石牆，就恍如夜塵一掃，化爲一條白色長帶，於夜景中浮現。

死者爲年近四十的軍人，前陸軍騎兵連隊將校田桐重太郎，以軍刀刺喉自盡。

我因細微的偶然對此案深感好奇，進一步追查眞相，而我眼中所見的那晚經過如下。

伊藤博文暗殺事件令社會傳聞四起、騷動不安，餘波未平的十一月四日（註）當晚，我照例走在散步的路上。當時，我是就讀國命館大學商科的大學生，投靠嫁給某銀行家的姑母來到東京，自該年春天，便寄居位在白砂町武家宅院後方的那名銀行家府上。

註─伊藤博文的葬禮於當天以國葬舉行。

放學後，在配合遲歸的銀行家用晚膳前的兩個鐘頭，我習慣到武家宅院周邊蹓躂。當晚七點左右，我也走在石牆長長的夜路上。

與石牆對峙的，是這一帶奢華的建築群，但外緣獨獨有一幢屋頂單薄如倉庫的房子。我一向十分在意住這間小屋的前軍人田桐重太郎夫妻。

理由姑且留待後述，那天晚上，來到彷彿隨時會被沉沉夜色壓垮、小小屈居於轉角的那房子前，我便放慢腳步。

面馬路的窗內亮著燈。隔窗的燈光將對峙石牆下的枯草，照得猶如脫落的白髮，顯得寒苦萬分。

正要經過時，那扇紙格子窗瞬間浮現人影，隨即消失。由於只是一瞬間，我無法確定，但那影子看似是個身穿軍服的男子。住在這屋裡的，僅有臥病在床的田桐重太郎與其妻阿節。看樣子是有客人，我暗暗想著，並不以爲意，逕自通過屋前。此時，屋內的動靜已隱於淡淡燈光背後，寂靜如常。

逛完車座町的舊書店，我一直走到鬧街外一個叫作螢池的小池塘，約莫一小時後，才重新踏上歸途。我行經長長的石牆路，再度來到那屋前。

突然間門開了，田桐節小跑奔出。她認出是我，立刻說道：

「對不起，請叫派出所的巡查來。外子自殺了。」

由於她背著屋裡的光，看不出神情有多驚慌，但嗓音低得幾乎潰不成聲。

白砂町與車座町交界之處，有一座名爲永泉寺的寺廟，恰與武家宅院正門相對。寺旁有個小派出所。

我連忙飛奔至那間派出所，村田巡查剛穿上外套準備夜巡，便與我匆匆趕赴田桐家。我因掉錢包與村田巡查有數面之緣，遇見會聊上幾句。

地面上的風忽然停息，武家宅院的牆彷彿吞噬時間，將夜的氣息白濛濛地凍結，然而，黑暗天空中，雲卻像漩渦般翻騰，細細的月亮似乎會被捲走。

我們從半開的門走進屋內的泥土地，便有一陣焦味撲鼻，與此同時，面馬路的房間情景也映入眼簾。

燈光遭紙門斜切，只見一名男子呈現一頭栽進泥沼裡的姿勢，露出皺巴巴的腳底，陷入房間深處的昏暗。屍體雖在鋪蓋上，但鋪蓋、榻榻米和紙格子窗均血跡斑斑，活像黑蟲爬滿整間屋子。

不過，令我吃驚的不是屍體的慘狀，而是坐在一旁的妻子田桐節。

她的膚色多半原本就白，但浮現紙門陰影中的臉，益顯莫名蒼白。那不是驚愕和恐怖的關係，倒像面具不爲所動地望著與己無關的死，扼殺一切感情的冷酷蒼白。那眼神銳利地刺穿虛空，恍若根本沒有屍體在場。

田桐節雙臂牢牢抱著軍服。

「我想讓外子換上軍服。」

一看到我們，田桐節冷靜地說。屍身上不體面的薄綿睡衣，和著血緊貼肌膚。

村田巡查伸手阻止，田桐節卻打人般地推開他，冷冷地繼續道：

「外子是軍人，我不能讓他以這副模樣死去。」

村田巡查費了好大一番功夫，總算打消田桐節觸碰屍體的念頭，但直到負責的警官趕來前，她都不肯放下軍服。那是一名軍人之妻的態度，彷彿在告訴眾人，自己唯一需要的，是丈夫寫在軍服上的往日榮光。

田桐重太郎在妻子外出時死亡。正確地說，是七點以後。因為我七點經過田桐家門前，看到紙格子窗上閃過形似軍人的人影時，窗上還沒有血跡。

田桐節供稱，她六點左右離家到車座町買東西，但找不到想要的，走了不少地方。田桐節代替恥骨與左大腿骨骨折而終年臥病的丈夫，靠裁縫養家。當晚，她出門找有花朵樣式的白絹作裡子，卻沒找到中意的貨色，於八點前不久回到家。

「一回家馬上就發現屍體，我奪門而出，正好經過的這位先生便幫忙聯絡派出所。」

田桐節如此敘述。

依屍體的狀態看來，明顯是自殺。軍刀刺穿脖子。以姿勢而言，應是將軍刀豎立在鋪蓋上，整個上半身連頭往刀落下。

問題在於自殺的動機，但這一點，藉重太郎本身留下的舊紀錄與田桐節的敘述，了解田桐重太郎的經歷後，便不難推斷。

——田桐重太郎，明治二年出生，是薩摩藩士仲場玄太郎的三男。彼時父親仲場玄太郎四十六歲，他與兩名兄長相差近二十歲。重太郎兩歲時，被出養作為生絲商人田桐仁兵衛的養子，因此沒有親生父母與兄長的記憶。

仲場一家亡於明治十年二月的西南戰爭。養父告訴重太郎，他的血親是殉西鄉而死。

明治二十年，重太郎來到東京，進入士官學校。後成為職業軍人，任騎兵將校，卻因時運不濟，其後雖發生兩場戰爭，卻均都未能光榮赴戰便終此一生。日清戰爭之際，於出兵前夕原因不明地發燒，而日俄戰爭時，則是於開戰半年前的教科訓練時，自突然發狂的馬上墜落，跌斷左大腿骨與恥骨。

兩次戰爭期間，他娶阿節為妻。妻子阿節為會津藩沒落武士之女，五歲父母雙亡後，由遠親養育成人。她生性好強，丈夫骨折時，曾一連數晚不眠不休地看護，但她的付出並未得到回報，重太郎此生被烙上殘疾的烙印，無法再當軍人。然而，重太郎內心的傷遠較外傷深。

重太郎兩度遭受身為軍人的奇恥大辱。第一次是意外的疾病，第二次卻是形同船夫還沒划船，就被抄了槳。光落馬已十分屈辱，更何況他是在下士官面前遭馬後腳踢，伴隨慘叫被踹到六尺外。身為軍人的名譽等於全讓這一腳踢光。

阿節勸慰道，「你只是運氣不好，又不是唯有血戰沙場才能報效國家。」但這番帶有濃厚武士血脈的堅強話語，反而成爲重太郎的負擔。

天皇一度親自校閱重太郎參加的演習。當時，重太郎在天皇面前跌倒，榮獲天皇溫言激勵。因爲這一句話，重太郎決定終生以效忠天皇爲職志。那天起，田桐重太郎便成爲一個忠誠至上的軍人。

然而，這份忠誠尙未開花結果，便飽受挫折。落馬事件後，與滿腔有志不能伸的盡忠報國之心的糾葛，可說是三年來重太郎的生活寫照。性格謹小愼微的重太郎，連神經都出了問題。

「外子兩個月前就無法坐起，半句話都不講，只管瞪著天花板。」田桐節說道。

田桐節沒流一滴淚，冷靜敘述過往的經緯。負責的警官聽完，認爲是過度的愛國情操導致的自殺。

死者並未留下痛苦的神情，可說死得極有軍人氣派，不愧是武士之後。與薩摩軍同生共死的藩士一族，其血脈於三十年後，因一名退役軍人流淌在陋屋榻榻米上的血而斷絕。

但，打一開始，我便覺得這樁平平無奇的自殺案似有蹊蹺。

二

早在此案發生前，我便對田桐節有著某種程度的注意。因爲年紀理應遠遠超過三十歲的田桐節，氣質不同於一般女子。

我首度與田桐節交談，是在例行的散步途中。大約是自殺案發生的前兩個月，殘暑未消的日子。

熾熱的陽光一落在武家宅院長長的石牆上便被反彈，將道路烤成白色。白牆禁錮了德川這巨大的歷史，即使維新已過四十年，仍對新時代的空氣吐出怨念之氣。可能是暮蟬吧，陣陣蟬鳴聲降臨在一片白茫茫的這一帶。

一名女子蹲在這石牆路上，姿勢宛若緊緊抓住自己映在石牆上的影子。

「您怎麼了嗎？」我問。

同樣的話問了三次，頑強如石的背影才總算回答：

「這道白牆實在太長。」

女子只應聲，絲毫沒轉過頭的意思。她將包袱放在膝上，雙手輕輕按著額際。

「需要幫您叫車嗎？」

「別管我，請走吧。我家就在那個轉角。我只是忽然覺得牆白得可怕……」

女子這麼說。

雖是如此短暫的相遇，這名女子的背影卻一直停留在我腦海中。

翻閱當時的日記，我將自己對女子的印象做了這番記述。

——這一帶罕見的貧寒打扮。雖穿著便宜的直條紋和服，但與富貴人家女子的禮服一樣端莊，連腰帶都無懈可擊。

語調也有強刀利刃之感。短短的三言兩語，卻像生死決戰般直衝耳內。她恐怕是連電車費都付不起，爲辦事長路往返而累極，才因石牆的白光感到暈眩。可是，她的咄咄逼人，並非出自生活艱苦的俗物，反倒具有勇敢活下去的眞摯。

後來不久，我便向寄居處的女侍阿初打聽那女子的身分來歷。據說，她是兩年前搬來的，住進宛如誤闖石牆宅院的一幢小屋。那屋子我平常散步都會經過，應該曾與那女子擦身而過，那卻是我頭一次注意到她。

這附近的人都沒看過終日蝸居家中的丈夫重太郎，但阿初曾兩、三次託其妻阿節做衣服，因而與阿節熟識。

「該說是武士之後嗎？她是個很要強好勝的女人呢。」阿初先是如此評論，才告訴我接下來這一段。

去年底，阿初碰巧路過那戶人家門前。破落的門中忽然傳出怒氣沖沖的女聲，阿初聽得清清楚楚。

「你好歹是流著薩摩之血的武人，就算行動不便，至少心裡不能忘記軍人的志氣。即使躺在床上再無聊，也不該拿女孩玩的千代紙弄髒你的手……」

罵到這裡，門霍地一開，田桐節將兜在懷中的東西用力往路面扔。被扔在不知如何是好而不覺駐足的阿初腳邊的，是千代紙折成的紙人、女偶、菖蒲等等。

據說，田桐節當時赤著腳，一、兩縷髮絲散落額前，喘著氣，拚命壓抑全身的怒氣。

對於田桐節，阿初似乎也是只講上一兩句話，就會莫名有種喘不過氣的感覺。「我挺怕她的。」

不久後，我再度與田桐節在同一條石牆路上錯身而過，但田桐節也是默默低著頭，僅僅說句「上回謝謝您」。頭一次的時候，她連頭都沒有回，可見她早已認得因通學與散步經過家門前的我。

或許是要去送衣服，田桐節抱著一個包袱，若無其事經過的氣息，靜得幾乎與四周的寂靜融為一體。然而，錯身的瞬間，只覺田桐節身上散發出什麼，讓寧靜的空氣皤然驟變，我不由得回頭。田桐節身形嬌小，長相偏向童女。只見那小小的背影，將一身樸實的和服如影子般穿在身上，在夕照的路上泰然遠去。

不料，我卻呆立當場。驀地，我明白阿初說的喘不過氣是怎麼回事。錯身而過的瞬間，田桐節周身的空氣緊繃，如白刃翻轉，砍在我的肩上。我的臂膀確實有陣近似疼痛的感覺竄過——那是殺氣。

三

其後，我有一陣子沒看到田桐節。

九月過半時，在車座町下了電車、準備踏上歸途的我，停下腳步。恰是我經過永泉寺的岔道，即將到達武家宅院前時，有個看似田桐節的女人身影，溜進永泉寺的後木門，掩人耳目般潛入寺內。

永泉寺雖是個淨土宗的小寺，但門面氣派威嚴。那正是石瓦因夕陽餘暉綻放黑色光澤的時刻。

我沒有跟蹤田桐節的意思，雙腿卻不由自主地尾隨她。我從大門進入寺中。寺內大白天也昏昏暗暗，到傍晚更爲黑暗籠罩。本堂的木格窗悄然緊閉，於是我繞到後面的墓地。

好幾天沒下雨，此處仍滿是陰濕的苔蘚味。小小一方墓地，由於地緣關係，多是名門武家之墓。我隔著卒塔婆和五輪塔望去，只見一道女人的背影。

——果眞是田桐節。不過，那段短短的時間內，她究竟在墓地裡做什麼？由於隔著一段距離，瞧不眞切，但她像在逐一查看墓碑。那不是一時興起，繞過來看看墓碑稍事休息。她的腳步是依明確的目的移動。

那模樣似乎在確認墓碑上刻的姓名。聽說田桐節是武士之女，會是此地有她親人的墓嗎？

不久，田桐節似要轉頭，我連忙退回本堂，免得她發現。不久，女人的腳步聲便遠去，消失在後木門的唧軋聲中。

——今天又在永泉寺後看到田桐節，當時她正從後木門溜出。路上雖然人影全無，她卻像怕被人看見，拿袖子掩住下半張臉，快步朝武家宅院的方向離去。

短短五天內便遇見兩次，豈不代表田桐節極頻繁地造訪永泉寺墓地？

我走進墓地，想起五天前田桐節的行動，便到她那時駐足的墓前一一細看碑上的姓名。但馬家、西倉家、石田家……我甚至繞到後面看墓誌銘，但我不知田桐節的眞確身世，無從判斷哪個墓與她有關。

接下來一個多月的日記都不見田桐節的名字，因爲這段期間我一次也沒遇見她，不過，我依然對她感到十分好奇。

九月底起，我每次散步都會前往永泉寺，在本堂後方的回廊一坐就是好久，暗自期待田桐節或許會再次造訪墓地。然而，儘管起初一連遇上兩次，一旦有心等候，反而等不到。

某日，我鼓起勇氣問寺中雜工，得到的回答是：

「您說的那位女士，今兒早上也來了。大概是來掃墓吧，很誠心地雙手合十。」

請教他是哪座墓，雜工停下正在掃滿地銀杏落葉的手，指向五輪塔右邊。我走到他所指的那座墓前。

原來是秋部撩之進的墓。我繞到墓碑後，上面刻著「天明四年（一七八四）八月五日歿」。但這座小小的、爬滿青苔的墓，並非別有來歷之物。

「秋部家是什麼樣的人家？」

由姓氏看來，想必是武家，但雜工一無所悉。

「打從我到寺裡，就沒人祭拜過。住持好像提過，因為維新打仗絕了後嗣，沒人拜了。」

看那荒廢的情況，確實是近幾年無人祭拜的樣子。田桐節是基於什麼理由，對這絕嗣之墓誠心合十呢？而，既然如此重要，又為何任其荒廢？就我的幾次目睹加上寺工的話，顯然田桐節來得很勤。

我益發感到好奇，但不知為何，從此不見田桐節的身影。散步時，我行經田桐家門前必定放慢腳步，可往往只見為早來的秋夜而點的小燈，家中一點動靜都沒有。

一個月後，當晚秋的暮色開始為白砂町裹上一層薄薄的紗幕時，我再度看到田桐節的身影。那天早上，我照常走永泉寺後的小路上學，前方突然出現田桐節的背影。她以熟悉路徑的腳步走進那扇後門，消失在墓地中。

我小跑步繞到正門，一進去就藏身在本堂後。

田桐節背對木門，像在觀察般以銳利眼光四處掃射，然後忽地起步，輕柔的木屐聲踩過朝露，行走在墓石之間。

我內心微訝，田桐節經過上次寺工告訴我的那座秋部家之墓，甚至沒看上一眼。她繼續走，在幾乎豎立於墓地正中央的無緣塚前蹲下。是寺工錯看嗎……寺工說她誠心祭拜，但這一點也不對。

田桐節僅雙手合十一拜便站起，手輕輕伸到墓碑前。

我緊盯著她的手指。

她纖細的手指，從插在墓碑前的鮮花中抽出一朵。好像是白菊。白色花瓣在早晨清新的空氣中發出一圈光暈，彷彿因女人的手指獲得新生命。

不知是不是爲了甩掉朝露，田桐節戲耍般將花搖兩、三下，然後貼在胸前，以一隻袖子掩住。菊花猶如融入黑暗，消失在細直紋袖中。

同時，田桐節掩人耳目般低著頭小跑離去。

——田桐節是爲了偷花才去墓地。一個月前目擊她步出後木門時，她也以衣袖掩住胸口，當時袖中約莫藏著一朵花。合十一拜，想必是向墓中人道歉吧。她經常朝秋部之墓虔誠禮拜，肯定是對寺工施的障眼法。

因家貧買不起花，我能理解。然而，她有什麼理由不惜擾亂墓地，也非要一朵花不可？

事發兩天前的日記裡，我寫下上述這段文字。

四

我的疑惑便源自於那朵花。

案發當晚，我和村田巡查一同踏進田桐家時，發現泥土地上有兩、三片小指大小的花瓣。我趁無人注意，悄悄拾起放入袖袋。

回到家，我透過電燈光線觀察，白色的花瓣有一半帶黑，確實是血跡沒錯。

我感到不解。花瓣掉落在泥土地，與屍體隔著一個房間爲何會附著血？那是菊花花瓣，一定是前天早上田桐節從墓地偷來的那朵白菊。

我試著回想屍體四周的情狀。

屍體幾乎位於房內正中央，像隆堆起的紅土石塊，以臀部略抬的姿勢倒下。枕畔就是壁龕，那裡放著一個小花瓶。那是個有裂紋的白瓷瓶，但並未插上花。

既然沾了血，那麼，田桐重太郎自殺時，花應該在他身旁。可想而知，是田桐節基於某種理由，處理掉屍體旁的菊花，但有何必要？

田桐節在永泉寺偷藏菊花的兩天後晚上，沾染她丈夫血的花瓣爲什麼會再度出現在我面前？這一點令我百思不解。

我從田桐家撿回的東西不止如此。自袖袋中取出花瓣時，有條線纏在花瓣上。

原先，我以爲是袖袋綻線，但那段線頭也因血而變黑，似乎是無意中連同菊花一起從泥土地撿起的。長度不到兩寸，是極其尋常的棉線。
田桐節以裁縫爲業，家中有線頭是很自然的事。既然浸了血，可知這線頭也掉落在屍體旁。不過，爲何會在泥土地上……
——我腦中浮現田桐重太郎與妻子阿節爭執的場面。一把軍刀在兩人的手中失控亂舞，燈光搖晃，小小的房間光影重重，丈夫拖著只有單腿能動的不便身軀奮力抵抗。最後，丈夫身體噴出血滴，脖子遭軍刀的刀刃貫穿，倒在鋪蓋上……衝突之際，軍刀擦過裝飾在壁龕的白菊，花朵慘然四散。下一刻，田桐重太郎飛濺的血，轉眼將花朵染成鮮紅色。
至於線頭，也是爭執時自丈夫的睡衣扯下的。丈夫氣絕後，田桐節爲清除打鬥的痕跡，拾起散落的菊花拿到外面丟。線頭便是在此刻沾上菊瓣，然後掉落泥土地。
事件當晚的日記至此中斷，是因我發覺這番想像有兩處說不通。其一是，即使田桐重太郎身有殘疾，但要以軍刀刺頸，再布置成那樣的姿勢，光憑一個女人的力量是辦不到的。何況，若直接動手的是田桐節，她身上必會濺上大量的血。
驀地，七點時在窗上看到的影子掠過我腦海。那淡墨暈染般的男人影子，莫非眞是軍服？田桐節說她將近八點時回家是謊言。丈夫死時，她就在家中，在丈夫身邊。此外，還有一人……

「那群孩子可能知道些什麼，畢竟他們老在這邊東奔西竄的。其中一個還曾撞到那軍人，就在他從武家宅院那邊回來時……不過，川島先生，你怎麼知道有這麼一名軍人？」

——孩子像祈禱師揮舞鈴鐺般搶著鈴鐺玩。由於年紀小，還以爲他們記不得什麼，倒意外問出一些事情。雖然沒人記得清楚那軍人的身形和相貌，但昨晚事發前，他們看到軍人從石牆邊的人家出來。

昨天傍晚，那群孩子在武家宅院附近玩捉迷藏，其中一個躲在那戶人家後面，軍人恰巧在那時候步出門口。

那是天將黑的時刻，深深壓低的帽緣與外套的影子，令人幾乎看不見他的臉。

軍人站在門口，與那戶人家的人交談。因爲還不懂事，聽得、記得不眞確，不過，似乎是在談葬禮的細節。問孩子，「記得是哪戶人家嗎？」孩子用力點頭，高舉手中的鈴鐺，答道，「給我們這個的阿姨家。」仔細一問，確實是田桐節家沒錯。孩子說，軍人在門口和那位阿姨交談。但這麼一來，軍人離開田桐家的時刻就有問題了。孩子稱他天黑後馬上就離開，所以，再晚也不會晚過六點半。然而，我在格子窗上瞥見人影是七點，更何況，從格子窗的血跡判斷，田桐重太郎是死於七點後沒錯。

另一個可能，則是軍人先離開，等孩子散了又返回。若是如此，軍人六點半一度告辭之際，兩人已談起丈夫的死與葬禮，顯然不合理。據孩子說，兩人的話聲相當大。六點半時丈夫理應仍活著，且就待在緊臨門口的房間。那麼，他們是公然談論丈夫的死與葬禮的程序給他聽？

這段談話還是發生在田桐重太郎死後才合理。所以，他是六點半前死的——既然如此，爲何那些血跡會在七點後飛濺到面馬路的窗上？

除了這個疑點，所有的推論都說得通。田桐節肚裡的孩子多半是那軍人的，兩人聯手殺害終年臥病在床、只會礙他倆好事的丈夫。

然而——

在十一月五日的這篇日記裡，我並沒有提到鈴聲。

我向那群孩子問完想知道的事，正準備離開。

「叔叔，這個鈴鐺眞的是魔法鈴鐺嗎？」

一個看來最年長的八、九歲孩子問：

「那個阿姨說，拿著這個鈴鐺跑，就能跑得很快，所以我每天都在試，可是一點都沒變快。」

「不久一定會變快的。」

「眞的嗎……」

說完，孩子將鈴鐺往半空丟。鈴鐺上繫有一根繩子，孩子握著繩子的另一端一圈圈地甩。鈴鐺以孩子的手爲軸心，像竹蜻蜓般在空中打轉。襯著暮色旋轉的鈴鐺，讓我一時看得出神。不久，在清澈的鈴聲中，晚秋來得早的夜晚忽然降臨。

夜色藉由鈴聲，在孩子頭上彈奏音韻，驀地，我彷彿聽到前一天死去的一名軍人生命中最後的鼓動。

六

兩天後，我再度遇到那群孩子，便在武家宅院前喚住其中一人，問了和前天同樣的話。因爲我實在不相信軍人是六點半離開田桐家的。

從孩子那兒得不到滿意的答案，我死心準備離開。

此時，我倏地停下木屐。

田桐節竟然就站在近處，直瞅著我。

「你是川島先生吧？爲何要打聽我的事？」

我狼狽得什麼話都說不出口。

「而且，爲何要這樣偷偷摸摸地打聽？想問什麼，爲何不直接問我？」

她的語氣極其認眞，像是把我當成敵人，稍有破綻便會一刀砍來。或許是察覺我們之間的緊張氣氛，孩子逃也似地離開。

「問了妳願意回答嗎？」

「在那之前，我倒是有事請教。重太郎死去當晚，你揀到泥土地上的某樣東西，還藏起是吧。我都看在眼底，你撿了什麼？」

「花瓣。三片菊花的花瓣……」

「爲何要偷偷藏起？」

「因爲我想知道。」

「想知道什麼？」

「爲什麼菊花會散落在那裡。前兩天，我撞見妳從永泉寺偷了一朵菊花。」

田桐節絲毫不爲所動。依舊以箭也似地眼神看著我，不久，忽然移開視線。綑綁著我的緊張感頓時解除。

「你對重太郎的自殺有所懷疑吧？既然如此，今晚八點到我家門前，你想知道的，我都會告訴你。我不喜歡別人在背地裡打探，要就當面鑼、對面鼓來，即使是想逼我走投無路的人也一樣。」

斬釘截鐵地說完，田桐節便轉身離去。

當晚，我依照指示，八點準時到田桐家。

田桐節正好開門出來。

我一走近，她便說「跟我來」，然後領先走上石牆路。只見她抱著一個包袱。

傍晚街上起的霧又變得更濃，幾乎覆住田桐節走在前方幾步之遙的身影，僅能聽到木屐

——田桐節那一句「濺了血的軍服」，是承認自己的罪行嗎？至少算是證實我的想像。田桐節與私通的軍人共謀殺害田桐重太郎。那軍人身上肯定也沾染不少血。據說軍人披著斗篷。他步出田桐家時，想必已脫掉斗篷下的軍服。

不過，田桐節如何將那沾血的軍服藏匿至今？

案發當晚，負責的警官翻遍整幢屋子。那房子十分狹小，哪有地方逃得過搜查？田桐節雖抱著軍服，但那是她丈夫的，絕對沒染血。她說，丈夫在她的手下流血。正確地說，應該是他們的手吧。是田桐節和那軍人聯手逼死田桐重太郎。

然而——

經過半個月，某天剛從大學返家，銀行家的妻子便遞給我一封信。這位女子算是我的姑母。

「今早你出門不久，一個女人送來的。聽阿初說，就是鬧出自殺案的那戶人家的太太。進三，你和她是什麼關係？」

「沒有，沒什麼。」

我含混帶過，一進自己的房間，隨即拆開信。

——您遲早會曉得這次事情的眞相。爲了那一刻，有件事我希望您先知道。

您多半已從派出所巡查口中，得知我腹中懷有孩子。現下我要談的，便是我體內孕育的新生命，其血脈的意義。警方的推測沒錯，孩子的父親不是田桐重太郎，而是重太郎騎兵連隊的同袍。但我與對方的關係，並非私通這等不道德之事。我希望您能了解這一點，才提筆寫下此信。

我期盼自己的血脈能有人繼承，於是，我向一直以來爲我們夫妻多方憂慮的那位先生坦白一切，請他與我共度一宿。此外別無他意，請相信我。五歲時，我本應與自盡的先母共赴黃泉。苟活至今唯一的理由，是因我有傳承血脈的義務。

先父是會津藩士，乃於維新之戰中，跟隨德川家至最後一刻，被視爲朝敵賊軍而亡的會津藩武士。雖在鳥羽之戰、戊辰之戰落敗，仍秉持武士之道的武士。往昔，先父總向先母怒斥何來賊軍之說。先父身爲武士，除跟隨德川三百年的歷史，沒有其他生存之道。薩摩與長州突然扛出朝廷的大義名分，對德川刀劍相向，他們不是賊軍是什麼？之後，先父與其餘四散流離的藩士一樣來到東京，並於明治十二年，以對德川家的忠誠與對薩摩的遺恨作爲武士的畢生風骨，在四十五歲的英年謝世。我還記得，先父經常痛批薩摩膽小卑鄙。其實，薩摩狡猾，對朝廷根本毫無敬意，搬出朝廷只是爲了討幕，欺騙全日本……在先父心中，薩摩軍才是眞正的朝敵。

先父頭七法事順利結束當晚，先母便追隨先父於九泉之下。先母原打算帶我同赴黃泉，也讓我換上一身素衣，但最後改變心意。先母將我留在人世，並非出自憐我年幼的母愛，而是看到鮮血淌下我胸口時，醒悟那道血痕的意義。

我是會津藩士最後的血脈，必須將我身上的血留給下一代。我便是懷著這份責任，與我胸口的傷，以及先母遺留的短刀，苟活至今。

正因如此，當重太郎落馬而無法生育時，對我便失去男性的意義。我已不年輕，待重太郎死後，恐怕也無法再生育。若要藉其他男人的幫助留下新生命，重太郎只會礙事。

我與重太郎的生活，還存在另一種不幸。嫁給重太郎後，我才知道重太郎是薩摩藩士後裔，先父畢生憎恨的薩摩後裔。只不過，在重太郎因落馬失去軍人名譽前，我並未特別憎恨重太郎的薩摩血脈。曾經，重太郎是了不起的軍人，我也懷著敬畏之情，仰望奉獻一生盡忠報國的丈夫，儘管他身上流著家父憎恨的血。然而，那次不名譽的落馬改變一切。不過是斷一條腿，便終日爲軍人的屈辱苦惱不已，沒出息地躺在床上什麼都不做，靠我養活。看到這樣的重太郎，家父斥罵薩摩狡猾的聲音便在我耳內響起。先父留在我血中的憎惡之情，與我對重太郎的嫌厭交疊，熊熊燃燒，教我無可扼抑。最終，我甚至慶幸沒留下重太郎的骨肉。

只不過，事到如今，我偶爾會驀然想起，那是否眞是重太郎的責任。若我和重太郎早生五十年，應該另有生存方式。一切都隨著維新改變。重太郎不是落馬，而是從新時世的浪頭摔下。同爲士族之後，重太郎卻只能以效忠天皇這扭曲的形式發揚自己的血脈，有時也令我感到同情。若生逢其時，重太郎的血應是專爲主上而流。我也一樣。我只能以體內所流的血作爲唯一的依靠，在賊軍創造出的扭曲新世代中活下去。

警方懷疑我燒毀重太郎的遺書，但重太郎只吟了一首辭世歌，並未留下隻字片語。重太郎最後吟的和歌，說的是一名士族末裔因維新的時代洪流而攪亂身上的血，委實是首悲傷的和歌。

碩菊竟已謝　願奉吾血供一瓣　徒留黯淡濁世秋

七

事實上，我等待了三年，才明白田桐節所述的事件眞相。

明治四十五年，經由姑丈介紹，我進入銀行工作。那年夏天，於天皇駕崩的同時迎接大正元年。

明治天皇大葬是九月十三日，當晚，乃木希典夫妻便追隨天皇自盡。

乃木希典的辭世歌爲，「現世神已去，謹隨吾皇後塵行」。

一週後，我赫然發現乃木將軍的辭世歌，與三年前田桐節信末那首她丈夫重太郎的辭世歌有類似之處。

對照乃木希典的「吾皇」與田桐重太郎的「碩菊」，「已去」與「已謝」，「謹隨」與「願奉吾血」——換句話說，田桐重太郎臨終的和歌亦可如此解釋：

碩菊（某重要人物）謝了（逝世），自己至少應為其中一枚花瓣獻上鮮血，以殉其死。這樣的隱語純屬巧合嗎？不，不可能。儘管階級差距甚大，但乃木希典是軍人，田桐重太郎也是軍人。乃木將軍以對天皇的忠誠結束一生，田桐重太郎的立場固然不同，不，正因愚蠢的失誤，他的忠誠反倒強烈得近乎執著。

而我至今都忘了這一點——軍人口中的菊花，便意味著皇室。那麼，「碩菊竟已謝」一句，不就意味著明治天皇的死？

當然，三年前明治天皇尚未駕崩。但是，天皇之死難道不能造假嗎？至少，像田桐重太郎這樣一個終年臥病，又與街坊不相往來的人，要讓他相信天皇已逝，想必不是難事。田桐重太郎與外界唯一的聯繫，便是妻子田桐節。

經由田桐節的轉告，田桐重太郎的聽到的歷史提早三年，明治天皇已於三年前駕崩。身為一名無法盡忠報國的軍人，重太郎秉持最後的骨氣，為這憑空揑造之死慷慨就義。

這麼一想，那起自殺事件的種種謎團便盡皆消失。我花了一整晚，重讀三年前的日記。那天晚上，田桐重太郎死於七點過後。七點時我在格子窗上看到的軍裝人影，正是田桐重太郎本人。若重太郎的死是對天皇殉忠，自盡之際理當穿上軍服以示隆重。

屍體被發現時身著睡衣，且衣衫不整，多半是田桐節替換的。從事裁縫工作的田桐節，在丈夫軍服上動了方便拆線的手腳，待他死後將軍服拆解，再讓他穿上染血的睡衣。然後，把那濺血的軍服，縫在她向當晚來訪的軍人借來的軍服裡。田桐節在我面前懷抱的，便是這樣一套雙層的軍服。

當然，對田桐節最重要的，莫過於如何讓重太郎腦中的明治之世提前告終。田桐節憑自己的一張嘴，巧妙突破這道難關，但事先自然必須做好相應的布置。

在那之前，伊藤博文去世。報紙以各種形式報導他的死亡。田桐節只讓丈夫看到國民服喪的情形與暗示某重要人物之死的部分，並於事後將這些剪報燒毀。她在丈夫死後花費一小時湮滅證據，才到屋外叫住碰巧經過的我。

那軍人也為田桐節這齣戲助了一臂之力。自從協助田桐節生子的那晚起，他想必也心知將來必須幫田桐節殺夫。六點半時，孩子聽到有人死了和葬禮等等對話，指的便是明治天皇。田桐節為了讓丈夫聽見，才在門口談論。軍人每天都登門造訪，報告天皇駕崩後的種種情況。

而田桐節給孩子的鈴鐺，便是假造通知天皇之死的號外鈴聲。每當發生大事便在街頭迴盪的鈴聲，會形成一種大街小巷議論紛紛的壓迫感。

從妻子口中得知天皇駕崩的那一刻起，重太郎想必已考慮自盡。身為軍人，多年來卻備受屈辱煎熬，兒時便聽聞身為士族的父母兄弟殉忠而死，他的血，他那忠字當頭的血已轉為報效天皇，化為對扭曲的維新時代的慟哭。當然，對丈夫這樣的心理，做妻子的勢必是以平日剛強的話語相激，若你還有一點身為軍人的自尊，就該明白此刻應當做什麼。

田桐節的話，是扔進丈夫黯淡心理沼澤的石塊，黑暗波紋上鈴聲縈繞。

此時，田桐節備妥最後一項布置，一朵菊花。

前一晚，殉忠的決心在重太郎心中徘徊，翌晨醒來，往枕畔一看，前天妻子插在花瓶中的一朵菊花，已被晨光摘下，花瓣全散落在榻榻米上。分明一絲風也無，花朵卻盡散雪白的生命。在剛醒的重太郎矇矓的意識中，那潔淨的白猶如一座塵山。那簡直可說是炫目的強烈色彩，想必穿透了重太郎的雙眸。

望著菊花不可思議的死亡，重太郎耳中再度響起天皇恩賜的溫言嘉許。

——天子希望我死。

重太郎自然而然地吟出那首「願奉吾血伴一瓣」的和歌。

——黎明前夕，田桐節朝丈夫枕畔的菊花伸出手。

我在大正元年九月二十日的日記上寫下這番想像，結束此一事件。

——曙光淡淡照在格子門上，白色菊花燃燒了最後的生命。田桐節曾說「白牆之路太長」，她在早晚皆會經過的武家宅院長石牆上，看見自己的一生。

武士的時代結束了。時代雖已終結，自己仍必須懷著武士之血，走過這條白色的路。維新拒絕田桐節體內的武家之血，然而，田桐節卻無法拒絕自己體內的武家之血。這是她被迫肩負的一條永遠的路。

當指尖最初碰到白菊時，田桐節清楚意識到，自己連指尖也流著父親的血——身爲一名眞正武士的父親的血，因而無法原諒薩摩的父親的血。

〈或許，此刻自己正是代替於鳥羽之役戰敗的父親，討伐一朵菊花。那朵以神爲名的虛僞的花，令眞正的賊軍高舉其大旗，以維新之名，行顚覆武士歷史之實。父母因那朵花而死，在那朵花底下所流的血，此刻，我要以丈夫的血償還。〉

在那一瞬間，田桐節的手已化爲刀刃。

原著書名／花葬・原出版社／光文社・作者／連城三紀彥・翻譯／劉姿君・責任編輯／陳盈竹（一版）、張麗嫺（二版）・編輯總監／劉麗眞・總經理／陳逸瑛・榮譽社長／詹宏志・發行人／涂玉雲・出版社／獨步文化 城邦文化事業股份有限公司104台北市中山區民生東路二段141號5樓 電話／(02) 2500-7696 傳眞／(02) 2500-1967・發行／英屬蓋曼群島商家庭傳媒股份有限公司城邦分公司 台北市中山區民生東路二段141號2樓・讀者服務專線／(02)2500-7718; 2500-7719・服務時間／週一至週五：09：30-12：00、13：30-17：00・24小時傳眞服務／(02)2500-1990; 2500-1991・讀者服務信箱E-mail／service@readingclub.com.tw・劃撥帳號／19863813書虫股份有限公司・香港發行所／城邦（香港）出版集團有限公司 香港灣仔駱克道193號東超商業中心1樓 電話／(852) 2508 6231 傳眞／(852) 25789337 E-mail／hkcite@biznetvigator.com・馬新發行所／城邦（馬新）出版集團Cite (M) Sdn. Bhd. (458372 U) 11, Jalan 30D/146, Desa Tasik, Sungai Besi, 57000 Kuala Lumpur, Malaysia 電話／(603) 9056 3833 傳眞／(603) 9056 2833 E-mail／citecite@streamyx.com・封面設計／蕭旭芳・印刷／中原造像股份有限公司・排版／陳瑜安・2012年5月初版、2021年8月二版、2023年4月19日二版2刷・定價／450元 ISBN 978-957-9447-85-0 Printed in Taiwan

花葬

KASOU

日本推理一大師一經典

ISBN 978-957-9447-85-0

國家圖書館出版品預行編目資料

花葬／連城三紀彥著；劉姿君譯. 二版. -- 臺北市：獨步文化，城邦文化出版：家庭傳媒城邦分公司發行，民110.08

面； 公分.（日本推理大師經典；33）

譯自：花葬

ISBN 978-957-9447-85-0（平裝）

861.57 109013096